Jules Verne
Ein Drama in Livland

I0561786

fabula Verlag Hamburg

ISBN: 978-3-95855-325-5
Druck: fabula Verlag Hamburg, 2016
Covergestaltung: Marta Czerwinski

Der fabula Verlag Hamburg ist ein Imprint der Diplomica Verlag GmbH.
Bibliografische Information der Deutschen Nationalbibliothek:
Die Deutsche Nationalbibliothek verzeichnet diese Publikation in der Deutschen Nationalbibliografie; detaillierte bibliografische Daten sind im Internet
über http://dnb.d-nb.de abrufbar.

Jules Verne

Ein Drama in Livland

fabula

Inhalt

Erstes Kapitel

Über die Grenze

Ein Mann... allein in finsterer Nacht. Wie ein Wolf schlich er hin zwischen den von der Kälte des langen Winters aufgetürmten Eismassen. Seine gefütterten Beinkleider, sein »Khalot« eine Art faltenreichen Kaftans und seine mit herabgeschlagenen Ohrwärmern versehene Mütze schützten ihn nur unzulänglich gegen den rauhen Wind. Auf Lippen und Händen hatte er schmerzhafte Risse, und die Fingerspitzen waren ihm völlig erstarrt. So schritt er hin durch die tiefe Dunkelheit unter einem Himmel, dessen niedrig dahinschwebende Wolken sich in einen Schneefall aufzulösen drohten, obgleich man jetzt – freilich unter der hohen Breite von achtundfünfzig Graden – schon in den ersten Tagen des April war. Der Wanderer verschmähte es, nur einmal auszuruhen. Nach einer Rast wäre er vielleicht nicht mehr imstande gewesen, seinen Weg fortzusetzen.

Gegen elf Uhr nachts machte der Mann aber doch Halt. Nicht weil die Füße ihm den Dienst versagt hätten oder daß er außer Atem gewesen wäre, auch nicht weil ihn etwa die Müdigkeit übermannt hätte... nein, seine leibliche und geistige Energie war noch ungebrochen, und mit kräftiger Stimme, in der sich eine warme Vaterlandsliebe ausprägte, rief er jetzt:

»Endlich! Die Grenze! Die livländische Grenze, die Grenze des Heimatlandes!«

Wie weit breitete er die Arme aus nach dem Stück Erde, das im Westen vor ihm lag! Wie festen, sichern Schrittes betrat er die weiße Fläche des Bodens, als wollte er diesem seine Fußstapfen am Anfang der letzten Wegstrecke dauernd einprägen!

Kam er doch von weit, weit, tausende Werst weit her, und das unter so vielen mutig bestandenen Gefahren, die er durch seine Intelligenz, seine Kraft und durch seine nie ermüdende Ausdauer überwunden hatte. Seit zwei Monaten auf der Flucht, wanderte er gegen Westen, durchzog dabei grenzenlose Steppen, zwang sich zu den peinlichsten Umwegen, um den Kosakenposten auszuweichen. überschritt die rauhen, gewundenen Pässe und Schluchten hoher Bergzüge und wagte sich endlich bis in die Zentralprovinzen des russischen Reiches, wo die Polizei eine so scharfe Wachsamkeit übt. Jetzt endlich, jeder Begegnung entronnen, die ihm hätte das Leben kosten können, rief er freudiger:

»Die livländische Grenze… die Grenze!«

War denn Livland für ihn das gastfreundliche Land, das Land, wohin der Abwesende nach langen Jahren zurückkehrte, wo dieser nichts mehr zu fürchten hatte, das Vaterland, das ihm Sicherheit bot, wo Freunde seiner harrten wo die Familie ihm die Arme entgegenstreckte, wo Frau und Kinder sein Eintreffen erwarteten, wenn er sich nicht die Freude vorbehalten hatte, sie zu überraschen?

Nein… auch durch dieses Land wollte er nur als Flüchtling eilen und versuchen, den nächsten Hafenplatz zu erreichen, wo er hoffte, sich, ohne Verdacht zu erregen, einschiffen zu können. In Sicherheit konnte er sich freilich erst wähnen, wenn dann die Küste Livlands unter dem Horizonte verschwunden wäre.

»Die Grenze!«, hatte der Wanderer gerufen, doch was war diese Grenze, die weder ein Flußlauf oder ein Gebirgskamm, noch das Dickicht eines Waldes bezeichnete? Bestand sie nur in einer angenommenen Linie ohne ein greifbares, geographisches Merkmal?

Es handelte sich hier um die Grenzlinie, die vom eigentlichen Russischen Reiche die drei Gouvernements Estland, Livland und Kurland, die »Baltischen Provinzen«, scheidet. An der Stelle hier teilt sie, von Norden nach Süden verlaufend, die im Winter erstarrte, im Sommer flüssige Oberfläche des Peipussees.

Wer war nun der etwa vierunddreißig Jahre alte Flüchtling, dieser Mann von hoher Gestalt, kräftigem Körperbau, breiten Schultern, von mächtiger Brust, starken Gliedern und von so entschlossener Haltung? Aus seiner über den Kopf gezogenen Kapuze quoll ein dichter, blonder Bart hervor, und wenn der Wind den Kapuzenrand etwas emporhob, konnte man zwei lebhafte Augen aufblitzen sehen, deren Blick auch die eisige Luft nicht geschwächt hatte. Ein weitfaltiger Gürtel umschloß den Leib des Mannes und bedeckte eine kleine, lederne Tasche mit seinem gesamten Gelde, das jetzt nur aus einigen Papierrubeln bestand, in einem Betrag, der die Bedürfnisse einer einigermaßen längeren Reise nicht zu decken vermochte. Vervollständigt wurde seine Ausrüstung durch einen sechsschüssigen Revolver, ein Messer in lederner Scheide, ferner durch einen Beutel, der noch einige Nahrungsmittel barg, nebst einer mit Schnaps zur Hälfte gefüllten Korbflasche, und endlich durch einen festen Stock. Beutel, Flasche und selbst die Geldtasche waren ihm aber weniger wichtig als seine Waffen, von denen er bei einem Angriffe durch Raubtiere oder durch Polizeiagenten tüchtig Gebrauch zu machen entschlossen war. Übrigens zog er nur in der Nacht weiter, immer darauf bedacht, unbeobachtet nach einem Hafen der Ostsee oder des finnischen Meerbusens zu kommen.

Bisher hatte er seine gefährliche Wanderung unbehelligt fortsetzen können, obwohl er nicht mit einem von den Militärbehörden ausgestellten »Porodojna« versehen war, dessen Vorweisung die Postenführer des moskowitischen Reiches zu verlangen verpflichtet waren. Fraglich blieb es freilich, ob ihm das noch ebenso glückte, wenn er sich dem noch strenger bewachten Küstengebiete näherte. Unzweifelhaft war ja sein Entfliehen gemeldet worden, so daß er, ob er nun den Verbrechern gegen das gemeine Recht oder den politisch Verurteilten zugehörte, gewiß mit derselben Sorgfalt gesucht, mit demselben Eifer verfolgt wurde. Ließ ihn das ihm bisher günstige Glück von der livländischen Grenze an im Stiche, so wäre das freilich ein Scheitern im Hafen gewesen.

Der gegen hundertzwanzig Werst lange und etwa sechzig breite Peipussee wird in der warmen Jahreszeit von vielen Fischern befahren, die sein fischreiches Gewässer ausbeuten. Der Schiffahrt dienen im übrigen schwerfällige Fahrzeuge, eine einfache Verbindung von kaum behauenen Baumstämmen und schlecht gehobelten Brettern, bekannt als »Struzzes«, mit denen auf den natürlichen Ausflüssen des Sees Lasten von Getreide, Flachs und Hanf nach den benachbarten Städtchen und selbst bis nach der Bucht von Riga befördert werden. Zur jetzigen Jahreszeit und unter einer Breite mit so verspätetem Frühling ist der Peipussee natürlich für Schiffe nicht fahrbar, dagegen könnte sich ein Zug Artillerie über seine, von der Kälte eines strengen Winters erhärtete Oberfläche sorglos hinbewegen. Augenblicklich bildete er nur eine weite, weiße Ebene mit kristallenen Blöcken in der Mitte und mächtigen Eisstauungen am Eingange zu mehreren Flüssen. Das war die entsetzliche Wüstenei, die der Flüchtling sichern Schrittes durchmaß und in der er sich mühelos zurechtfand. Er kannte ja die Gegend und ging so schnell, daß er das westliche Ufer voraussichtlich noch vor Tagesanbruch erreichte.

»Es ist ja erst zwei Stunden nach Mitternacht«, murmelte er für sich. »Noch zwanzig Werst zurückzulegen, und da drüben wird es mir nicht schwer fallen, eine Fischerhütte, einen verlassenen Unterschlupf zu finden, wo ich bis zum Abend ausruhen kann. In diesem Lande marschier' ich ja nicht mehr aufs Geratewohl!«

Es schien, als ob er hiermit alle seine Anstrengungen vergäße, als ob das beste Vertrauen wieder in ihm erwachte. Sollte es auch das Unglück wollen, daß die Agenten seine von ihnen verlorene Fährte wieder aufspürten, so würde er ihnen doch zu entgehen wissen.

In der Befürchtung, von dem ersten Tagesscheine überrascht zu werden, ehe er den Peipussee hinter sich hätte, raffte sich der Flüchtling zu einer letzten Anstrengung auf. Gestärkt durch einen herzhaften Schluck Schnaps aus seiner Korbflasche, schlug er eine noch schnellere Gangart ein, ohne sich jemals aufzuhalten. Gegen vier Uhr morgens tauchten denn auch schon, unbestimmt zu sehen, einige magere Bäume, übereiste Fichten neben Gruppen von Birken und Ahornbäumen, vor ihm am Horizonte auf.

Dort war das feste Land... die Gefahren für ihn wurden damit aber größer. Wenn auch die livländische Grenze den Peipussee in seiner Mitte durchschneidet, so sind an ihr doch begreiflicherweise keine Zollwächter aufgestellt. Die Verwaltung hat sie nur an das westliche Ufer beordert, wo die Struzzes im Sommer anlegen.

Der Flüchtling wußte das recht gut, und es konnte ihn deshalb nicht überraschen, ein Licht unsicher er glänzen zu sehen, das in dem herrschenden Nebel wie ein gelbliches Loch erschien.

»Bewegt sich dieses Licht fort oder bleibt es an derselben Stelle?«, fragte er sich und blieb neben einem der Eisblöcke stehen, die rings um ihn aufragten.

Veränderte das Licht seinen Ort, so konnte es nur das einer in der Hand getragenen Laterne sein, womit wahrscheinlich eine Zollwächterpatrouille ihren nächtlichen Gang auf dem Peipussee beleuchtete, und dann war es von Wichtigkeit, dieser nicht in den Weg zu laufen.

Blieb der Lichtschein aber an derselben Stelle, so erleuchtete er gewiß das Innere eines Wachthauses am Seeufer, denn jetzt hatten die Fischer ihre Hütten noch keinesfalls bezogen, da sie dazu auf das Tauwetter warteten, das vor der zweiten Aprilhälfte hier nicht einzutreten pflegt. Aus Vorsicht mußte der Flüchtling also nach rechts oder links ausweichen, um dem betreffenden Wachtposten nicht vor die Augen zu kommen.

Er schlug die Richtung nach links ein. Auf dieser Seite schienen, soweit das durch den beim Morgenwinde schon aufsteigenden Nebel zu beurteilen möglich war, die Bäume dichter beieinander zu stehen. Wurde er verfolgt, so fand er hier zuerst vielleicht ein Versteck und dann einen Ausweg, seine Flucht fortzusetzen.

Kaum fünfzig Schritte weitergekommen, scholl ihm von rechts her ein barsches »Wer da?« entgegen.

Dieses »Wer da?«, das mit starkem deutschen Tonfalle gerufen wurde, machte natürlich einen unheimlichen Eindruck auf den, an den es gerichtet war. Übrigens ist die deutsche Sprache hier sehr verbreitet, und wenn auch weniger unter dem Landvolke, so doch unter den Bewohnern der Städte in den baltischen Provinzen.

Der Flüchtling gab auf den Anruf keine Antwort.

Er warf sich platt auf das Eis und hatte daran sehr wohl getan. Fast augenblicklich krachte ein Schuß, und ohne seine Vorsicht hätte ihn eine Kugel wahrscheinlich mitten in die Brust getroffen. Ob er aber den Zollwächtern entgehen würde? Bemerkt hatten ihn diese ohne Zweifel, dafür sprach der Anruf und der Schuß. In dem noch dunkeln Nebel konnten diese aber glauben, einer Augentäuschung verfallen gewesen zu sein.

Das anzunehmen hatte der Flüchtling bald begründete Ursache, nach den zwischen den Männern gewechselten Worten, die er bei ihrer Annäherung erlauschte.

Sie gehörten in der Tat zu einem Wachtposten des Peipussees… arme Teufel, deren ursprünglich grüne Uniform schon mehr gelb geworden war, Leute, die gern die Hand nach einem Trinkgelde ausstrecken, so dürftig ist der Sold, den ihnen die »Tamojna«, die moskowitische Zollverwaltung, gewährt. Es waren ihrer zwei, die, auf dem Rückwege nach ihrem Posten, einen Schatten zwischen den Eisblöcken bemerkt zu haben glaubten.

»Du bist dir sicher, etwas gesehen zu haben?«, fragte der eine.

»Ja gewiß«, antwortete der andere, einen Pascher, der sich nach Livland einschleichen wollte.

»Na, das ist diesen Winter nicht der erste und wird auch nicht der letzte sein; ich glaube übrigens, der hier ist davongelaufen, da wir von ihm keine Spur gefunden haben.«

»Ja«, erwiderte der, der den Schuß abgegeben hatte, »bei einem solchen Nebel kann man ja kaum zielen, und ich bedaure es, unsern Mann nicht zur Strecke gebracht zu haben. So ein Pascher trägt doch immer eine volle Flasche bei sich, die hätten wir als gute Kameraden redlich geteilt… «

»Und nun haben wir nichts, uns den Magen zu wärmen!«, setzte der andere hinzu.

Die Zollbeamten setzten jetzt, wo ihnen der Mund wässerig geworden war bei dem Gedanken, einen guten Schluck Schnaps oder Wodka zu ergattern, ihre Nachsuchungen eher noch emsiger fort, als bei dem Gedanken, einen Zollbetrüger zu fangen… doch ihre Mühe blieb vergebens.

Sobald der Flüchtling sie für genügend entfernt hielt, setzte er seinen Weg zum Ufer hin fort, und noch vor Tagesanbruch hatte er Zuflucht unter dem Strohdache einer Hütte gefunden, die drei Werst südlich von dem Wachtposten lag.

Wohl hätte es die Vorsicht gefordert, daß er diesen Tag über wach bliebe und immer scharf auslugte, um durch keine verdächtige Annäherung überrascht zu werden und noch entweichen zu können, wenn die Zollwächter etwa Nachsuchungen nach der Seite der Hütte hin unternähmen. Von Ermüdung überwältigt, konnte der sonst so ausdauernde

Mann dem Schlafe aber doch nicht widerstehen. In einer Ecke ausgestreckt und in seinen Kaftan gewickelt, schlief er bald fest ein, und es war schon spät am Tage, als er wieder erwachte.

Es war gegen drei Uhr des Nachmittags. Glücklicherweise hatten die Zollwächter ihren Posten nicht verlassen und sich mit dem einzigen nächtlichen Schusse begnügt, da sie offenbar annahmen, sich getäuscht zu haben. Der Flüchtling konnte sich nur beglückwünschen, dieser ersten Gefahr nach dem Betreten seines Heimatlandes entronnen zu sein.

Nach stärkendem Schlummer kaum erwacht, mußte er seinem Bedürfnis, etwas zu essen, gerecht werden. Der geringe Inhalt seines Beutels reichte ja noch für eine oder zwei Mahlzeiten. Beim nächsten Halteplatz mußte er seinen Proviant ebenso bestimmt erneuern, wie den Inhalt seiner Korbflasche, aus der er eben die letzten Tropfen geschlürft hatte.

»Bauern haben mich ja niemals abgewiesen«, sagte er für sich, »und die von Livland werden einen Slawen wie sie selbst auch nicht von der Tür wegjagen.«

Er hatte ja recht, nur mußte sein Unstern ihn nicht einem Schenkwirte deutscher Abstammung zuführen, deren es in diesen Provinzen sehr viele gibt. Diese hätten einem Russen sicherlich nicht den Empfang bereitet, den der Flüchtling bei den Bauern des moskowitischen Reichs gefunden hatte.

Der Wanderer war obendrein nicht gezwungen, auf seiner Reise die Mildtätigkeit der Leute in Anspruch zu nehmen. Noch blieb ihm eine Anzahl Rubel, die seine Bedürfnisse bis zum Ende der Fahrt, wenigstens durch Livland, zu decken versprachen. Freilich, was stand ihm bevor, wenn er zu Schiffe gehen wollte? ... Doch das wollte er sich später überlegen. Vorläufig war es das Wichtigste, das Ausschlaggebende, einen der Häfen, entweder am finnischen Meerbusen oder an der Ostsee, zu erreichen; diesem Ziele mußte er mit allen Kräften nachstreben.

Sobald es ihm »gegen sieben Uhr abends »dunkel genug erschien, verließ der Flüchtling, nachdem er seinen Revolver schußfertig gemacht hatte, wieder die Hütte. Der Wind war im Laufe des Tags nach Süden umgesprungen die Temperatur war auf Null Grad gestiegen, und das Schneelager, aus dem schwärzliche Spitzen herausragten, zeigte eine Neigung zu schmelzen.

Im Anblick des Landes keine Änderung. In seinem mittleren Teile wenig ansteigend, zeigt es nur im Nordwesten unbedeutende Höhen, die kaum über hundert bis hundertfünfzig Meter hinausgehen. Die langen Ebenen bieten dem Vorwärtskommen eines Fußgängers keine Schwierigkeiten, so lange nicht Tauwetter den Erdboden vorübergehend unpassierbar macht, doch vielleicht war das gerade jetzt zu befürchten. Es kam also vor allem darauf an, einen Hafen zu erreichen, und wenn das Tauwetter vorzeitig einträte, wäre das um so erwünschter, da die Schiffahrt dann desto eher eröffnet werden konnte.

Etwa vierzehn Werst liegen zwischen dem Peipussee und dem Marktflecken Ecks, den der Flüchtling gegen sechs Uhr morgens erreichte; er hütete sich aber, ihn zu berühren. Dabei wäre er Polizisten in die Hände gelaufen und hätte sich nach seinen Ausweispapieren einer Anfrage ausgesetzt, die ihn in die schlimmste Verlegenheit bringen mußte. Nein, in diesem Flecken wollte er keine Unterkunft suchen. In der Entfernung von einer Werst ging er daran vorüber und verbrachte den Tag hier in einer verfallenen Hütte, von der aus er um sechs Uhr abends weiter wanderte und dann die Richtung nach Südwesten, nach dem Embachflusse, einhielt, bei dem er nach Zurücklegung von zehn Werft eintraf... einem Flusse, dessen Wasser sich mit dem Watzjerosee an dessen nördlicher Spitze vermischt.

Von hier aus hielt es der Flüchtling, statt durch die Weidenwälder und Ahorndickichte des Ufergeländes zu dringen, für geratener, über den See hin zu wandern, dessen Tragfähigkeit noch nicht vermindert sein konnte.

Da stürzte aus hoch hinziehenden Wolken ein starker Regen herab, der die Auflösung der Schneeschicht beschleunigte. Die Anzeichen demnächstigen Tauwetters traten schon deutlich hervor. Nicht fern mehr konnte der Tag sein, wo sich die Eisdecke der Wasserläufe der Gegend in Bewegung setzte.

Der Flüchtling ging raschen Schrittes dahin, verlangte es ihn doch, vor Tagesanbruch das Ende des Sees zu erreichen. Noch fünfundzwanzig Werst zurückzulegen, eine harte Wegstrecke für einen schon ermatteten Menschen, und die längste, die er sich bisher zugemutet hatte, da sie diese Nacht zusammen fünfzig Werst – fast sieben geographische Meilen – betragen würde. So zehn Stunden der Ruhe am nächsten Tage waren dann gewiß ehrlich verdient.

Im ganzen blieb es jedoch recht bedauernswert, daß das Wetter zum Regen umgeschlagen war. Bei trockener Kälte wäre leichter und schneller zu marschieren gewesen. Auf dem glatten Eise der Embach fand der Fuß jedoch noch einen Stützpunkt, den ihm der von der Schneeschmelze kotige Weg am Ufer hin nicht mehr geboten hätte. Dumpfes Krachen und vereinzelte Sprünge deuteten aber darauf hin, daß bald Eisgang eintreten und das Schmelzen der Schollen beginnen werde. Das bereitete einem Fußgänger dann neue Hindernisse, wenn er einen Fluß überschreiten wollte, sobald er das nicht schwimmend ausführte. Alle diese Gründe waren also dazu angetan, die täglichen Wegstrecken möglichst zu vergrößern.

Das wußte der Mann recht wohl, und er entwickelte auch eine fast übermenschliche Willensstärke. Sein eng zusammengezogener Kaftan schützte ihn gegen alle Windstöße. Seine erst unlängst erworbenen guten und an den Sohlen mit tüchtigen Zwecken verstärkten Stiefel machten seine Schritte auf dem schlüpfrigen Boden sicher. In der tiefen Finsternis brauchte er sich auch nicht um den Weg zu bekümmern, denn der Embach führte ihn unmittelbar seinem Ziele zu.

Um drei Uhr morgens waren zwanzig Werst zurückgelegt. In den zwei Stunden bis zum Tagesanbruch mußte der nächste Halteplatz erreicht sein. Auch diesmal war der Wanderer nicht genötigt, sich in ein Dorf zu wagen und in einer Herberge Unterkunft zu suchen, da seine Mundvorräte noch für einen Tag ausreichten. Mochte er einen Schlupfwinkel finden, gleichgültig welcher es auch sei, wenn er ihm nur bis zum Abend Sicherheit bot. In den Wäldern, die das Nordende des Watzjero umgeben, trifft man auf Holzfällerhütten, die im Winter unbewohnt sind. Mit der wenigen Kohle, die sie meist enthalten, und mit dem Holze abgestorbener und umgestürzter Bäume kann man sich leicht ein Feuer verschaffen, das – wie man sagen darf – Leib und Seele erwärmt, ohne die Besorgnis, daß der Rauch tief in diesen weiten Einöden zum Verräter werden könnte.

Gewiß war dieser Winter recht hart gewesen, doch wie hatte er – von seiner Strenge abgesehen – das Fortkommen des Flüchtlings begünstigt, seit dieser den Boden des Russischen Reiches betreten hatte.

Doch: Der Winter ist ja, nach einem slawischen Sprichworte, der Freund der Russen, und diese halten sich seiner rauhen Freundschaft versichert.

Da wurde vom linken Ufer der Embach her ein Geheul vernehmbar, ohne Zweifel das eines Tieres, das nur wenige hundert Schritt weit entfernt sein mochte. Kam dieses näher oder trottete es sich davon? In der Dunkelheit war es zunächst nicht zu sehen.

Der Wanderer steht gespannt lauschend einen Augenblick still; jetzt galt es ihm, auf der Wacht zu sein ... sich nicht überraschen zu lassen.

Das Geheul wiederholte sich mehrmals und wurde immer lauter. Von anderer Seite her schien ihm Antwort zu kommen.

Ohne Zweifel strich am Ufer der Embach ein Rudel wilder Tiere umher, und es war nicht ausgeschlossen, daß diese die Anwesenheit eines Menschen schon gewittert hatten.

In diesem Augenblicke ertönte das unheimliche Konzert so kräftig, daß der Flüchtling glaubte, er müsse sofort überfallen werden.

»Das sind Wölfe«, sprach er für sich, »und die Rotte ist auch nicht weit von hier.«

Jetzt drohte die schlimmste Gefahr: Ausgehungert infolge eines langen, harten Winters, sind diese Bestien besonders zu fürchten. Wegen eines einzigen Wolfes braucht man sich ja nicht zu beunruhigen, wenn man nur einigermaßen kräftig ist, sein kaltes Blut bewahrt und einen tüchtigen Stock zur Hand hat. Mit einem halben Dutzend dieser Tiere ist aber schwer fertig zu werden, selbst wenn man einen Revolver im Gürtel hat, wenigstens wenn nicht alle Schüsse treffen.

Jetzt noch einen gegen Angriffe geschützten Platz zu suchen, daran war gar nicht zu denken. Die Ufer der Embach sind flach und kahl, ohne einen Baum, den einer hätte erklettern können. Die Wolfsbande konnte kaum noch fünfzig Schritte weit entfernt sein, ob sie nun selbst auf die Eisfläche übergetreten war oder von der Steppe her heranjagte.

Da blieb nun nichts anderes mehr übrig, als eiligst zu entfliehen, freilich ohne große Hoffnung, die Bestien im Laufen zu übertreffen… dann hieß es Halt machen, sich umwenden und sich gegen jeden Angriff zur Wehr setzen. Dafür entschied sich denn auch der bedrängte Mann, nur zu bald spürte er aber das Raubgesindel dicht an den Fersen. Höchstens noch zwanzig Schritte hinter ihm heulte und bellte die Rotte. Er hielt an; durch das Dunkel schienen glänzende Punkte glühenden Kohlen gleich zu leuchten. Das waren die Augen der Wölfe… der jämmerlich abgemagerten, durch langes Fasten desto wilder gewordenen Wölfe, die jetzt gierig auf die Beute waren, welche sie schon fast im Bereich ihrer Zähne wußten.

Der Flüchtling drehte sich um, den Revolver in der einen, den Stock in der andern Hand. Besser, er feuerte nicht, solange mit dem Stocke auszukommen war, um nicht die Aufmerksamkeit etwa in der Nähe befindlicher Grenzwächter zu erregen.

Der Mann hatte nach Befreiung seiner Arme aus den Falten des Kaftans eine Stellung zur Abwehr eingenommen. Mit dem Stocke umherschlagend, hielt er sich zunächst von den Wölfen die vom Leibe, die ihm am ärgsten zusetzten. Einen davon, der ihm schon an den Hals gesprungen war, streckte ein kräftiger Stockhieb zu Boden.

Für ein halbes Dutzend Wölfe genügte das freilich nicht, ihnen Furcht einzujagen; es waren ihrer überhaupt zu viele, einen nach dem andern abzutun, ohne vom Revolver Gebrauch zu machen. Obendrein ging der Stock nach einem wuchtigen, nach dem Kopfe eines andern Tieres geführten Schlage in seiner Hand, die ihn so erfolgreich benutzte, leider in Stücke.

Der Mann suchte sein Heil nochmals in der Flucht, blieb aber, da die Wölfe ihm nachsprangen, wieder stehen und gab nun vier Schüsse auf die Angreifer ab.

Tödlich verwundet brachen zwei der Bestien auf dem von ihrem Blute geröteten Eise zusammen; zwei Kugeln waren aber fehl gegangen, dennoch sprangen die erschreckten andern Wölfe wohl um zwanzig Schritte weit zurück.

Der Flüchtling hatte keine Zeit, den Revolver aufs neue zu laden. Die Bande kam schon wieder zurück, bereit, sich auf den Unglücklichen zu stürzen. Nachdem jener zweihundert Schritte weit entflohen war, hatten ihn die Tiere wieder eingeholt und schlugen die Zähne in die Schöße seines Kaftans; abgerissene Stücke davon hingen ihnen im Maule… er fühlte ihren glühenden Atem. Machte er einen Fehltritt, so wars um ihn geschehen. Erheben konnte er sich dann nicht wieder und wurde von den wütenden Bestien zerfleischt.

War hiermit wirklich seine letzte Stunde gekommen? Nach so vielen Mühen und Strapazen, so vielen Gefahren, nach dem Boden der Heimat zurückzukehren, und es sollte von ihm nur ein wenig Gebein darauf übrig bleiben?

Beim ersten Tagesschimmer zeigte sich endlich das Ende des Sees. Der Regen hatte aufgehört und das Land ringsumher war in leichten Dunst gehüllt. Die Wölfe stürzten sich auf ihr Opfer, das sie mit Kolbenschlägen abwehrte, während sie auf ihn einbissen und ihn mit den Tatzen packten.

Plötzlich stieß sich der Mann an eine Art Leiter... wohin diese führte, das war jetzt gleichgültig. Konnte er nur deren Sprossen erklimmen, so war es den Wölfen unmöglich, ihm nachzuklettern, und er befände sich vorläufig in Sicherheit. Die Leiter stieg ein wenig schräg vom Boden auf, doch reichte sie merkwürdigerweise nicht ganz herunter, so als ob sie aufgehängt wäre, und der Nebel verhinderte zu sehen, woran sie oben anlag.

Der Flüchtling packte die Leiterbäume und schwang sich auf die untersten Sprossen, während die Wölfe sich zum letzten Male auf ihn stürzten und ihre Spitzzähne in seine Stiefel bohrten, deren Leder dabei zerriß.

Die Leiter knarrte und krachte unter der Last des Mannes, sie schwankte bei seiner Bemühung, sie zu erklettern. Sollte sie gar umschlagen? Dann würde er dennoch zerrissen... von den Tieren verzehrt...

Doch nein: die Leiter hielt aus; er erkletterte deren oberste Sprossen mit der Gewandtheit eines Marsgastes, der die Webeleinen der Wanten ersteigt.

Oben ragte das Ende eines dicken Balkens hervor, der einer Radnabe ähnelte und worauf man rittlings sitzen konnte.

Der Mann war damit außer dem Angriffsbereich der Wölfe, die unter der Leiter umhersprangen und sich mit furchtbarem Heulen erschöpften.

Die Leiter knarrte und krachte unter der Last des Mannes.

Zweites Kapitel

Ein Slawe für den anderen

Der Flüchtling befand sich vorläufig in Sicherheit. Wölfe können nicht ebenso klettern wie Bären, die in den livländischen Wäldern übrigens nicht weniger zahlreich vorkommen und sehr gefährlich sind. Er brauchte ja aber nicht eher hinunterzusteigen, als bis sich die Tiere zurückgezogen hatten, was jedenfalls mit Tagesanbruch geschehen würde.

Jetzt fragte er sich auch, warum denn die »Leiter« an diesem Orte angebracht war und woran sie mit ihrem oberen Ende festsaß.

Wie erwähnt, war das an einer Nabe oder einem kleinen Rade, von wo noch drei ähnliche Leitern hinausragten... in Wahrheit, zusammen die vier Flügel einer Mühle, die sich unweit von dem Abflusse der Embach aus dem See auf einem kleinen Erdhaufen erhob. Glücklicherweise war die Mühle nicht in Gang gewesen, als der Flüchtling einen ihrer Flügel erkletterte.

Freilich lag die Möglichkeit vor, daß die Mühle beim ersten Tagesschein in Betrieb gesetzt würde, wenn sich einigermaßen Wind erhob. Dann mußte es schwierig werden, sich auf ihrer sich drehenden Welle zu erhalten, und außerdem würde der Müller, wenn er seine Leinwand ausgespannt und die Mühle mit dem äußeren Hebelbaum richtig gedreht hatte, den an der Kreuzungsstelle der Flügel sitzenden Mann bemerken. Einen Abstieg konnte der Flüchtling aber trotzdem nicht wagen.

Noch schwärmten die Wölfe um den Erdhaufen und drohten mit ihrem Geheul Leute in einigen nahe liegenden Häuschen zu wecken.

Hier gab es nur einen Ausweg: ins Innere der Mühle einzudringen, sich für den Tag über zu verstecken, wenn – was sehr
wahrscheinlich war – der Müller sich nicht darin aufhielt, und
den Abend abzuwarten, um dann weiter zu wandern.

Der Mann schwang sich deshalb nach dem Dache hinauf
und erreichte glücklich die Luke für den Hebelbaum, der
schräg hinunter fast bis zur Erde verlief.

Die Mühle war, wie hierzulande allgemein, mit einer Art
umgedrehter Schale, oder vielmehr mit einer Art Mütze ohne
Rand bedeckt. Dieses Dach rollte auf einer Reihe von Lauf-
rädchen im Innern, mit deren Hilfe die ganze Einrichtung
leicht in die gewünschte Lage gebracht werden konnte. Hieraus geht hervor, daß das hölzerne Hauptbauwerk unbeweg-
lich auf dem Erdboden ruhte und nicht auf einem Zapfen in
der Mitte, wie die meisten Mühlen in Holland. Zwei offene,
einander gegenüberstehende Türen vermittelten den Zutritt.

Durch die Luke konnte der Flüchtling trotz ihrer Enge
ohne besondere Schwierigkeit und ohne Geräusch hinein-
schlüpfen. Im Innern lag hier eine Art Dachkammer, durch
die wagrecht der Wellbaum verlief, der wieder durch ein
Zahngetriebe mit der senkrechten Welle in Verbindung stand,
durch die das eigentliche Mühlwerk im unteren Raume in Bewegung gesetzt wurde.

Die Stille war hier ebenso tief wie die Finsternis. Daß sich
in der untern Abteilung zu dieser Stunde niemand befände,
war als ziemlich gewiß anzunehmen. Eine steile, an der Plan-
kenwand hin verlaufende Treppe führte nach diesem unteren Raume, der als Fußboden nur den Erdhaufen hatte. Die
Vorsicht gebot jedoch, die Dachkammer nicht zu verlassen.
Erst essen, dann schlafen, das waren die zwei dringendsten
Bedürfnisse, die der Flüchtling nicht mehr lange unbefrie-

digt lassen konnte. Er verzehrte also den Rest seines Mundvorrates, was ihn freilich nötigte, sich im Laufe der nächsten
Wanderung neuen zu beschaffen. Wo und wie… das würde
sich ja finden.

Gegen sieben Uhr früh war der Nebel aufgestiegen und
die Umgebung der Mühle nun bequem zu erkennen. Beim
Herausbiegen aus der Luke sah man da, zur Rechten eine von
der Schneeschmelze mit Tümpeln bedeckte Ebene, durch die
nach Westen zu eine endlose Straße mit dicht beieinander
liegenden Baumstämmen verlief, denn sie durchschnitt eine
Sumpfstrecke, über der ganze Völker von Wasservögeln flatterten. Zur Linken dehnte sich der – bis auf die Mündungs-
stelle der Embach – noch mit Eis bedeckte See aus.

Da und dort ragten einzelne Fichten und Tannen mit düs-
terem Nadelschmuck auf, die dadurch in auffallendem Ge-
gensatze zu entblätterten Ahornen und Erlen standen.

Der Flüchtling bemerkte zuerst, daß die Wölfe, deren Geheul schon seit einer Stunde verstummt war, den Platz verlassen hatten.

»Gut«, murmelte er für sich hin, »doch die Zollbeamten
und die Polizisten sind mehr zu fürchten als dieses Raubgesindel. Je näher der Küste, desto schwieriger wird es sein,
den Häschern zu entgehen… Ich falle schon fast in Schlaf,
doch vorher muß ich noch untersuchen, wie es im Fall eines
Alarms möglich ist, zu entfliehen.«

Der Regen hatte aufgehört, die Luftwärme war um einige
Grad gestiegen und der Wind war mehr nach Westen umgeschlagen. Da er schon ziemlich lebhaft wehte, lag die Befürchtung nahe, daß der Müller seine Mühle wieder arbeiten
lassen werde.

Beugte man sich zur Luke hinaus, so sah man in der Entfernung von einer halben Werst vereinzelt mehrere Häuschen
mit stellenweise weißen Strohdächern, aus denen schwache
Rauchwolken hervorwirbelten. Dort wohnte jedenfalls der

Beugte man sich zur Luke hinaus...

Besitzer der Mühle, und es empfahl sich, die Häusergruppe im Auge zu behalten.

Der Flüchtling wagte sich jetzt auf die Stufen der Innentreppe und stieg nun bis zu dem Gebälk hinunter, worauf das Triebwerk ruhte. Unten standen eine Anzahl Säcke mit Getreide. Die Mühle war also nicht verlassen, sie arbeitete jedenfalls, wenn der Wind zur Drehung ihrer Flügel stark genug war, folglich konnte der Müller jetzt jeden Augenblick kommen und sie gegen den Wind einstellen.

Unter diesen Verhältnissen wäre es unklug gewesen, im untern Raum zu verweilen, und ratsamer erschien es, wieder nach dem Dachraum zu gehen und da einige Stunden Schlaf zu genießen. Unten drohte die Gefahr, überrascht zu werden. Die beiden in die Mühle führenden Türen waren nur durch einfache Fallklinken geschlossen, und jeder Beliebige, der bei etwaigem Wiedereinsetzen des Regens nach einer Zuflucht spähte, konnte in der Mühle Unterkunft suchen. Übrigens frischte auch der Wind weiter auf, und der Müller mußte sich bald einstellen.

Der Mann begab sich über die Holztreppe also wieder nach oben, wobei er einen letzten Blick durch die kleinen Öffnungen in der Wand gleiten ließ, er erreichte den Dachraum und versank hier, von Müdigkeit überwältigt, in tiefen Schlaf.

Welche Zeit mochte es sein, als er wieder erwachte?... So gegen vier Uhr. Es war heller Tag, die Mühle stand aber noch immer still. Ein glücklicher Zufall wollte es, daß er, der Flüchtling, als er von der Kälte halb erstarrt erwachte, sich beim Ausdehnen der Glieder nur schwach bewegte, was ihn vor einer großen Gefahr bewahrte.

Er vernahm nämlich einen Austausch von Worten aus dem untern Raume, wo mehrere Personen ziemlich lebhaft miteinander sprachen. Diese waren eine halbe Stunde vor seinem Erwachen eingetreten, und er wäre zweifellos entdeckt worden, wenn sie die Dachkammer bestiegen hätten.

Der Mann hütete sich jetzt vor jeder Bewegung. Auf dem Fußboden hingestreckt, lauschte er gespannt auf das, was unter ihm gesprochen wurde.

Schon die ersten Worte verrieten ihm, wer die Leute da unten waren. Er begriff sofort, welcher Gefahr er entgangen sein würde – wenn er ihr überhaupt entging – das heißt, wenn es ihm gelang, die Mühle vor oder nach dem Weggange der Männer zu verlassen, die jetzt mit dem Müller sprachen.

Es waren das drei Polizeibeamte, ein Brigadier mit zwei seiner Untergebenen.

Jener Zeit begann die Russifizierung der Verwaltung in den baltischen Provinzen noch kaum mit der Ausschließung der dortigen germanischen Elemente zugunsten der slawischen. Hier standen noch eine Menge Polizisten deutscher Herkunft in Dienst. Unter diesen zeichnete sich der Brigadier Eck durch seinen Diensteifer aus und durch die Strenge, mit der er ebenso den Angehörigen seiner eigenen Rasse wie den Russen Livlands entgegentrat. Ein schlauer und bei seinen Vorgesetzten gut angeschriebener Patron, verfolgte er mit wahrem Feuereifer die ihm überwiesenen Kriminalfälle, setzte seinen Stolz in jeden erzielten Erfolg und ließ sich durch keinen Fehlschlag abschrecken. Bei der ihm jetzt anvertrauten wichtigen Nachforschung entwickelte er um so größere Energie, als es sich hier um das Aufgreifen eines aus Sibirien entflohenen Sträflings, eines Livländers von moskowitischer Herkunft handelte.

Während der Flüchtling schlief, war der Müller nach der Mühle gekommen, um hier den Tag über seiner Beschäftigung nachzugehen. Gegen neun Uhr hatte er gemeint, daß der Wind kräftig genug sei, und wenn er die Flügel da in Bewegung gesetzt hätte, wäre der Schläfer gewiß beim ersten Geräusch davon erwacht. Infolge eines seinen Regens frischte der Wind aber nicht weiter auf. Der Müller stand wartend an seiner Tür, als Eck und die anderen Polizisten ihn bemerkten und in die Mühle eintraten, um von ihm einige Erkundigungen einzuziehen.

»Du weißt nichts davon«, begann Eck, »von einem etwa dreißig- bis fünfunddreißigjährigen Mann, der hier am Ende des Sees aufgetaucht wäre?«

»Nicht das geringste«, versicherte der Müller. »Zur jetzigen Jahreszeit kommen im Laufe des Tages kaum zwei Personen in unseren Weiler. Handelt sich's um einen Ausländer?«

»Einen Ausländer?... Nein, um einen Russen, und zwar um einen solchen aus den baltischen Provinzen.«

»Ah... um einen Russen?«, wiederholte der Müller.

»Jawohl... um einen Schurken, den zu fangen für mich sehr wichtig ist!«

Für einen Polizeibeamten ist ein Flüchtling natürlich immer ein Schurke, ob dieser nun wegen eines politischen Vergehens oder wegen eines Verbrechens gegen das gemeine Recht verurteilt gewesen war.

»Und ihr seid ihm wohl auf den Fersen?«

»Seit vierundzwanzig Stunden, wo sein Erscheinen an der livländischen Grenze gemeldet worden war...«

»Ist es bekannt, wohin er will?«, fuhr der von Natur etwas neugierige Müller fort.

»Das liegt doch auf der Hand«, erwiderte Eck. »Er geht natürlich dahin wo er auf ein Schiff kommen kann, sobald das Meer eisfrei ist... jedenfalls nach Reval oder vor allem nach Riga.«

Der Brigadier wies mit Recht auf diese Stadt, das alte Kolywan der Russen, hin, einen Platz, wo der Seeverkehr des Nordens des Reiches zusammenströmt. Diese Stadt steht durch die kurländische Küstenbahn auch in unmittelbarer Verbindung mit St. Petersburg. Für einen Flüchtling war es also wichtig, sich nach Reval durchzuschlagen, das gleichzeitig ein Seebadeort ist, oder, wenn nicht Reval selbst, so doch sein Vorort Balliskly, der am Ausgange der dortigen Bucht liegt und deshalb zuerst von der Einschließung durch Eis frei wird. Bis Reval, einer der alten Hansestädte, die zu einem Drittel von Deutschen, zu zwei Dritteln von Estländern bewohnt ist, waren es von der Mühle aus noch hundertvierzig Werst, eine Strecke, die vier starke Tagesmärsche in Anspruch nahm.

»Warum denn nach Reval?« bemerkte dazu der Müller. »Der Spitzbube täte doch weit besser, sich Pernau zuzuwenden.«

Bis dahin hatte dieser in der Tat nur hundert Werst zurückzulegen. Was aber das doppelt so weit wie Pernau entlegene Riga betraf, schien es überflüssig, die Nachsuchungen nach dieser Richtung hin auszudehnen. Natürlich vernahm der Flüchtling, der sich in der Dachkammer nicht rührte, den Atem anhielt und voller Spannung lauschte, die unten gewechselten Worte, woraus er für sich Nutzen zu ziehen hoffte.

»Ja freilich, Pernau ist im Auge zu behalten«, antwortete der Brigadier, »und die Patrouillen von Fallen haben schon Auftrag, das Land dort zu überwachen. Immerhin ist anzunehmen, daß unser Ausreißer sich nach Reval wenden werde, wo er am frühesten zu Schiffe gehen könnte.«

Das war auch die Ansicht des Majors Verder, der damals unter der Leitung des Obersten Raguenos die Polizei der Provinz Livland befehligte. Auch Eck hatte sich schon in demselben Sinne schlüssig gemacht.

Teilte der Oberst Raguenos, ein Slawe von Geburt, auch nicht die Sympathien und Antipathien des Majors Verder, der von deutscher Abkunft war, so stimmte der zweite in dieser Beziehung doch mit seinem Untergebenen, dem Brigadier Eck, vollständig überein. Einigermaßen ausgleichend und mäßigend stand über beiden aber noch der Gouverneur der baltischen Provinzen, General Gorko. Dieser hohe Beamte teilte übrigens vollständig die Absichten der Reichsregierung, die, wie schon erwähnt, darauf hinausgingen, die Verwaltung der Provinzen allmählich zu russifizieren.

Das Gespräch in der Mühle dauerte noch einige Minuten an. Der Brigadier beschrieb den Flüchtling entsprechend dem Signalement, das den verschiedenen Polizistenabteilungen des Landes übermittelt worden war: Größe übermittel, Körperbau kräftig, Alter etwa fünfunddreißig Jahre; Bart voll und stark Kleidung brauner Kaftan, wenigstens zur Zeit, wo der Gesuchte die Grenze überschritten hatte.

»Ich versichere wiederholt«, äußerte dazu der Müller, »daß sich ein solcher Mann... ein Russe, sagtet ihr?...«

»Jawohl, ein Russe.«

»Nun, ich erkläre, daß er sich in unserem Weiler nicht gezeigt hat, und ihr würdet in keinem Hause auch nur eine Spur von dem Gesuchten finden.«

»Du weißt«, fügte der Brigadier noch hinzu, »daß jeder, der ihm Unterschlupf gewährt, Gefahr liefe, verhaftet und gleich einem Mitschuldigen behandelt zu werden.«

»Das Väterchen möge uns seinen Schutz verleihen... ja, das weiß ich, und werde mich keiner solchen Gefahr aussetzen!«

»Recht so«, meinte der Brigadier, »es ist auch klug und weise, mit dem Major Verder nichts zu tun zu haben.«

»Ich werde mich schön hüten, Brigadier.«

Eck brach nun auf und bemerkte nur noch im Fortgehen, daß seine Leute und er das Land zwischen Pernau und Reval weit absuchen würden und daß die Polizeipatrouillen Befehl erhalten hätten, miteinander in Verbindung zu bleiben.

»Halt«, sagte der Müller, »der Wind geht ja mehr nach Südwesten um und wird auch stärker. Könnten mir eure Leute nicht ein wenig helfen, die Mühle zu drehen?... Dann brauchte ich nicht erst andere Hilfe herbeizuholen und könnte die ganze Nacht hier bleiben.«

Eck erlaubte das mit Vergnügen. Seine Polizisten gingen zur gegenüberliegenden Tür hinaus, packten an dem großen Hebelbaum an und drehten das Dach auf seinen Laufrollen, bis die Flügel richtig gegen den Wind eingestellt waren. Kaum waren diese mit Segelleinwand bezogen, da ließ die Mühle nach Einrückung des Zahnradgetriebes schon ihr regelmäßiges Tick-tack hören.

Der Brigadier und seine Leute wanderten nun in nordwestlicher Richtung hinaus.

Dem Flüchtling war von dem ganzen Gespräche nichts entgangen. Aus diesem ergab sich, daß ihn die schlimmsten Gefahren im letzten Teile seiner abenteuerlichen Fahrt bedrohten. Sein Eintreffen war hier gemeldet worden. Die Patrouillen sollten im gegenseitigen Einverständnis vorgehen, sich seiner zu bemächtigen. Erschien es nun ratsam, weiter auf Reval zu wandern?... Nein, dachte er. Besser, er ginge auf Pernau zu, das er in kürzerer Zeit erreichen könnte. Bei der jetzigen Zunahme der Temperatur konnte, in der Ostsee wie im finnischen Meerbusen, der Aufbruch des Eises sich nicht mehr lange verzögern.

Hierüber im Klaren, galt es für ihn nur noch, aus der Mühle zu entkommen, sobald die Dunkelheit die weitere Flucht ermöglichte.

Wie sollte das aber geschehen, ohne die Aufmerksamkeit des Müllers zu erregen?... Da dessen Mühle bei dem stetig gewordenen Winde arbeitete, richtete er sich hier unzweifelhaft gleich für die folgende Nacht ein. An einen Versuch, nach dem untern Raum zu gelangen und durch die eine oder andere Tür zu entweichen, war überhaupt nicht zu denken. Viel leicht war es möglich, durch die Dachluke zu schlüpfen. bis zu dem großen, zur Bewegung des Daches dienenden Hebelbaume zu kriechen und über diesen hin den Erdboden zu erreichen.

Ein gewandter kräftiger Mann konnte das wohl versuchen, obgleich sich die Flügelwelle drehte und die Gefahr nahe lag, sich in den Zähnen des Triebwerkes zu fangen. Dann war einer freilich bedroht, zermalmt zu werden, doch darauf durfte es jetzt nicht ankommen.

Noch fehlte eine Stunde, bis es finster genug wäre. Wenn der Müller aber vorher in den Dachraum hinauskam, sobald ihn irgend ein Umstand dazu veranlaßte... konnte der Flüchtling auch dann hoffen, unentdeckt zu bleiben?... Nein, gleichgültig, ob es dann noch hell oder schon dunkel war, denn im zweiten Falle würde der Müller ja eine Laterne mitbringen.

Nun, wenn der Müller den Dachraum bestieg und den Mann bemerkte, der sich da versteckt hatte, so wollte dieser sich auf ihn stürzen, ihn niederwerfen und knebeln. Leistete der Müller Widerstand und versuchte er, sich zu verteidigen, drohten seine Rufe den Weiler zu alarmieren, dann wehe dem Armen! Das Messer des Flüchtlings hätte ihm dann in der Kehle gesessen und jeden Aufschrei erstickt. Dieser wäre doch wahrlich nicht von so weit hierher gekommen, und hätte so vielen Gefahren getrotzt, um zuletzt vor irgend einem Mittel zur Erlangung seiner Freiheit zurückzuschrecken.

Immerhin bewahrte er die Hoffnung, nicht zu dem verzweifelten Mittel des Blutvergießens greifen zu müssen, um wieder fort zu kommen. Der Müller hatte ja im Dachraume kaum etwas zu suchen, er mußte vielmehr seine Mühlsteine im Auge behalten, die sich bei dem schnellen Gange der großen Flügel mit rasender Geschwindigkeit drehten.

Eine Stunde verstrich unter dem Tick-tack der Welle, dem Knarren des Zahngetriebes, dem Pfeifen des Windes und dem leisen Knirschen der zerdrückten Körner. Langsam ging die unter diesen Breiten immer lange dauernde Dämmerung ins Dunkel des Abends über. Im Inneren des Dachraumes war es schon völlig finster. Jetzt mußte ein Entschluß gefaßt werden. Die nächtliche Wanderung würde gewiß anstrengend werden, galt es dabei doch, vierzig Werst zurückzulegen und deshalb unverzüglich aufzubrechen, sobald das möglich wäre.

Der Flüchtling überzeugte sich, daß sein im Leibgurt getragenes Messer leicht aus der Scheide zu ziehen war. In die Kammer des Revolvers steckte er sechs neue Patronen zum

Ersatz für die, die er gegen die Wölfe verschossen hatte. Nun blieb nur die, übrigens nicht geringe, Schwierigkeit übrig, wieder durch die Dachluke zu schlüpfen, ohne von der sich drehenden Welle erfaßt zu werden, die sich dicht an der Luke auf das Gestell des Mühlwerkes stützte. Gelang das, so war es leicht, von der Ausladung des Daches aus den großen Hebelbaum zu erreichen.

Schon schlich der Flüchtling nach der Luke hin, als sich trotz des Klapperns der Mühle und des Knarrens der Zahnräder ein Geräusch vernehmbar machte. Es rührte von schweren Tritten her, unter denen die Stufen der Treppe ächzten.

Eine Laterne in der Hand, kam der Müller nach dem Dachraum hinaus. Er wurde gerade in dem Augenblick sichtbar, wo sich der zu allem entschlossene Flüchtling, den Revolver in der Hand, auf ihn stürzen wollte.

Sobald der Müller aber nur mit halbem Leibe über den Fußboden des Dachraumes emporragte, sagte er:

»Väterchen, jetzt ist's Zeit davonzulaufen! Zögere nicht… geh hinunter… die Tür ist offen.«

Vor Erstaunen fand der Flüchtling keine Antwort. Der wackere Mann wußte also schon, daß er hier war?… Er mußte es beobachtet haben, wie er sich in die Mühle flüchtete?… Das zwar nicht, wohl aber war der Müller, während der Fremde schlief, nach dem Dachraume hinausgekommen, hatte diesen da gesehen, sich aber gehütet, ihn zu wecken. War es nicht ein Russe, wie er selbst? Das erkennen Slawen schon am Gesichtsausdrucke. Er hatte sich gesagt, daß die livländische Polizei diesem Manne nachspürte… Warum?… Das wollte er ihn ebensowenig fragen, wie er ihn dem Brigadier Eck und dessen Polizisten ausgeliefert hätte.

»Geh hinunter«, wiederholte er mit verhaltener Stimme.

Der Flüchtling, dem vor Erregung das Herz stürmisch klopfte, begab sich nach dem unteren Raum, von dessen Türen eine offen stand.

»Hier ist noch einiger Mundvorrat«, sagte der Müller, der dabei etwas Brot und Fleisch in den Hängebeutel des Flüchtlings steckte. »Ich habe bemerkt, daß der ebenso leer war wie deine Flasche. Fülle sie dir und geh in Gottes Namen...«

»Wenn aber die Polizei erführe...«

»Suche ihr auszuweichen und mach' dir um mich keine Sorge. Ich frage dich nicht, wer du sein magst, ich weiß nur, daß du ein Slawe bist, und niemals wird ein Slawe den anderen den deutschen Häschern in die Hände spielen.«

»O... Dank... tausend Dank!«, rief der Flüchtling.

»Geh' nun, Väterchen. Gott geleite dich und verzeihe dir, wenn du der Verzeihung bedarfst!«

Die Nacht war tiefdunkel und der am Erdhügel vorüberführende Weg vollständig verlassen. Der Flüchtling winkte dem Müller noch einmal Abschied zu und verschwand dann in der Finsternis.

Auf dem eingeschlagenen neuen Wege handelte es sich nun darum, den Flecken Fallen noch in der Nacht zu erreichen, in dessen Umgebung ein Versteck aufzusuchen und da den folgenden Tag auszuruhen. Vierzig Werst... der Flüchtling würde sie zu überwinden wissen, dann befand er sich nur noch sechzig Werst von Pernau. In zwei Tagemärschen hoffte er, wenn kein Zwischenfall ihn aufhielt, noch vor Mitternacht des 11. April in dieser Stadt einzutreffen. Dort gedachte er sich zu verbergen bis zur Beschaffung der nötigen Mittel, die ihm erlaubten, an Bord eines Schiffes zu gehen, und hier mußten viele solche fertig liegen, mit dem ersten Aufbruch des Ostseeeises auszulaufen.

Rasch schritt der Flüchtling nun dahin, hier über eine offene Ebene, dort am Saume dunkler Weiden- und Birkenwälder. Zuweilen mußte er am Fuße eines Hügels hingehen, mußte engen Schluchten folgen oder kleinere, zwischen den Binsen und Granitblöcken an ihren Ufern nur halb zugefrorene Wasserläufe überschreiten. Der Boden war hier weniger dürr

»Väterchen, jetzt ist's Zeit davonzulaufen!«

als in der Nähe des Peipussees, wo sich die mit gelblichem Sande vermischte Erde nur mit einer mageren Pflanzenhülle bedeckt. Weit auseinander liegend tauchten schlummernde Dorfschaften auf inmitten flacher, einförmiger Felder, die der Pflug nun bald zur Einsaat von Buchweizen, Roggen, Lein und Hanf durchfurchen sollte.

Die Temperatur hob sich merkbar. Der halbgeschmolzene Schnee verwandelte sich zu einer schlammigen Masse. Dieses Jahr trat das Tauwetter ausnehmend zeitig ein.

Gegen fünf Uhr früh stieß der Flüchtling kurz vor dem Flecken Fallen auf ein altes Gemäuer, wo er sich verstecken konnte, ohne von jemand gesehen worden zu sein. Ein Teil des vom Müller erhaltenen Mundvorrates stärkte ihn schon wieder… das übrige würde der Schlaf tun. Um sechs Uhr abends brach er, ohne in seiner Ruhe im geringsten gestört worden zu sein, von neuem auf. Wenn er von den sechzig bis Pernau noch übrigen Wersten in der Nacht vom 9. zum 10. April die Hälfte hinter sich brachte, würde das der vorletzte Tagesmarsch sein. Das gelang ihm auch. Mit Tagesanbruch mußte der Flüchtling Halt machen, diesmal aber, in Ermangelung eines besseren Verstecks, tief in einem Fichtenwalde, eine halbe Werst von der Landstraße. Jedenfalls war das ratsamer, als in einem Bauerngute oder einer Schenke ein Mittagsmahl und einen Ruheplatz zu suchen. Man trifft nicht immer auf so zuvorkommende Leute, wie zwei Tage vorher den Müller.

Am Nachmittage sah der hinter dickem Gebüsch verborgene Mann auf der Straße nach Pernau eine Abteilung Polizisten vorüberziehen. Die Leute machten einen Augenblick Halt, als wollten sie das Weidengesträuch absuchen, gingen aber kurz darauf weiter.

Am Abend um sechs Uhr wurde der Marsch bei wolkenlosem Himmel wieder aufgenommen. Der jetzt fast volle Mond verbreitete einen hellen Schein. Von drei Uhr morgens an schritt der Flüchtling längs des linken Ufers eines Flusses, der Pernowa, nur noch fünf Werst von Pernau entfernt, dahin. Folgte er dem Flusse weiter, so mußte er nach einer Vorstadt dieses Hafenortes kommen, wo er bis zum Tage seiner Abreise in einer bescheidenen Herberge bleiben wollte.

Zur größten Befriedigung sah er, daß auf der Pernowa schon große Eisschollen nach dem Golf hinabtrieben. Noch kurze Zeit, und er war am Ziele seiner endlosen Fahrt, seiner erschöpfenden Tagesmärsche, am Ende aller Mühen und Gefahren. Wenigstens glaubte er das.

Plötzlich erscholl ein Ruf, derselbe, mit dem er bei seiner Ankunft an der livländischen Grenze des Peipussees »begrüßt« worden war und der ihn an den deutschen Anruf »Wer da?« erinnerte.

Diesmal kam er aber nicht aus dem Munde eines Zollbeamten.

Hier war eine Abteilung Polizisten unter Führung des Brigadiers Eck aufgetaucht, die die Straße in der Nähe von Pernau überwachte.

Der Flüchtling stand einen Augenblick still, dann stürmte er die Uferböschung hinunter.

»Dort… das ist er!«, rief einer der Polizisten.

Unglücklicherweise verhinderte das helle Mondlicht, ungesehen zu entkommen. Eck und seine Leute machten sich an die Verfolgung des Fliehenden. Da dessen Kräfte schon durch den langen Marsch geschwächt waren, kam er nicht so geschwind wie sonst vorwärts. Es wäre ihm also unmöglich gewesen, den Polizisten zu entlaufen, die sich noch durch keinen zehnstündigen Marsch erschöpft hatten.

»Lieber sterben, als sich fangen lassen!«, sagte er für sich.

Und als gerade eine Eisscholle nur fünf bis sechs Fuß vom Ufer vorüber kam, sprang er mit einem verzweifelten Satze auf das Eisstück.

»Feuer!… Feuer!«, befahl Eck seinen Leuten.

Vier Schüsse krachten; die Revolverkugeln schlugen aber zwischen die Schollen ein.

Die, die den Flüchtling trug, schwamm mit großer Schnelligkeit hinab, denn die Pernowa hat beim ersten Tauwetter eine sehr starke Strömung.

Eck und seine Leute liefen, freilich vielfach behindert, eiligst am Ufer hin, um bei dem Eistreiben doch sicherer schießen zu können.

Eben wollten sie, Eck an ihrer Spitze, wieder Feuer geben, als sich ein donnerndes Krachen vernehmen ließ. Die Scholle, worauf der Flüchtling sich vorläufig gerettet hatte, stieß mit anderen Eisblöcken zusammen infolge einer plötzlichen Verengerung des Flußbettes an einer schroffen Biegung, die das Wasser nach rechts ablenkte. Die Scholle überschlug sich beinahe ganz, erhob sich wieder, überschlug sich von neuem und verschwand endlich unter Bildung eines Eisschutzes mitten unter den anderen.

Das Treibeis kam zum Stillstand. Die Polizisten sprangen auf die fast starre Decke, liefen darauf hin und her und setzten ihre Nachsuchung wohl eine Stunde lang fort.

Von dem Flüchtlinge keine Spur… wahrscheinlich war dieser bei dem tollen Durcheinander zermalmt worden.

»Besser, wir hätten ihn noch abfangen können, sagte einer der Häscher.«

»Ja freilich«, antwortete der Brigadier Eck, »doch da wir ihn nicht lebend haben ergreifen können, wollen wir wenigstens den Toten zu finden suchen!«

Drittes Kapitel

Die Familie Nicolef

Am folgenden Tage – am 12. April – plauderten drei Personen, die noch eine vierte erwarteten, zwischen sieben und acht Uhr abends im Speisezimmer eines Häuschens einer Vorstadt Rigas, die von dessen russischen Einwohnern besonders bevorzugt wird. Es war ein bescheidenes Haus am Ende des Stadtteils, doch aus Backsteinen errichtet, was in dieser Vorstadt nur selten der Fall ist, wo es im allgemeinen nur Holzbauten gibt. Der in einer Mauernische des Zimmers und seit dem frühen Morgen geheizte Ofen verbreitete eine angenehme Wärme von 15 bis 16 Zentigraden, während der Thermometer draußen 5 bis 6 Grad über Null zeigte.

Eine kleine, mit Schirm versehene Petroleumlampe warf nur ein mäßiges Licht auf den Tisch in der Mitte des Raumes. Auf einem Nebentischchen mit Marmorplatte brodelte der beliebte Samowar. Vier Tassen deuteten darauf hin, daß hier vier Personen Tee trinken wollten. Die vierte war aber noch nicht erschienen, obgleich man schon gegen vierzig Minuten auf sie wartete.

»Dimitri fehlt noch«, bemerkte einer der Anwesenden und begab sich nach dem Doppelfenster, das sich nach der Straße zu öffnete.

Dieser, ein Mann von einigen fünfzig Jahren, war der russische Arzt Hamine, ein treuer Freund des Hauses. Seit den vierundzwanzig Jahren, wo er in Riga praktizierte, war er sehr gesucht wegen seiner Kenntnisse, sehr geschätzt wegen seines einnehmenden Wesens, freilich auch stark beneidet von Kollegen, und man weiß ja, bis zu welcher Gehässigkeit sich – in Rußland wie anderwärts – der Neid von Berufsgenossen erniedrigen kann.

»Ja… es wird bald acht schlagen«, antwortete ein anderer mit einem Blick auf die zwischen zwei Fenstern hängende Gewichtsuhr. »Nicolef hat aber eine ›Gnaden-Viertelstunde‹, wie wir in Frankreich zu sagen pflegen, und es ist ja bekannt, daß eine solche Viertelstunde allemal mehr als fünfzehn Minuten hat.«

Der, der diese Bemerkung gemacht hatte, war ein Herr Delaporte, der französische Konsul in Riga. Etwa vierzig Jahre alt, seit zehn Jahren in dieser Stadt wohnhaft, hatte er sich durch sein tadelloses Auftreten und sein dienstwilliges Wesen die allgemeine Achtung erworben.

»Mein Vater hat am anderen Ende der Stadt eine Stunde zu geben gehabt«, ließ sich da eine dritte Person vernehmen. »Der Weg ist lang und bei dem abscheulichen Wetter mit Regenfall und Schneewehen gewiß auch beschwerlich. Er wird wohl vor Kälte halb erstarrt heimkommen.«

»O«, rief der Doktor Hamine, »der Ofen schnaubt und prasselt ja wie ein Beamter bei der Audienz!… Hier im Zimmer ist's hübsch warm… der Samowar macht's dem Ofen nach… Nur ein paar Tassen Tee, und Dimitri wird sein vollgeschüttelt Maß innerer und äußerer Wärme wieder haben!… Keine Angst, liebe Ilka! Und sollte dein Vater einen Arzt nötig haben, so ist der ja nicht weit entfernt und obendrein einer seiner besten Freunde.«

»Das wissen wir, lieber Herr Doktor!«, antwortete das junge Mädchen lächelnd.

Ilka Nicolef zählte vierundzwanzig Jahre. Das Musterbild einer Slawin, unterschied sie sich wesentlich von den anderen Mädchen Rigas, die germanischer Abkunft waren, einen gar zu rosigen Teint, zu blaue Augen mit fast ausdruckslosem

»Dimitri fehlt noch.«

Blick und überhaupt etwas phlegmatisches Wesen hatten. Die braunhaarige Ilka dagegen zeigte einen warmen, doch nicht zu tief gefärbten Teint, eine große Gestalt, edle Gesichtszüge mit etwas strengem Ausdruck, der jedoch durch einen sanften Blick gemildert wurde, solange sie nicht gerade einem traurigen Gedanken nachhing. Ernst und überlegend, wenig kokett in ihrem Anzug, sondern stets geschmackvoll einfach gekleidet, erschien sie als vollendeter Typus der jungen Livländerin von russischer Herkunft.

Ilka war nicht das einzige Kind des schon seit zehn Jahren verwitweten Nicolef. Ihr Bruder Jean, der eben ins achtzehnte Jahr eintrat, hielt sich Studien halber an der Universität in Dorpat auf. Sie hatte an ihm in seiner Kindheit Mutterstelle vertreten, und bei welchem weiblichen Wesen hätte er, nach dem Ableben derjenigen, die nicht mehr war, mehr Ergebenheit, mehr Güte und mehr Opferfreudigkeit finden können!... Dank ihrer weisen Sparsamkeit hatte der junge Student den etwas teuern Unterricht fern vom Vaterhause genießen können.

Dimitri Nicolefs Einnahmen bestanden nämlich ausschließlich aus dem Ertrag der Unterrichtsstunden, die er in der eigenen Wohnung oder in der Stadt erteilte. Ein kenntnisreicher und sehr geschätzter Privatlehrer der Mathematik und der Physik, war er leider ohne Vermögen. Dieser Beruf liefert ja keine goldene Ernte... in Rußland ebensowenig wie anderwärts. Hätte Dimitri Nicolef Reichtümer durch die allgemeine Hochschätzung, die er genoß, erwerben können, so wäre er freilich Millionär, und zwar einer der reichsten in Riga gewesen, wo seine Ehrbarkeit ihm unter seinen Mitbürgern – natürlich unter denen slawischer Rasse – die erste Rangstellung sicherte.

Hierüber jeden Zweifel zu beseitigen, wird es genügen, dem Gespräch zwischen dem Doktor Hamine und dem Konsul zu lauschen, als diese die Heimkehr des Lehrers erwarteten. Das Gespräch wurde in russischer Sprache geführt, die Delaporte ebenso vollkommen beherrschte, wie die meisten gebildeten Russen die französische.

»Nun, Doktor«, sagte der Konsul, »Sie stehen jetzt hier am Anfange einer Bewegung, die die politischen Verhältnisse Estlands, Livlands und Kurlands wesentlich umgestalten wird. Die estländischen Zeitungen weisen mit allem Zauber ihrer arischen Mundart deutlich genug darauf hin.«

»Diese Entwicklung der Dinge wird nur schrittweise vor sich gehen«, erwiderte der Arzt, »es wird aber keineswegs zu zeitig sein, wenn die Verwaltung und das Stadtregiment den deutschen Körperschaften entwunden sein werden. Ist's denn kein unbegreiflicher Zustand, daß noch immer die Deutschen die politische Führung unserer Provinzen in der Hand haben?«

»Ja… leider; doch wenn das auch nicht mehr der Fall ist«, bemerkte Ilka, »bleiben sie wahrscheinlich allmächtig durch die Macht des Geldes, da sie fast allein den Grund und Boden besitzen und wichtige Stellungen innehaben.«

»Die Stellen«, meinte Delaporte, »könnte man ihnen ja nehmen; bezüglich des Grundbesitzes dürfte das schwieriger, wenn nicht unmöglich sein. In Livland allein sind die Deutschen die Eigentümer des größten Teiles alles Ackerlandes… mindestens einer Bodenfläche von viermalhunderttausend Hektaren.«

Das ist tatsächlich richtig. In den baltischen Provinzen sind die Edelleute, die Vornehmen so gut wie die Kleinbürger und die Kaufleute, fast ohne Ausnahme teutonischen Stammes. Doch obwohl die übrige Bevölkerung die Religion dieser ursprünglich katholischen und später protestantischen Deutschen angenommen hat, kann von deren Germanisierung eigentlich nicht die Rede sein. Die Esten, das Brudervolk der Finnen, und die fast alle als Ackerbauer lebenden Letten verbergen in keiner Weise ihren Rassenhass gegen die, die ihre

Herren sind, und in Reval, Dorpat und St. Petersburg treten viele Zeitungen warm für ihre Rechte ein.

»Bei einem Kampfe zwischen den Russen slawischen und denen deutschen Ursprungs«, fuhr der Konsul fort, »weiß ich freilich nicht recht, wer zuletzt siegen wird.«

»Überlassen wir das dem Kaiser«, antwortete Doktor Hamine, »der ist ein Vollblutslawe und wird das fremde Element in unseren Provinzen schon zurückzudrängen wissen.«

»O, möchte ihm das gelingen!«, fiel das junge Mädchen mit ernster Stimme ein. »Seit sieben Jahrhunderten, seit der Eroberung, haben unsere Bauern, unsere Arbeit dem Einfluß der Sieger Widerstand geleistet, und diese sind eigentlich außerhalb des Landes geblieben!«

»Und dein Vater, liebe Ilka, hat jedenfalls tapfer für unsere Sache gekämpft; er steht mit vollem Rechte an der Spitze der slawischen Partei...«

»Hat sich deshalb aber auch recht schlimme Feinde erworben!«, meinte Delaporte.

»Ja freilich«, antwortete der Arzt, »unter anderen die Brüder Johausen, die reichen Bankiers, die vor Wut bersten werden, sobald Dimitri Nicolef ihnen die Leitung des Rigaer Gemeinwesens abgerungen hat. Übrigens zählt unsere Stadt nur vierundvierzigtausend Deutsche gegen sechsundzwanzigtausend Russen und vierundzwanzigtausend Letten. Die Slawen sind also in der Mehrheit und sie werden für Nicolef eintreten.«

»Einen solchen Ehrgeiz hegt mein Vater nicht«, bemerkte Ilka hierzu. »Falls die Slawen ihn mit sich fortreißen, wenn sie die Herren in ihrem Lande wären...«

»Das werden sie schon nach den nächsten Wahlen sein, Fräulein Ilka«, versicherte Delaporte, »und wenn Dimitri Nicolef zustimmt, als Kandidat aufgestellt zu werden...«

»Ach nein, das wäre eine zu schwere Last für meinen Vater, der sich in so bescheidener Lage befindet«, erwiderte darauf das junge Mädchen. »Außerdem wissen Sie ja, lieber Herr Doktor, daß Riga trotz jenes Zahlenverhältnisses weit mehr eine deutsche als eine russische Stadt ist.«

»Lassen wir der Dwina ihren Lauf!«, rief der Arzt. »Die alten Gewohnheiten werden mit der Strömung hinuntergleiten und neue Ideen diesen entgegen herauskommen… dann aber, dann wird auch mein wackerer Dimitri davon mit fortgetragen werden.«

»Ich danke Ihnen, lieber Herr Doktor, und auch Ihnen, Herr Delaporte, für die wohlwollende Gesinnung gegen meinen guten Vater, doch heißt es hierin vorsichtig zu sein… Haben Sie nicht selbst bemerkt, daß er immer trauriger wird? Das beunruhigt mich nicht wenig!«

Nicolefs Freunde hatten in der Tat dasselbe beobachtet. Seit einiger Zeit schien der brave Mann von trüben Ahnungen erfüllt zu sein. Bei seiner Verschlossenheit sprach er sich darüber jedoch gegen niemand, gegen seine Kinder ebensowenig aus, wie gegen den alten, treuen Hamine. Er stürzte sich nur noch mehr in die Arbeit, in die eifrigste Arbeit, wohl in der Hoffnung, durch diese alles andere vergessen zu können. Und doch sah die slawische Bevölkerung Rigas in ihm ihren Vertreter, der aus den bevorstehenden Wahlen hervorgehen sollte.

Wir sprechen hier vom Jahre 1876. Der Gedanke, die baltischen Provinzen zu russifizieren, war bereits ein Jahrhundert alt. Katharina II. strebte schon eine durchgreifende nationale Reform an. Die Regierung traf ihre Maßregeln, die deutschen Körperschaften von der Leitung der Dörfer und Städte zu verdrängen. Die Wahl des Landesrates wurde der Gesamtheit der Bürger überlassen, die sich einer gewissen Bildung erfreuten und ein bestimmtes Vermögen oder Einkommen versteuerten. In den baltischen oder Ostsee-Provinzen, die jener Zeit neunzehnhundertachtzigtausend Einwohner zählten – in runden Zahlen: dreihundertsechsundzwanzigtausend in Estland, eine Million in Livland und sechshundertsechzigtausend in Kurland – war das germanische Element nur durch vierzehntausend Edelleute, siebentausend Kaufleute und Großbürger, nebst fünfundneunzigtausend Kleinbürgern, der Rest waren Juden, im ganzen also durch hundertfünfundfünfzigtausend Seelen vertreten. Es konnte demnach unter Mitwirkung des Gouverneurs und der oberen Verwaltungsbeamten nicht schwierig sein, eine slawische Mehrheit aufzubringen. Der Kampf galt diesmal der jetzigen städtischen Obrigkeit, deren einflußreichste Mitglieder jene Bankiers Johausen waren, die im Verlaufe unserer Erzählung eine hervorragende Rolle zu spielen berufen sind. –

Hier sei auch noch erwähnt, daß der Lehrer in dem Viertel, oder richtiger: der Vorstadt Rigas, worin die bescheidene Wohnstätte der Familie Nicolefs lag und die schon der Vater des Hausherrn innegehabt hatte, sich der größten Hochachtung erfreute. Freilich siedelten in dieser Vorstadt nicht weniger als achttausend Moskowiter.

Wir wissen schon, wie bescheiden – noch bescheidener als man im allgemeinen annahm – die Vermögenslage Dimitri Nicolefs war. Waren wohl diese Umstände daran schuld, daß Ilka noch nicht verheiratet war, obgleich sie das Alter von vierundzwanzig Jahren erreicht hatte? Ist es in Livland wie anderwärts, wenn man als Vermögen nur seine Schönheit aufweisen kann... wie in den Ländern Westeuropas, wenn die Mitgift eines jungen Mädchens nur aus ihrer Tugendhaftigkeit besteht, selbst dann, wenn diese ihrer Schönheit gleichkommt?... Nein; und vielleicht gerade in den slawischen Gesellschaftskreisen der Provinz ist das Geld keineswegs der hervorragendste Ehestifter.

Es wird dann also nicht wundernehmen, daß sich schon mehrere um Ilkas Hand beworben hatten, weit eher dagegen, daß Dimitri und seine Tochter verschiedene Verbindungen ausgeschlagen hatten, die in jeder Hinsicht ganz passend erschienen.

Das hatte jedoch seinen guten Grund: Seit mehreren Jahren war Ilka mit dem einzigen Sohne Michel Yanofs, eines Slawen und Freundes Dimitri Nicolefs, heimlich verlobt. Beide wohnten in derselben Vorstadt Rigas. Wladimir Yanof, jetzt ein Mann von zweiunddreißig Jahren, war ein talentvoller Rechtsanwalt. Trotz des Altersunterschiedes waren die beiden Kinder sozusagen zusammen aufgewachsen. 1872, vier Jahre vor dem Anfange dieser Erzählung, wo der junge Rechtsanwalt achtundzwanzig und das junge Mädchen zwanzig Jahre zählte, hatte man sich über die Verheiratung Ilkas mit Wladimir Yanof geeinigt und beschlossen, daß die Hochzeit noch im laufenden Jahre stattfinden sollte.

Beide Familien hatten darüber aber Schweigen bewahrt, so strenges Schweigen, daß auch die nächsten Freunde vorläufig nichts davon erfuhren. Als man später eben bereit war, ihnen die nötigen Mitteilungen zu machen, da... wurden alle schönen Pläne aufs schrecklichste vereitelt.

Wladimir Yanof gehörte nämlich einer jener geheimen Gesellschaften an, die sich in Rußland gegen die Selbstherrschaft des Zaren auflehnen. Dagegen stand er den Nihilisten völlig fern, die seit jener Zeit die moralische Propaganda durch die Propaganda der Tat ersetzt haben. Die verblendete moskowitische Regierung erkannte darin freilich keinen Unterschied. Sie geht, ohne auf gesetzliche Vorschriften Rücksicht zu nehmen, auf administrativem Wege vor, angeblich gezwungen, »zu verhindern, daß etwas unternommen werde«, wie die klassische Redeweise lautet. In vielen Städten des Reiches wurden Verhaftungen vorgenommen. Das war auch in Riga der Fall, und Wladimir Yanof, den man gewaltsam aus seiner Wohnung wegschleppte, wurde nach den Minen von Minnsinsk in Ostsibirien verschickt. Ob er von da wohl jemals wiederkehrte?... Wer hätte das zu hoffen gewagt?...

Ein entsetzlicher Schlag für die beiden Familien, den das ganze slawische Riga mit ihnen empfand. Ilka wäre daran zugrunde gegangen ohne die Willensstärke, die sie aus ihrer Liebe schöpfte, da sie sofort entschlossen war, ihren Verlobten aufzusuchen, sobald ihr das erlaubt würde, und mit ihm das grauenvolle Leben der Verbannten in jenen weltfernen Gebieten zu teilen.

Leider konnte sie weder erfahren, was aus Wladimir geworden war, noch wohin man ihn gebracht hatte, und jetzt war sie schon seit vier Jahren ohne jede Nachricht von ihm.

Sechs Monate nach der Verhaftung seines Sohnes fühlte Michel Yanof sein Ende herannahen. Da wollte er noch seinen ganzen Besitz flüssig machen, im ganzen wenig, etwa zwanzigtausend Papierrubel (gegen 43.000 Mark), und den Erlös übergab er Dimitri Nicolef, ihn für seinen Sohn in Verwahrung zu behalten.

Dimitri war dazu erbötig, ließ davon aber keine Silbe verlauten, so daß selbst Ilka niemals etwas davon erfuhr. Er verwahrte die Summe so, wie sie ihm eingehändigt worden war.

Sollte die Treue aus dieser Welt jemals verbannt zu werden bestimmt sein, in Livland würde sie noch eine Zufluchtsstätte finden. Dort finden sich noch merkwürdige Paare, die einander nach zwanzig- bis fünfundzwanzigjährigem Brautstande heiraten. Wenn sie bis zu ihrer Vereinigung so lange warten, verschuldet das meist ihre noch ungenügend gesicherte Lage, und ohne Beseitigung dieses Hindernisses ist hier eine Eheschließung unmöglich.

Bei Wladimir und Ilka lag ja ein derartiges Hindernis nicht vor; die Vermögensfrage war zwischen beiden überhaupt nie erörtert worden. Das junge Mädchen besaß nichts und der junge Rechtsanwalt erwartete nichts, war ihm doch selbst die Hinterlassenschaft seines Vaters unbekannt. An Talent und Intelligenz fehlte es ihm dagegen nicht, und der Zukunft sah er, soweit das seine Gattin, ihn selbst und auch eine etwaige

*Wladimir Yanof wurde gewaltsam aus seiner
Wohnung geschleppt.*

spätere Familie anging, ohne Sorge entgegen. Wenn Wladimir auch in der Verbannung schmachtete, wußte Ilka doch, daß er sie ebensowenig vergessen würde, wie sie ihn. Dieses Land ist ja bekanntlich das der »verschwisterten Seelen«. Gar häufig gelingt es solchen freilich nicht, sich auf Erden noch inniger zu verbinden, wenn der Himmel nicht mit ihrer Liebe Erbarmen hat, und ohne sich voneinander losreißen zu können, schließen sie in der Ewigkeit den Bund, den zu schließen ihnen auf Erden versagt war.

Ilka wartete... ihr Herz war weit draußen bei dem Verbannten... sie hoffte, daß eine – ach, so unwahrscheinliche – Begnadigung diesen ihr wieder in die Arme führen würde. Sie erwartete, daß ihr wenigstens die Erlaubnis erteilt würde, sich zu ihm zu begeben, denn sie betrachtete sich nicht allein als seine Braut, sondern auch als seine Gefährtin für dieses Leben. Und doch, was sollte, wenn sie fortging, aus ihrem Vater hier in dem Hause werden, dessen Besorgung bisher ihr oblag und worin, dank ihrer Ordnungsliebe und Sparsamkeit, noch immer eine gewisse Behäbigkeit herrschte?

Dennoch kannte sie noch gar nicht den ganzen Ernst der Verhältnisse. Dimitri Nicolef hatte sich niemals darüber ausgesprochen, obgleich er nichts für ihn Ehrenrühriges zu gestehen gehabt hätte. Warum sollte er aber die Beunruhigungen der Gegenwart noch mit denen der Zukunft vermehren? Sie würde ja alles noch zeitig genug erfahren, und die Stunde dazu rückte immer näher heran. Der Vater Dimitri Nicolefs, ein Kaufmann in Riga, hatte bei seinem Tode sein Geschäft in sehr traurigem Zustande zurückgelassen. Dessen Liquidation ergab eine Schuldenlast von fünfundzwanzigtausend Rubeln. Um den Namen seines Vaters nicht durch den Makel einer Konkurserklärung beflecken zu lassen, entschloß sich Dimitri, diese Schulden zu bezahlen. Dadurch, daß er alles zu Gelde machte, was er besaß, gelang es ihm, einige tausend Rubel aufzubringen. Für den Rest gewährte man ihm Stundung, und jedes Jahr gelang es ihm, durch seine Tätigkeit einen Teil der Forderungen des Gläubigers zu berichtigen. Dieser Gläubiger war das Haus der Gebrüder Johausen. Gegenwärtig schuldete der für seinen Vater eingetretene Dimitri Nicolef noch die für ihn ungeheure Summe von achtzehntausend Rubeln. Erschwert, ja bis zur Trostlosigkeit erschreckend, wurde die Sachlage noch dadurch, daß die Verfallzeit für den Schuldbetrag in kaum sechs Wochen, am nächsten 15. Mai, herankam.

Daß die Gebrüder Johausen ihm eine weitere Frist gewähren, auf eine nochmalige Prolongation seiner Verbindlichkeiten eingehen würden, konnte Dimitri Nicolef keinesfalls erwarten. Er stand hier nicht nur dem Bankier, dem Geschäftsmanne gegenüber, sondern auch dem politischen Gegner, der in ihm den Rivalen in der antigermanischen Bewegung sah, die vor ihrem Ausbruche stand. Frank Johausen, das Haupt der Firma, hatte ihn durch diese Forderung, diese Schuld – wenn es auch die letzte war – völlig in der Hand, und er würde gewiß unerbittlich sein.

Das Gespräch zwischen dem Arzte, dem Konsul und Ilka dauerte noch eine halbe Stunde fort, und das junge Mädchen zeigte sich höchst besorgt wegen des Ausbleibens ihres Vaters, als dieser endlich an der Zimmertür auftauchte.

Obgleich Dimitri Nicolef erst siebenundvierzig Jahre zählte, sah er doch um zehn Jahre älter aus. Seiner äußeren Erscheinung nach von übermittlerer Größe, hatte er einen schon ergrauenden Bart, ein etwas strenges Gesicht, eine von Runzeln durchschnittene Stirn – von Furchen, worin nur trübe Gedanken und quälende Sorgen aufkeimen zu können schienen – im übrigen aber erschien er recht gesund und kräftig. Von der Jugend her hatte er sich einen bezwingenden Blick und eine klangvolle, eindringliche Stimme bewahrt ... jene Stimme, die, nach Jean Jacques Ausdruck, einen Widerhall im Herzen findet.

Dimitri Nicolef entledigte sich seines vom Regen triefenden Mantels, legte den Hut auf einen Stuhl und ging dann zu seiner Tochter, die er auf die Stirn küßte; erst hierauf drückte er den beiden Freunden die Hand.

»Du kommst ja recht spät, Vater«, sagte Ilka.

»Ich wurde aufgehalten«, antwortete Dimitri. »Eine Unterrichtsstunde, die sich unerwarteterweise ausdehnte…«

»Nun, so laß uns jetzt den Tee genießen«, setzte das junge Mädchen hinzu.

»Wenigstens wenn du nicht allzu ermüdet bist«, bemerkte Doktor Hamine. »Du sollst dich auf keinen Fall genieren… ich bin nicht zufrieden mit deinem Aussehen… du bedarfst der Ruhe…«

»Ja, doch das hat nichts zu bedeuten«, antwortete Nicolef. »Die Nacht wird mich wieder herstellen. Jetzt wollen wir Tee trinken, liebe Freunde, ich hab' euch ja schon zu lange warten lassen, und wenn ihr's erlaubt, leg' ich mich frühzeitig nieder.«

»Was fehlt dir denn, Vater?«, fragte Ilka, die Dimitri ängstlich in die Augen sah.

»Nichts, liebes Kind, nichts, sag' ich dir. Wenn du dich noch mehr beunruhigst, wird Hamine zu guter Letzt an mir noch eine gar nicht vorhandene Krankheit entdecken, und wär' es nur, um ihm die Befriedigung zu gewähren, mich zu kurieren!«

»Es gibt auch solche, von denen man nicht wieder gesundet«, antwortete der Arzt kopfschüttelnd.

»Sie haben nichts Neues gehört, Herr Nicolef?«, fragte der Konsul.

»Nichts… außer daß der General Gorko, der in Petersburg war, nach Riga zurückgekehrt ist.«

»Schön«, rief der Doktor, »ich bezweifle sehr, daß diese Rückkehr den Johausens besonders angenehm sein wird, denn die sieht man da unten doch mit scheelen Augen an.«

Auf Dimitri Nicolefs Stirn zeigten sich schwere Falten. Der Name erinnerte ihn an den bevorstehenden Zahlungstermin, der ihn jedenfalls ganz der Gnade des deutschen Bankiers überlieferte.

Da der Tee fertig war, füllte Ilka die Tassen. Es war eine sehr gute Sorte, obwohl sie nicht, wie der Tee der reichen Leute, das Pfund bis 130 Mark kostete. Glücklicherweise gibt es solchen zu jedem Preise, denn er ist hier Volksgetränk, das bevorzugteste moskowitische Getränk, das auch von den ärmsten Leuten genossen wird. Zum Tee gab es schmackhafte Butterbrötchen, die die junge Haushälterin selbst hergerichtet hatte, und dabei dauerte die Unterhaltung der drei Freunde noch eine halbe Stunde an.Sie berührte die jetzt in Riga herrschende Stimmung, die sich übrigens von der in den anderen großen Städten der baltischen Provinzen nicht unterschied. Allgemein erregte der Kampf zwischen dem germanischen und dem slawischen Teil der Bevölkerung die Gemüter aufs tiefste, und es ließ sich voraussehen, daß der Kampf heiß werden würde, vor allem in Riga, wo die beiden Rassen besonders hart aneinander stießen.

In Gedanken versanken, beteiligte sich Dimitri nur wenig an dem Gespräch, obgleich dasselbe gerade seine Person öfter berührte. Seine Gedanken weilten »anderswo«, wie man zu sagen pflegt… Wo? Das hätte nur er selbst sagen können. Wenn er sich aber einer Antwort nicht entziehen konnte, so gab er diese in unbestimmter, ausweichender Weise, die den Arzt gar nicht befriedigte.

»Ich bitte dich, Dimitri«, sagte dieser wiederholt, »du machst den Eindruck, als säßest du tief drinnen in Kurland, während wir doch in Riga sind!… Solltest du etwa gar die Absicht haben, dich von dem Kampfe fern zu halten? Die Meinung der Menge ist doch auf deiner Seite, die höchste Behörde tritt für dich ein. Willst du den Johausens wirklich noch einmal zum Siege verhelfen?«

Wieder dieser Name, der auf den unglücklichen Schuldner des reichen Bankhauses wie ein Faustschlag wirkte.

»Sie sind mächtiger, als du es glaubst, Hamine«, antwortete Dimitri.

»Doch weniger, als sie sich selbst den Anschein geben, das wird sich bald zeigen!«, erwiderte der Doktor.

An der Uhr schlug es halb neun. Es war Zeit, sich zurückzuziehen. Der Arzt und Herr Delaporte erhoben sich, um ihren Wirten Gute Nacht zu sagen. Draußen tobte ein abscheuliches Wetter: der Regen peitschte gegen die Fenster, der Wind pfiff kreischend um die Straßenecken, fing sich in den Schornsteinen und trieb zuweilen den Rauch der Öfen nach unten zurück.

»Das ist ja abscheulich da draußen!«, sagte der Konsul.

»Ja, wahrlich kein Wetter, einen Arzt auf die Straße hinauszujagen!«, erklärte der Doktor. »Doch kommen Sie nur mit, Delaporte; ich biete Ihnen einen Platz in meinem Wagen an… einen Wagen mit zwei Beinen, doch ohne Räder.«

Der Doktor umarmte Ilka, wie er das von jeher zu tun pflegte. Delaporte und er drückten dann noch Dimitri die Hand, der sie bis zur Haustür begleitete. Dann verschwanden beide in der Dunkelheit und dem rasenden Sturme. Ilka gab ihrem Vater noch den Gute Nachtkuß, und Dimitri preßte sie, heute vielleicht noch etwas zärtlicher als sonst, in die Arme.

»Was ich noch sagen wollte«, begann da das junge Mädchen, »ich sehe ja deine Zeitung nicht. Hat sie der Briefträger nicht gebracht?«

»O doch, mein Kind. Ich begegnete ihm heut Abend bei meiner Rückkehr, als er gerade vor unserem Hause ankam, und da hat er mir das Blatt übergeben.«

»Ein Brief war nicht dabei?«, fragte Ilka.

»Nein, liebes Kind, er hatte keinen.«

So war es auch seit vier langen Jahren alle Tage: Es traf niemals ein Brief ein, wenigstens kein Brief aus Sibirien, keiner, auf dem Ilka die Schriftzüge Wladimir Yanofs hätte mit ihren Tränen benetzen können.

»Gute Nacht, Vater«, sagte sie.

»Gute Nacht, mein Kind!«

Viertes Kapitel

Im Postwagen

Zu jener Zeit gab es nur zwei Beförderungsmittel für die endlosen Ebenen der baltischen Provinzen, wenigstens wenn der Reisende sich nicht begnügen wollte, diese als Fußgänger oder als Reiter zu durchmessen. Von Eisenbahnen bestand erst eine: die, die sich an der Küste von Estland und weiter um den finnischen Meerbusen hinzog. Reval hatte damit eine bequeme Verbindung mit St. Petersburg, die beiden Hauptstädte Kurlands und Livlands, Riga und Mitau, aber waren noch durch keinen Schienenstrang mit der Metropole des russischen Reiches verbunden.

Die Post oder eine Telega, eine andere Fahrgelegenheit stand den Reisenden nicht zur Verfügung.

Die Telega ist bekanntlich ein niedriges Gefährt, mehr ein Karren ohne metallene Verbindung, dessen Einzelteile nur durch Stricke zusammengehalten werden. Als Sitz dient ein mit Rindenstücken gefüllter Sack oder einfach das eigene Gepäck des Insassen, der sich selbst noch mit einem Riemen festschnallen muß, um die Stöße auf den unebenen Straßen ungefährdet auszuhalten.

Die Post – ähnlich der Kibitka – ist etwas besser, kein Karren, sondern mehr ein Wagen, der an Bequemlichkeit zwar noch viel zu wünschen übrig läßt, worin man aber wenigstens gegen Wind und Regen geschützt ist. Dieser Postwagen enthält vier Sitzplätze, und der, der damals zwischen Riga und Reval verkehrte, wurde in der Woche nur zweimal abgefertigt.

Im Winter konnte natürlich weder die Post, noch eine Telega oder ein anderer Wagen die übereisten Wege befahren. Man ersetzte diese dann – entschieden eine Verbesserung – durch den »Perklwsnoio«, eine Art schwerfälligen Schlittens, den sein Gespann schnell über die weißen Steppen der baltischen Provinzen beförderte.

Am heutigen Morgen – am 13. April – erwartete der nach Reval abzulassende Postwagen nur einen einzigen Passagier, der seinen Platz am Tage vorher bestellt hatte. Zur Abfahrtsstunde stellte er sich ein: ein Mann etwa von fünfzig Jahren, von gutem Aussehen, heiterem Gesicht und lächelndem Munde. Mit einem dicken Regenmantel über seinem Rocke aus grobem Tuch warm bekleidet, hielt er eine Briefmappe sorgsam unter dem Arme fest.

Bei seinem Eintreten ins Bureau begrüßte ihn der Postschaffner mit folgenden Worten:

»Sieh da, Poch, du warst es also, der sich einen Platz im Wagen bestellt hatte?«

»Jawohl… ich war's, Broks.«

»Eine Telega ist dir also nicht gut genug?… Du brauchst einen guten Wagen mit drei Pferden?«

»Und einen zuverlässigen Schaffner wie dich, alter Freund.«

»Seh' einer, Väterchen, auf die Unkosten kommt dir's also nicht an…«

»Nein, und vor allem nicht, wenn sie ein anderer zu decken hat.«

»Wer ist denn dieser andere?«

»Mein Chef… Frank Johausen.«

»Ah… freilich«, rief der Postmann, »der hat es ja dazu, den ganzen Wagen zu belegen, wenn er das wünscht.«

»Gewiß, Broks; ich habe zwar nur einen einzigen Platz bestellt, hoffe aber doch, Reisegesellschaft zu bekommen. Ganz allein… das wird langweilig.«

»Ja mein armer Poch, damit wirst du dich diesmal schon abfinden müssen. Es kommt ja nicht oft vor, heute ist es aber gerade der Fall. Außer dir hat sich niemand einen Platz vorbehalten.«

»Gar niemand?«

»Kein Mensch, und wenn nicht unterwegs noch einer einsteigt, mußt du schon mit mir schwätzen. Na, leg' dir keinen Zwang auf! Du weißt ja, so ein bißchen Unterhaltung stört mich nicht…«

»Mich auch nicht, Broks!«

»Wie weit fährst du denn mit?«

»Bis ans Ende der Strecke, nach Reval… zum Korrespondenten der Herren Johausen.«

Mit einem Augenzwinkern deutete jetzt Poch auf die Briefmappe, die er unter dem Arme hielt und die an seinem Gürtel außerdem mit einer kupfernen Kette angeschlossen war.

»Da… da… Väterchen«, antwortete Broks, »es ist unnötig, mehr darüber zu schwätzen… wir sind nicht mehr allein!«

Soeben war ein Reisender, der die Andeutung des Bankbeamten wohl bemerkt haben konnte, ins Postamt eingetreten. Dieser Reisende schien sich zu bemühen, nicht erkannt zu werden. Er trug einen langen Oberrock mit über den Kopf gezogener Kapuze, so daß sein Gesicht zum Teil verhüllt war.

»Haben Sie noch einen Platz im Postwagen frei?«,, fragte er, auf den Schaffner zutretend.

»Sogar noch drei«, antwortete Broks.

»Nun, einer ist ja genug für mich.«

»Nach Reval?..«

»Ja, nach Reval«, antwortete der Reisende nach kurzem Zögern.

Gleichzeitig erlegte er in Papierrubeln den Fahrpreis bis zum Bestimmungsorte, für eine Strecke von zweihundertvierzig Werst.

Dann erkundigte er sich kurz:

»Wann fahren Sie ab?«

»In zehn Minuten.«

»Wo werden wir heute Abend sein?«

»In Pernau, wenn uns das Wetter nicht zu arg mitspielt. Bei solchem Sturme wie heute, weiß man freilich niemals…«

»Sind denn Verzögerungen zu befürchten?«, fragte der Angestellte des Bankhauses.

»Hm«, erwiderte Broks, »das Aussehen des Himmels gefällt mir gar nicht… die Wolken jagen gar so schnell daran hin. Wenn sie uns nur Regen bringen, mag's noch angehen… träte aber ein Schneegestöber ein…«

»Na, du weißt doch, Broks, wenn wir gegen die Postillone nicht mit einem Gläschen Schnaps geizen, werden sie uns schon morgen Abend nach Reval bringen…«

»Zu wünschen wär' es freilich! Übrigens brauch' ich gewöhnlich nicht mehr als sechsunddreißig Stunden für die ganze Strecke.«

»Nun also«, antwortete Poch. »Jetzt vorwärts und keine Zeit mehr vertrödelt!«

»Die Pferde sind angeschirrt«, erwiderte Broks, »und ich erwarte niemand mehr. Wie steht's denn mit dem Abfahrtsschluck, Poch?… Schnaps oder Wodka?«

»Schnaps«, erklärte der Bankbeamte.

Beide gingen nun nach einer gegenüberliegenden Schenke und winkten dem Postillone, ihnen zu folgen. Zwei Minuten später standen alle wieder am Wagen, worin der unbekannte Reisende schon Platz genommen hatte. Poch setzte sich neben ihn und der Wagen schwankte davon.

Die drei an der Gabeldeichsel angespannten Pferde waren kaum größer als Maulesel. Rotgelb von Farbe und mit langem, grobem Haar bedeckt, waren sie recht mutig trotz ihrer Magerkeit, die jeden angespannten Muskel deutlich hervortreten ließ. Ein Pfiff des Jemschik genügte aber, sie in flottem Gange zu halten.

Poch gehörte dem Hause der Gebrüder Johausen schon seit langen Jahren an. Fast noch als Kind eingetreten, blieb er darin voraussichtlich, bis er sich einst zur Ruhe setzte. Da er das volle Vertrauen seiner Herren genoß, betraute man ihn oft damit, an Geschäftsfreunde in Reval oder Pernau, in Mitau oder Dorpat bedeutende Summen zu überbringen, die mit der Briefpost besorgen zu lassen unklug gewesen wäre. Diesmal enthielt seine Mappe fünfzehntausend Rubel Staatsbankscheine, jeden – nach unserem Gelde – im Betrage von achtzig Reichsmark, in einem Bündel von vierhundert Scheinen, das in der Briefmappe sorgfältig eingeschlossen war. Nach Ablieferung dieser Summe an den Geschäftsfreund in Reval sollte er sofort nach Riga zurückkehren.

Er hatte auch Grund genug, bald wieder heimzukommen. Warum, das wird sich aus seinem Gespräche mit Broks ergeben.

Mit auseinander gehaltenen Armen, wie die russischen Rosselenker die Zügel zu führen pflegen, trieb der Jemschik seine Pferde zu raschem Laufe an. Er fuhr durch die nördliche Vorstadt und lenkte dann auf die große, zunächst durch Feldstücke verlaufende Landstraße ein. In der Umgebung Rigas gibt es nämlich viele gut bewirtschaftete Äcker, und hier sollte die erste Frühlingsarbeit nun bald beginnen. Schon zehn oder zwölf Werst von da irrte der Blick jedoch über eine endlose Steppe, deren eintönige Fläche – abgesehen von vereinzelten, leichten, in den baltischen Provinzen aber seltenen Bodenerhebungen – nur durch dunkelgrüne Waldmassen unterbrochen wird.

Wie Broks schon bemerkt hatte, sah der Himmel recht wenig vertrauenerweckend aus. Unter häufigen, besonders starken Windstößen wurde der Sturm um so ärger, je mehr die Sonne über den Horizont hinaufstieg. Zum Glück kam er aber aus Südwesten. Ungefähr von zwanzig zu zwanzig Wersten fand an gewissen Stellen ein Wechsel der Pferde statt und traten andere Postillone zu deren Führung ein. Diese zweckmäßige Einrichtung sicherte den Reisenden ein regelrechtes und im ganzen ziemlich schnelles Fortkommen.

Gleich von der Abfahrt an überzeugte sich Poch, daß er mit seinem Reisegenossen in keine zusammenhängende Unterhaltung kommen könnte. In seine Ecke gedrückt, den Kopf mit der Kapuze verhüllt, so daß kaum etwas von seinem Gesicht zu sehen blieb, schlief dieser entweder wirklich oder stellte er sich doch so.

Der Bankbeamte unterließ es auch nach mehreren vergeblichen Versuchen, noch einmal ein Gespräch mit dem Fremdling anzuknüpfen. Er plauderte aber gar zu gern, und so sah er sich denn gezwungen, seine Worte an Broks zu richten, der, geschützt durch eine lederne Kopfhülle, neben dem Jemschik auf dem Bocke saß. Ließ man das Schiebefenster in der Vorderwand des Wagens herunter, so war es leicht genug, von draußen und drinnen miteinander zu sprechen. Da der Schaffner mindestens ebenso gern plauderte wie der Bankbeamte, kamen beider Zungen nur sehr wenig in Ruhe.

»Und du versicherst, Broks – es war schon das vierte Mal, daß diese Frage seit der Abfahrt an den draußen Sitzenden gerichtet wurde – du versicherst, daß wir morgen Abend in Reval eintreffen werden?«

»Jawohl, Poch; vorausgesetzt, daß uns das Wetter nicht gar zu sehr aufhält und vorzüglich nicht hindert, in der Nacht weiter zu fahren.«

»Und nach der Ankunft in Reval kehrt die Post binnen vierundzwanzig Stunden zurück?«

»Nach vierundzwanzig Stunden«, antwortete Broks, »laut Dienstvorschrift.«

»Und du selbst geleitest mich auch wieder nach Riga?«
»Ich selbst, Poch.«

»Beim heiligen Michel, ich möchte, ich wäre schon wieder zurück… natürlich mit dir!«

»Mit mir, Poch?… O, ich danke für deine Liebenswürdigkeit! Doch warum solche Eile?…«

»Weil ich dich zu etwas einzuladen wünsche, Broks.«

»Mich?«

»Ja, dich; eine Einladung, die dir hoffentlich genehm ist, wenn du es liebst, in guter Gesellschaft einmal ordentlich zu essen und zu trinken.«

»Ah«, stieß Broks hervor, während er mit der Zunge über die Lippen strich, »man müßte ja sein eigener Todfeind sein, so etwas nicht zu lieben!… Es handelt sich also wohl um eine Schmauserei?«

»Um mehr als das… um ein richtiges Hochzeitsmahl!«

»Wa… was?… Eine Hochzeit?«, rief der Schaffner verwundert. »Und wie komme ich dazu, zu einem Hochzeitsmahle eingeladen zu werden?«

»O, sehr einfach: weil der Bräutigam dich persönlich kennt.«

»Der kennt mich?«

»Gewiß, und die Braut ebenfalls.«

»Na, wenn's so ist«, antwortete Broks, »dann nehme ich die Einladung an, auch ohne zu wissen, wer die zukünftigen Eheleutchen sind.«

»Das sollst du sofort erfahren.«

»Halt! Ehe du mir's mitteilst, Poch, laß mich dir erklären, daß es jedenfalls gute, brave Leute sind.«

»Das will ich meinen! Der Bräutigam bin ich sogar in eigener Person!«

»Du… Poch?«

»Ja freilich, und die Braut, das ist die vortreffliche Zenaïde Parenzof.«

»Ah, das reizende, junge Mädchen!… Wahrhaftig, das hätte ich nicht erwartet.«

»Du erstaunst darüber?«

»Nein, das eigentlich nicht; ihr werdet schon gut miteinander auskommen, obgleich du wohlgezählt deine fünfzig Jahre auf dem Rücken hast.«

»Und Zenaïde ihre fünfundvierzig, Broks. Höchstens werden wir weniger lange miteinander glücklich leben können, das ist aber auch alles! Bedenke, Freundchen, lieben mag man ja, wann man will, heiraten aber soll man erst, wenn das die Verhältnisse erlauben. Sieh, ich war fünfundzwanzig Jahre alt, als mich's packte, und Zenaïde gerade zwanzig. Zusammen besaßen wir aber keine hundert Rubel. Abwarten… klug sein! Als ich mir dann ein hübsches Sümmchen beiseite gelegt und sie von dem ihrigen eine annähernd ebenso große Mitgift zusammengespart hatte, da beschlossen wir endlich, unsere Ersparnisse zu heiraten, und heute… heute klimpert das Geld im Beutel. Ergeht das den ärmeren Leuten bei uns in Livland nicht immer ähnlich? Wenn man übrigens Jahre und Jahre aufeinander geharrt hat, dann liebt man sich nur um so mehr und braucht sich wegen der Zukunft nicht zu beunruhigen.«

»Ja ja, du hast recht, Poch.«

»Ich… ich habe schon eine gute Stelle in der Firma Johausen… fünfhundert Rubel jährlich, und am Hochzeitstage werden die beiden Brüder meinen Gehalt noch erhöhen. Zenaïde verdient ebensoviel. Wir sind also reich… natürlich reich nach unserer Art. Freilich besitzen wir noch nicht den vierten Teil von dem, was ich hier in der Mappe habe…«

Poch hielt plötzlich inne und warf einen mißtrauischen Blick auf seinen unbeweglichen Reisegefährten, der zu schlafen schien. Vielleicht waren seine Äußerungen doch etwas zu unvorsichtig gewesen. Bald darauf fuhr er aber fort:

»Jawohl, Broks, reich nach unserer Art. Mit unserem Ersparten, denke ich, wird Zenaïde wohl einen kleinen Materialwarenladen erwerben können. Nahe beim Hafen ist jetzt einer zu verkaufen…«

»Und ich verspreche dir eine gute Kundschaft, Freund Poch!«, rief der Schaffner.

»Schönen Dank, Broks, schönen Dank im vor aus!… Das bist du mir schon für das Festmahl schuldig, wo ich dir einen besonderen Platz aufhebe…«

»So?… Welchen denn?«

»Einen ganz nahe der Braut! Du wirst schon sehen, wie hübsch Zenaïde da aussieht in ihrem Hochzeitskleide, den Myrtenkranz im Haar und mit dem Halsbande, das ihr Frau Johausen schenkte.«

»Ich glaub's dir, Poch, ich glaub' es gern! Eine so gute Frau kann auch nur eine schöne Frau sein. Wann findet denn die Feierlichkeit statt?«

»In vier Tagen, Broks, am sechzehnten dieses Monats. Eben darum ersuche ich dich: laß die Jemschiks sich beeilen. An den nötigen Gläschen zur Unterstützung werde ich's nicht fehlen lassen. Daß sie mir nur nicht die Pferde an der Deichsel einschlafen lassen! Dein Postwagen trägt einen Bräutigam, und der darf doch während der Fahrt nicht zu sehr altern!«

»Ja freilich, das würde Zenaïde von dir nicht hübsch finden, meinte der lustige Schaffner lachend.«

»O, das wackere Mädchen! Und wenn ich noch zwanzig Jahre älter wäre, sie nähme mich dennoch!«

Infolge der vertraulichen Mitteilungen, die der Bankbeamte seinem Freunde Broks gemacht hatte, wurden – der nötige Schnaps versagte seine Wirkung auch nicht – die Pferdewechselstellen schnell erreicht und noch niemals war wohl die Post von Riga in so kurzer Zeit befördert worden. Die Landschaft bot noch immer denselben Anblick: weite Ebenen, aus denen im Sommer der scharfe Duft des Hanfes aufstieg. Die allgemein schlecht unterhaltenen Straßen waren oft nur durch die Radspuren von Wagen und Karren bezeichnet. Zuweilen zog sich der Weg am Saume großer Wälder hin, die

Der Weg zog sich am Saume großer Wälder hin.

wie immer aus Ahornbäumen und Birken oder aus Tannendickichten bestanden, die unter dem Drucke des Sturmwindes seufzten. Auf den Straßen und den Feldern waren nur wenige Menschen zu sehen. Der harte Winter dieser hohen Breiten war ja kaum vorüber. Da es Broks an Nachhilfe für die Pferde nicht fehlen ließ, rollte der Wagen schnell von Dorf zu Dorf, von Weiler zu Weiler, von einem Pferdewechselplatze zum anderen. Eine Verzögerung war nicht zu befürchten, auch nicht durch den tollen Wind, der von rückwärts her wehte.

Beim Ausspannen und beim Einschirren stiegen der Bankbeamte und der Schaffner regelmäßig ab; der unbekannte Reisende verließ seinen Platz dagegen niemals und benutzte nur die kurze Zeit, wo er sich allein befand, einen Blick nach außen zu werfen.

»Er rührt und regt sich nicht, unser Reisegenosse«, bemerkte Poch.

»Und zu plaudern liebt er auch nicht«, antwortete Broks.

»Du weißt nicht, wer er ist?«

»Ich?… Ich habe noch nicht einmal gesehen, welche Farbe sein Bart hat!«

»Na, er wird ja das Gesicht einmal zeigen müssen, wenn wir an der Haltestelle Mittag essen.«

»Vorausgesetzt, daß er nicht ebensowenig ißt, wie er spricht«, erwiderte Broks.

Wie viele elende Weiler lagen aber am Wege, ehe die Post das Dorf erreichte, wo zum Mittagmahl Halt gemacht werden sollte! Kaum bewohnbare Hütten, ärmliche Häuschen mit geschlossenen Läden, durch deren zersprungene Plankenwände Wind und Kälte des harten Winters Einzug hielten. Dennoch trifft man in Livland einen recht kräftigen Bauernschlag, die Männer mit dichtem, den Kopf einhüllenden Haarwuchs, die Frauen notdürftig mit Lumpen bedeckt, die Kinder barfüßig, Beine und Arme mit Straßenschmutz ebenso befleckt wie die Haustiere in den vernachlässigten Ställen. Die armseligen Muschiks! Einmal leiden sie in ihren Schlupflöchern von Wohnungen von der Hitze des Sommers, wie von der Kälte des Winters, von Regen und Schnee zu jeder Jahreszeit, und dann haben sie eine Nahrung, die aus schwarzem, schwerem Rindenbrot besteht, das in ein wenig Hanfsamenöl getaucht wird; dazu kommt noch eine Abkochung von Gerste oder Hafer und – freilich selten genug – ein Stückchen Speck oder geräuchertes Rindfleisch. Ein jammervolles Leben! Die Leute sind aber daran gewöhnt und kennen keine Klagen. Wozu auch?

Glücklicherweise fanden die Reisenden, gleich am Eingang eines größeren Dorfes, wo um ein Uhr mittags neue Pferde vorgespannt wurden, in einem ziemlich guten Gasthofe eine bessere Mahlzeit vor: Spanferkelsuppe, Gurken, die in einer Schüssel mit Salzwasser lagen, große Laibe von sogenanntem Sauerteigbrot – man darf hier nicht so anspruchsvoll sein, etwa gar Weißbrot haben zu wollen – ein Gericht Lachs, der aus der Dwina gefischt war, ferner Gemüse mit frischem Speck, auch Kaviar, Ingwer nebst Rettich und dazu ein Kompot von wohlschmeckenden Waldheidelbeeren. Als Getränk trug man den unvermeidlichen Tee auf, der in so reichlicher Menge floß, daß er einen Fluß der baltischen Provinzen hätte speisen können… kurz, ein vortreffliches Mittagessen, das Poch und Broks für den ganzen Tag in die beste Laune versetzte. Auf den anderen Reisenden schien es eine solche Wirkung nicht zu äußern. Er ließ sich sein Essen allein in einer Ecke des halbdunkeln Raumes auftragen. Unter der nur wenig zurückgeschlagenen Kapuze wurde ein schon etwas ergrauter Bart sichtbar. Vergebens bemühten sich der Bankbeamte und der Schaffner, ihn näher zu erkennen. Er aß jedoch sehr schnell, zeigte dabei aber gute Manieren, und hatte nachher seinen Platz im Wagen schon lange vor den anderen wieder eingenommen.

Das erregte seine Reisegefährten natürlich um so mehr, vor allem fühlte sich Poch enttäuscht, dem Schweigsamen kein einziges Wort entlocken zu können.

»Wir sollen, wie es scheint, also nicht erfahren, wer dieser Mann ist?«, fragte Poch.

»Ich werde dir's sagen«, antwortete Broks.

»Wie… du kennst ihn?«

»Ja. Es ist ein Herr, der seinen Platz bezahlt hat, und das genügt mir.«

Wenige Minuten vor zwei Uhr wurde wieder aufgebrochen und der Wagen rollte so schnell wie vorher weiter. Unter den freundlichen und schmeichelnden Zurufen: Nun vorwärts, meine Tauben! Trab, trab, meine Schwalben! und mit einiger Nachhilfe durch die Peitsche des Postillons griff das Gespann tüchtig aus. Wahrscheinlich hatte Poch seinen Sack voll Neuigkeiten geleert… jedenfalls erlahmte allmählich das Zwiegespräch zwischen ihm und dem Postschaffner. Etwas erschlafft bei der Verdauung eines so reichlichen Mahles und ein wenig von dem Geiste des Wodkas umnebelt, fing er bald an zu »angeln«, wie man von einer ermüdeten Person sagt, deren Kopf auf und nieder nickt, und eine Viertelstunde später lag er in tiefem Schlafe, gewiß umgaukelt von süßen Träumen, in denen das liebliche Bild Zenaïde Parenzofs auftauchen mochte.

Inzwischen wurde das Wetter immer schlechter. Die Wolken senkten sich fast bis zur Erde herunter. Durch die sumpfigen Ebenen, in denen die Anlegung einer fahrbaren Straße unmöglich war, kam der Postwagen nur mühsam weiter. Vielfach zogen sich zahlreiche Wasseradern durch den sonst lockeren Erdboden hin, und überhaupt ist der ganze nördliche Teil Livlands von solchen Rinnsalen durchfurcht. Deshalb hat es sich nötig gemacht, rohe, kaum zugehauene Baumstämme auf der Erde nebeneinander zu legen, um die gar zu weichen Bodenstrecken mit einer festeren Decke zu versehen. Eine Unzahl solcher Stämme, die oft nur mit einem ihrer Enden fest auflagen, schaukelte auf und nieder unter den Rädern des Wagens, dessen Eisenteile bedenklich knarrten.

Unter diesen Verhältnissen hütete sich der Jemschik auch, sein Gespann besonders anzutreiben. Er ging aus Vorsicht vielmehr langsam nebenher und half den Pferden auf, die bei jedem Schritte stolperten. So durchfuhr man mehrere Wegstrecken unter Verhütung jedes Unfalles. Die Zugtiere kamen an der nächsten Wechselstelle aber sehr ermüdet an, so daß man ihnen keine weitere Anstrengung hätte zumuten dürfen.

Am Nachmittage gegen fünf Uhr wurde es, da der Himmel von dahinjagenden Wolken verhüllt war, schon recht dunkel, und es erforderte große Aufmerksamkeit, sich im richtigen Zuge der gegen die Sümpfe kaum abgegrenzten Straße zu halten. Die Pferde wurden unruhig, weil es ihnen an festem Boden unter den Hufen fehlte; sie schnaubten heftig und drängten nach der Seite.

»Schritt fahren… nur Schritt«, mahnte Broks, »hier geht's nicht anders. Besser, wir kommen eine Stunde später nach Pernau, als hier noch einen Unfall zu erleben.«

»Was?… Eine Stunde Verzögerung?«, rief Poch, den die Stöße des Wagens schließlich doch aus dem Schlafe gerissen hatten.

»Ja, das ist nun einmal das Klügste«, erwiderte der Jemschik, der immer und immer wieder vom Bocke absteigen mußte, um das Gespann kurz am Zügel zu führen.

Der andere Reisende hatte auch einige Bewegungen gemacht und den Kopf erhoben, während er sich vergeblich bemühte, durch das Fenster der Wagentür draußen etwas zu erkennen. Bei der tiefen Dunkelheit war es freilich kaum möglich, etwas zu unterscheiden. Die Laternen des Postwagens warfen zwar zwei Lichtstreifen voraus, doch auch diese unterbrachen kaum die herrschende Finsternis.

»Wo sind wir denn jetzt?«, fragte Poch.

»Noch zwanzig Werst von Pernau«, erklärte Broks, »doch wenn wir den nächsten Pferdewechsel erreichen, werden wir, glaub' ich, gut tun, dort bis morgen früh zu warten…«

»Zum Kuckuck mit diesem abscheulichen Wetter, das uns um volle zwölf Stunden verzögern wird!«, schimpfte der Bankbeamte.

Noch immer ging es weiter. Zuweilen raste der Sturm aber mit solcher Gewalt, daß der dahinrollende Wagen umzustürzen drohte. Die Pferde bäumten sich auf oder brachen halb zusammen Die Lage wurde höchst gefährlich ... so sehr, daß Poch und Broks schon berieten, ob es nicht ratsamer wäre, die Strecke bis Pernau zu Fuß zurückzulegen. Vielleicht war das wirklich der beste Ausweg, einem ernsteren Unfall – wenn sie im Wagen blieben – zu entgehen.

Ihr Reisegefährte schien jedoch nicht geneigt, diesen zu verlassen. Der phlegmatischste Engländer hätte sich nicht gleichgültiger verhalten können. Er hatte seinen Platz im Postwagen – diese Vermutung erweckte sein Benehmen – doch nicht etwa bezahlt, um eine Fußreise zu machen! Nein, die Post hatte die Verpflichtung, ihn nach seinem Bestimmungsorte zu befördern.

Plötzlich erfolgte gegen halb sieben Uhr abends beim schrecklichsten Ungestüm des Sturmes ein außerordentlich heftiger Stoß. Ein Rad des Vordergestells war in den Spalt zwischen zwei Stämmen eingesunken, und als es die durch einen Peitschenhieb angefeuerten Pferde herausziehen wollten, ging es unglücklicherweise in Stücke.

Der Postwagen neigte sich zur Seite, bekam bald das Übergewicht und stürzte also um.

Da ertönte ein Schmerzensruf aus dem Wagen. Trotz der Verletzung an einem Beine dachte Poch nur an seine Mappe, die an der Kette hing. Die Mappe war ihm nicht entfallen, und er hielt sie, als er mit Mühe aus dem Wagen geklettert war, nur um so fester unter dem Arme.

Broks und der Reisende waren mit leichten Schrunden davongekommen, und der Postillon lief, als er sich frei gemacht hatte, eiligst nach vorn zu den Pferden.

Der Postillon lief eiligst nach vorn zu den Pferden.

Der Ort des Unfalls war gänzlich verlassen… eine Ebene mit einem Baumdickicht zur Linken.

»Was soll denn nun aus uns werden?«, rief Poch.

»Mit dem Wagen ist leider nicht fortzukommen«, antwortete Broks.

Der Unbekannte ließ keinen Laut vernehmen.

»Könntest du wohl bis Pernau zu Fuße gehen?«, fragte Broks den Bankangestellten.

»Was… fünfzehn Werst weit und noch mehr, entgegnete dieser, und das obendrein mit meiner Verletzung…«

»Nun, dann reitest du vielleicht…«

»Reiten!… Nach zweihundert Schritten wär' ich schon vom Pferde gefallen!«

Unter solchen Umständen blieb freilich nichts anderes übrig, als in einer Schenke der Umgebung Schutz zu suchen, wo wenigstens Poch und sein Reisegefährte die Nacht über bleiben könnten. Broks und der Postillon wollten, nachdem sie die Pferde abgeschirrt hatten, diese besteigen und so schnell wie möglich nach Pernau reiten, von wo sie am nächsten Morgen zurückzukehren und einen Stellmacher mitzubringen versprachen, der den Postwagen wieder in Ordnung bringen sollte. Hätte der Bote der Bank nicht eine so große Summe bei sich getragen, so würde ihm der Vorschlag, hier in der Wildnis zu übernachten, ganz annehmbar erschienen sein… doch mit seinen fünfzehntausend Rubeln…

Gab es denn in der Nähe, hier in dieser weltverlassenen Gegend, ein Landgut, eine Herberge oder ein Wirtshaus, wo die Reisenden bis zum Morgen Unterkunft finden könnten? Das war die erste Frage, die über Pochs Lippen kam.

»Jawohl… dort… gewiß!«, antwortete der Reisende.

Dabei wies er mit der Hand nach einem schwachen Lichtschein, der etwa zweihundert Schritt weit links an der Ecke eines Gehölzes durch das Dunkel schimmerte. War das aber die Laterne einer Herberge oder vielleicht nur das Feuer eines Holzfällers? Der darüber befragte Jemschik bestätigte die Aussage des Unbekannten.

»Dort liegt die Kroffsche Waldschenke«, sagte er.

»Die Kroffsche Schenke?«, wiederholte Poch.

»Ja, der Kabak ›Zum umgebrochenen Kreuz‹.«

»Nun«, begann Broks, sich an seine Begleiter wendend, »wenn Sie in jener Schenke übernachten wollen, so werden wir Sie dort morgen frühzeitig wieder abholen.«

Der zweite Reisende schien den Vorschlag annehmbar zu finden. Was hätte man auch besseres tun können? Das Wetter wurde immer abscheulicher, bald mußte es in Strömen zu regnen anfangen. Der Schaffner und der Jemschik konnten jedenfalls nur mit großer Anstrengung Pernau erreichen.

»Also abgemacht«, sagte Poch, dessen Hautabschürfung am Beine ihm nicht wenig Schmerz verursachte. »Nach einer guten Nachtruhe werde ich morgen imstande sein weiterzufahren, und ich rechne auf dich, Broks...«

»Ich bin zur bestimmten Stunde hier zurück!«, versicherte der Schaffner.

Die Pferde wurden jetzt ausgespannt; den auf der Seite liegenden Wagen mußte man wohl oder übel seinem Schicksale überlassen. Im Laufe dieser Nacht kam voraussichtlich doch kein Wagen oder Karren an der Unfallstelle vorüber.

Nach einem Händedruck mit seinem Freunde Poch wendete er sich, das eine Bein etwas nachschleppend, nach dem Walde und in der Richtung hin, wo der Lichtschein ihnen die Lage der Schenke andeutete.

Da der Bankbeamte nur langsam vorwärts kam, glaubte der Reisende ihm seinen Arm als Stütze anbieten zu sollen. Nach einigen Dankesworten nahm Poch das an, etwas verwundert, daß sein Reisegefährte sich jetzt gefälliger erwies, als er es seit der Abfahrt aus Riga vermutet hätte. Der Straße folgend, an deren Seite die Schenke lag, wurden die zweihundert Schritte bis zu dieser ohne Unfall zurückgelegt.

Über der Eingangstür hing hier die Laterne mit einer Petroleumlampe darin. Von der Ecke der Hauswand ragte eine lange Stange heraus, offenbar bestimmt, während des Tages die Aufmerksamkeit der Vorüberkommenden zu erregen. Durch Spalten in den Fensterläden schimmerte von innen das Licht und ließ sich auch das Geräusch von Stimmen und Gläsern hören. Ein Schild mit grober Malerei hing über der Haupttür, und beim Schein der Laterne konnte man darauf die Worte lesen: »Kabak zum umgebrochenen Kreuze«.

Fünftes Kapitel

Der Kabak »Zum umgebrochenen Kreuze«

Die Schenke »Zum umgebrochenen Kreuze« rechtfertigte diese Bezeichnung durch eine braunrote Zeichnung an einer der Giebelwände des Hauses: durch das Bild eines russischen Doppelkreuzes, das am Fuße umgebrochen war und auf der Erde lag... jedenfalls eine Legende, die mit irgend einer kirchen-schänderischen Untat aus längstvergangener Zeit in Verbindung stand.

Ein gewisser Kroff, ein Slawe von Geburt und Witwer im Alter von vierzig bis fünfundvierzig Jahren, bewirtschaftete die einsam an der Landstraße von Riga und am Rande eines Waldes gelegene Schenke, die schon sein Vater besessen hatte. Im Umkreise von zwei bis drei Werst hätte man nirgends ein näher gelegenes Haus oder einen Weiler angetroffen... die Einsamkeit im vollsten Sinne des Wortes.

Als gelegentliche Kunden empfing Kroff nur die wenigen Reisenden, die hier einmal Halt machen mußten, als eine Art Stammgäste aber verkehrten bei ihm etwa ein Dutzend Bauern, die auf nahe gelegenen Feldern arbeiteten, und einige Holzfäller und Kohlenbrenner aus dem benachbarten Walde.

Ob der Gastwirt ein gutes Geschäft machte, hätte niemand sagen können; jedenfalls ließ er keine Klagen hören und war überhaupt nicht angelegt, über etwas zu sprechen, was ihn selbst betraf. Der Kabak war schon seit etwa dreißig Jahren im Betrieb, erst unter Leitung des Vaters – der als Schmuggler und Wilddieb sein Schäfchen ins Trockene gebracht hatte –

und dann unter der des Sohnes. Die Leute in der weiteren Umgebung mutmaßten auch, daß es im »Umgebrochenen Kreuze« an Geld nicht fehle... es bekümmerte sich darum aber niemand näher. Von Natur wenig mitteilsam, lebte Kroff sehr zurückgezogen und verließ seine Schenke nur in den seltenen Fällen, wo er einmal in Pernau zu tun hatte. Im übrigen arbeitete er in seinem Garten, solange ihn keine Gäste davon abriefen, denn er hatte weder eine Magd noch einen Burschen zur Hilfe. Von Person recht kräftig, hatte er ein rötliches Gesicht, starken Vollbart, üppiges Kopfhaar und einen freien, offenen Blick. Er richtete nie an jemand eine Frage und antwortete stets kurz und bündig, wenn jemand zu ihm sprach.

Das Haus, hinter dem der Garten lag, bestand nur aus einem Erdgeschoß mit einer einflügeligen Haupttür, durch die man sofort in die Gaststube eintrat, welche von einem Fenster im Hintergrunde erhellt wurde. Rechts und links schloß sich daran noch je ein nach der Straße hinaus gelegenes Zimmer. Die Wohnstube Kroffs befand sich in einem Anbau nach dem Gemüsegarten zu.

Tür und Fensterläden des Kabak waren sehr fest und mit tüchtigen Haken und schweren Eisenriegeln versehen. Der Wirt schloß sie stets schon mit Anbruch der Dämmerung ab, denn allzu sicher war es im Lande hier gerade nicht. Die Schenke blieb aber trotzdem bis abends zehn Uhr zugänglich. Augenblicklich saßen darin ein halbes Dutzend Gäste, die Wodka und Schnaps in lustige Stimmung versetzt hatten.

Der einen halben Morgen große Garten, der nur von einer lebenden Hecke umschlossen war, stieß an den sich längs der Straße hinziehenden Wald. Kroff baute darin die beliebtesten Gemüsearten, was ihm noch einen recht netten Gewinn einbrachte. Von Obstbäumen, die sich freilich keiner besonderen Pflege erfreuten, befanden sich darin einige dürftig entwickelte Kirschbäume neben Apfelbäumen, die recht gute Früchte lieferten, und außerdem dicht bestandene Beete voll

Himbeersträuchern mit duftigen, glänzendroten Früchten, die in Livland überhaupt gut gedeihen.

Am heutigen Tage schwatzten und tranken an den Tischen der Gaststube drei oder vier Bauern und ebensoviele Holzfäller aus Weilern der Umgebung. Der Schnaps, das Spitzgläschen zu zwei Kopeken, lockte sie Tag für Tag hierher ehe sie nach ihren Gehöften oder Hütten heimkehrten, die drei bis vier Werst entfernt lagen. Die Nacht über blieb keiner im »Umgebrochenen Kreuze«; hier kehrten auch nur selten Reisende ein, um eine Nacht zu schlafen. Die Postillone und die Schaffner der Telegen und der Postwagen machten aber gern an der alten Schenke Halt, ehe sie zur letzten Strecke nach Pernau aufbrachen. Außer den gewohnten Gästen saßen heute etwas abgesondert zwei Männer an einem Tische, die nur mit gedämpfter Stimme miteinander sprachen und die anderen Personen immer scharf im Auge behielten; das waren der Brigadier Eck und einer seiner Unterbeamten. Nach der Verfolgung längs der Pernova hatten sie ihre Nachsuchungen in der Umgegend fortgesetzt, wo sich verdächtiges Gesindel umhertreiben sollte, waren dabei aber immer in Verbindung mit den Patrouillen geblieben, denen die Überwachung der Dörfer und Weiler des Nordens der Provinz oblag.

Eck war von seinem letzten Zuge recht unbefriedigt zurückgekommen. Von dem Flüchtling, den er lebendig zu fangen und dem Major Verder einzuliefern gehofft hatte, war nicht einmal der Leichnam im Schollengewirr der Pernova gefunden worden… eine arge Verletzung seiner Eigenliebe.

Der Brigadier äußerte eben gegen seinen Begleiter:

»Wir können wohl annehmen, daß der Spitzbube ertrunken ist.«

»Ohne Zweifel«, bestätigte der Polizist.

»Nun, so ganz ›ohne Zweifel‹ ist das leider nicht, wenigstens haben wir dafür keine greifbaren Beweise. Doch selbst wenn es uns gelungen wäre, den Mann als Leiche aufzufischen, hätte er dann doch nicht nach Sibirien zurückgeschickt werden können. Nein... lebend mußten wir den Burschen in die Hand bekommen... wahrlich, eine dumme Geschichte, die der Polizei nicht viel Ehre macht!«

»O, Herr Eck, ein andermal werden wir mehr Glück haben«, antwortete der Polizist, der sich mit den Fehlschlägen in seinem Berufe ruhiger abfand...

Der Brigadier schüttelte den Kopf, ohne seinen Mißmut zu verhehlen.

Draußen wütete der Sturm jetzt mit einer Heftigkeit ohnegleichen. Die Eingangstür knarrte in ihren Angeln, als wollte sie diese herausreißen. Der große Ofen hörte wie erstickt manchmal zu knattern auf und dröhnte dann wieder wie ein Hochofen. Man hörte in der Tannenwaldung die Äste knicken und brechen, die dann zum Teil auf das Dach des Kabaks geschleudert wurden, als sollten sie es einschlagen.

»He, da macht sich ja die Arbeit der Holzfäller ganz allein«, sagte einer der Bauern, »die brauchen ja ihre Ladung nur zusammenzulesen!«

»Es ist auch das richtige Wetter für Verbrecher und Schmuggler«, setzte der Polizist hinzu.

»Ja, wie für solche Burschen geschaffen, antwortete Eck, doch deshalb braucht man sie nicht nach Belieben schalten und walten zu lassen!... Es steht fest, daß hier eine schlimme Bande ihr Wesen treibt; aus Tarvart wird ein Einbruch und aus Karkus ein Mordversuch gemeldet. Ja, die zwischen Riga und Pernau ist jetzt höchst unsicher. Die Verbrechen vermehren sich, und den Verbrechern gelingt es in den meisten Fällen zu entwischen. Und doch, was wagen sie denn, wenn sie sich abfangen lassen?... In Sibirien Salz zu fördern, und das ängstigt sie nicht. Früher, wo es ein Tänzchen in der Hanfschlinge galt, da mußte sich einer die Sache überlegen. Die Galgen sind jetzt aber zusammengebrochen, wie das Kreuz des Kabaks Meister Kroffs...«

»Man wird sie schon wieder aufrichten«, meinte der Polizist.

»Die höchste Zeit dazu wär's wirklich«, versicherte Eck.

Wie hätte ein Polizeibrigadier beistimmen können, daß die für politische Verbrechen beibehaltene Todesstrafe für Vergehen gegen das gemeine Recht abgeschafft worden war!… Das ging über seinen Verstand und geht ebenso über den Verstand vieler guten Leute, die nicht zur Polizei gehören.

»Nun aber vorwärts«, mahnte Eck, »indem er sich schon zum Aufbruch fertig machte. Ich muß mit dem Brigadier der fünften Abteilung in Pernau zusammentreffen, da ist keine Zeit mehr zu verlieren!«

Bevor er aufstand, klopfte er erst noch auf den Tisch.

Kroff kam sofort herbeigelaufen.

»Wieviel, Kroff?«, fragte er und holte einiges Kleingeld aus der Tasche.

»Das wissen Sie ja selbst, Brigadier«, erwiderte der Schenkwirt. »Bei mir gilt für alle nur der gleiche Preis.«

»Auch für die, die in deinen Kabak kommen, wo sie wissen, daß du sie weder nach Papieren noch nach ihrem Namen fragst?«

»Ich gehöre nicht zur Polizei«, antwortete Kroff ziemlich kurz.

»O alle Gastwirte sollten dazu gehören, dann wäre wohl mehr Ruhe und Frieden im Lande!«, entgegnete der Brigadier. »Nimm dich in Acht, Kroff, daß man dir nicht eines schönen Tages die Bude zumacht, wenn du sie nicht von Schmugglern und vielleicht noch schlimmeren Gesellen rein hältst!«

»Ich gebe dem zu trinken, der mich bezahlt«, antwortete der Gastwirt, »und ich weiß ebensowenig, wohin meine Gäste gehen, wie ich von ihnen wußte, woher sie kamen.«

»Gleichviel, Kroff! Stelle dich nur nicht taub, wenn ich mit dir rede, du könntest's sonst noch einmal an den Ohren fühlen. Nun, gute Nacht… auf Wiedersehen!«

Der Brigadier Eck erhob sich, bezahlte die Zeche und ging, der Polizist hinter ihm, auf den Ausgang zu. Die anderen Gäste folgten seinem Beispiele, denn das schlechte Wetter verlockte sie nicht, noch länger im Kabak »Zum umgebrochenen Kreuze« sitzen zu bleiben. In diesem Augenblick öffnete sich aber die Tür, die vom Sturme dann wieder zugeschlagen wurde. Herein traten zwei Männer, deren einer den anderen, welcher hinkte, am Arme führte. Das waren Poch und sein Reisegefährte, die auf der Landstraße mit der Post verunglückt waren. Der unbekannte Reisende erschien wie immer mit seinem Mantel verhüllt und mit über den Kopf gezogener Kapuze, so daß man sein Gesicht nicht sehen konnte. Dieser richtete zuerst das Wort an den Schenkwirt. »Unser Postwagen ist zweihundert Schritt von hier zerbrochen«, begann er. »Der Postillon und der Schaffner haben sich nach Pernau auf den Weg gemacht und wollen uns morgen beizeiten hier abholen. Können Sie uns für die Nacht wohl zwei Zimmer geben?«

»Gewiß«, antwortete Kroff.

»Eines brauch' ich für mich«, setzte Poch hinzu, »und womöglich mit gutem Bette.«

»Das sollen Sie haben«, versprach Kroff. »Sind Sie etwa verletzt?«

»Eine Hautabschürfung am Beine«, erwiderte Poch. »Eine Sache ohne Bedeutung.«

»Das zweite Zimmer nehme ich in Beschlag«, ließ sich der Reisende hören.

Als er sprach, erschien es Eck immer, als ob ihm diese Stimme bekannt wäre.

»Sapperment«, sagte er für sich, »ich möchte gleich darauf schwören... das ist doch...«

Seiner Sache nicht sicher, trieb ihn ein polizeilicher Instinkt, sich über seine Vermutung näher zu unterrichten. Inzwischen hatte sich Poch an einem der Tische niedergesetzt und darauf seine noch immer an der Kette hängende Mappe gelegt.

»Ein Zimmer«, wendete er sich an Kroff, »nun ja, das ist ganz schön; solch eine Hautwunde hindert mich aber nicht, zu essen, und ich habe tüchtigen Hunger.«

»Sofort sollen Sie ein Abendbrot erhalten«, antwortete der Wirt.

»Bitte, so schnell wie möglich!«, rief Poch ihm nach.

Da trat der Polizeibrigadier an ihn heran.

»Nun wahrlich, Herr Poch«, sagte er, »das ist ja ein Glück, daß Sie nicht ernster verletzt worden sind!«

»Ah«, rief der Bankbeamte, »da ist ja der Herr Eck. Guten Tag, Herr Eck, oder vielmehr Guten Abend!«

»Guten Abend, Herr Poch!«

»Sie sind wohl auf einem Streifzuge hier?«

»Wie Sie sehen. Ihre Verletzung ist also wirklich unbedeutend?«

»Morgen wird kaum noch etwas davon zu sehen sein.«

Kroff hatte schon Brot, kalten Speck und die Teetasse auf den Tisch gesetzt. Hierauf wandte er sich an den anderen Reisenden.

»Und Sie mein Herr?…«

»Ich bin nicht hungrig. Weisen Sie mir mein Zimmer an, denn ich möchte bald schlafen. Wahrscheinlich warte ich die Rückkehr des Postschaffners gar nicht ab und mache mich schon früh vier Uhr auf den Weg.«

»Wie es Ihnen beliebt«, antwortete der Schenkwirt.

Er führte den Reisenden hierauf in das links neben der Gaststube liegende Zimmer, das rechts gelegene hatte er für den Bankbeamten bestimmt. Während der Unbekannte aber sprach, hatte sich seine Kapuze etwas nach rückwärts verschoben, so daß der ihn beobachtende Brigadier etwas von seinem Gesicht sehen konnte. Das genügte ihm.

»Ja, ja«, murmelte er für sich, er ist es. »Warum will er denn so frühzeitig aufbrechen und nicht einmal die Post abwarten, um damit weiter zu fahren?«

Man weiß ja, auch die harmlosesten Umstände erscheinen den Leuten von der Polizei allemal etwas auffallend.

»Und wohin will er zu Fuß?«, fragte sich Eck, zwei Fragen, auf die der Reisende gewiß nicht geantwortet hätte, wenn sie ihm vorgelegt worden wären.

Dieser schien übrigens nicht bemerkt zu haben, daß der Brigadier ihn scharf angesehen und ihn zu erkennen geglaubt hatte. Er begab sich also in das ihm von Kroff angewiesene Zimmer. Eck trat wieder an Poch heran, der mit gutem Appetit speiste.

»Jener Reisende war mit Ihnen im Postwagen?«, fragte er.

»Jawohl, Herr Eck, ich habe aber keine vier Worte aus ihm herausholen können.«

»Sie wissen auch nicht, wohin er sich begibt?«

»Nein, er ist in Riga eingestiegen, und ich glaube, er wollte nach Reval. Wenn Broks hier wäre, könnte er uns darüber Aufschluß geben.«

»O, das wäre nicht der Mühe wert«, meinte der Brigadier.

Kroff hörte von diesem Zwiegespräch gerade soviel wie jeder uninteressierte Gastwirt, der sich nicht darum bekümmert, wer seine Gäste sind. Er ging in der Schenkstube hier und dort hin, während die Bauern und Holzfäller sich verabschiedeten und ihm Gute Nacht wünschten.

Der Brigadier, der es mit dem Fortgehen jetzt gar nicht mehr so eilig zu haben schien, zog den plauderlustigen Poch, dem das sehr gelegen kam, nochmals ins Gespräch.

»Und Sie, Sie gehen nach Pernau?«, fragte er.

»Nein, nach Reval, Herr Eck.«

»Im Auftrage des Herrn Johausen?«

»Ja, in dessen Auftrage«, antwortete Poch.

Mit einer Bewegung zog er die auf dem Tisch liegende Mappe mit den Wertpapieren näher an sich heran…

»Das ist ja ein Wagenunfall, der Ihnen mindestens zwölf Stunden Verspätung kosten wird.«

Der Brigadier konnte etwas von seinem Gesicht sehen.

»Nur zwölf Stunden dann, wenn Broks seinem Versprechen gemäß morgen frühzeitig wiederkommt, und dann
könnt' ich immer noch binnen vier Tagen in Riga zurück
sein… zur Feier meiner Hochzeit…«

»Mit der hübschen Zenaïde Parenzof… weiß schon…«

»Das glaub' ich gern… Sie wissen eben alles!«

»Na, das denn doch nicht, so weiß ich zum Beispiel schon
nicht, wohin sich Ihr Reisegefährte begeben wird; danach,
daß er morgen so früh fortgehen will, ohne auf Sie zu warten,
scheint es allerdings, daß er in Pernau zu bleiben gedenkt.«

»Das wäre wohl möglich«, meinte Poch, »und wenn
ich den Mann nicht wiedersehen sollte, so wünsch' ich ihm
glückliche Reise. Doch sagen Sie, Herr Eck, übernachten Sie
heute auch hier im Wirtshause?«

»Nein, uns ruft eine Zusammenkunft nach Pernau, und
wir werden sehr bald aufbrechen. Sie werden ja, das wünsch'
ich Ihnen, nach einem tüchtigen Abendessen gut schlafen…
lassen Sie nur Ihre Mappe nicht abhanden kommen.«

»Die hängt an mir so fest wie die Ohren am Kopfe!«, erwiderte der Bankbeamte mit hellem Lachen.

»Vorwärts nun«, rief der Brigadier seinem Untergebenen
zu. »Wir wollen uns aber bis ans Kinn fest einhüllen, sonst
dringt uns der Sturm bis zu den Knochen hindurch. Gute
Nacht, Poch!«

»Gute Nacht, Herr Eck.«

Die beiden Polizeiagenten öffneten die Tür, die Kroff erst
durch eine Querstange an der Innenseite und dann noch
durch zweimaliges Umdrehen eines großen Schlüssels verschloß, den er sofort wieder abzog.

Um diese Stunde war kaum noch zu erwarten, daß jemand im »Umgebrochenen Kreuze« wegen Nachtquartiers
vorsprechen würde, war es doch schon eine Seltenheit, daß
zwei Reisende bis zum nächsten Morgen zwei Zimmer in
Anspruch genommen hatten, und ohne diesen Unfall der

Post wäre der Schenkwirt in seinem vereinsamten Kabak wie gewöhnlich allein gewesen.

Inzwischen hatte Poch seine Mahlzeit mit großem Appetit verzehrt. Speise und Trank, mehr brauchte es kaum, seinen Kräften wieder aufzuhelfen, und das Bett würde nun vollenden, was der Tisch so gut begonnen hatte.

Ehe Kroff sich in sein Zimmer zurückzog, wartete er, bis Poch dasseinige eingenommen hatte. Er hielt sich nahe dem Ofen, aus dem zuweilen infolge des Sturmes dicker Rauch hervorquoll, der das ganze Gastzimmer mit warmen Schwaden erfüllte. Kroff bemühte sich dann, den Rauch mit einer hin- und hergeschwenkten Serviette zu vertreiben, deren Falten dabei wie eine Peitsche klatschten.

Das auf dem Tisch stehende Talglicht flackerte auf und ließ die Schatten aller Gegenstände in seinem Scheinfelde tanzen. Draußen schlugen so ungestüme Windstöße an die Fensterläden, daß man glaubte, es poche einer kräftig dagegen.

»Hörten Sie nicht eben… « sagte Poch lauschend, als die Tür unter einem so gewaltsamen Stoße zitterte und knarrte, daß man sich über die Ursache wohl täuschen konnte.

»Das ist niemand«, versicherte der Gastwirt, »draußen ist bestimmt kein Mensch. An dergleichen bin ich gewöhnt. Im tiefen Winter haben wir oft noch weit schlimmeres Wetter.«

»Ja freilich«, meinte Poch, »wer sollte sich auch diese Nacht noch auf der Landstraße befinden, außer verdächtigem Gesindel und Polizisten.«

»Gewiß… Sie haben damit völlig recht.«

Es war jetzt bald neun Uhr. Der Bankbeamte erhob sich, nahm seine Mappe sorgsam unter den Arm, ergriff dann das angezündete Licht, das Kroff ihm hinhielt. und begab sich nach seinem Zimmer.

Der Gastwirt hielt noch eine alte Laterne mit großen Scheiben in der Hand, die ihm als Leuchte dienen sollte, wenn sich die Tür hinter Poch geschlossen hatte.

»Wollen Sie sich denn nicht niederlegen?«, fragte dieser noch vor dem Betreten seines Zimmers.

»O doch«, antwortete Kroff, »ich muß nur erst noch meinen allabendlichen Rundgang machen.«

»Durch Ihr ganzes Anwesen?«

»Jawohl, überallhin; ich muß da nachsehen, ob die Hühner im Stalle auf den Stangen sitzen und in Sicherheit sind, denn zuweilen fehlen mir am Morgen eines oder zwei.«

»Aha«, bemerkte Poch, »die Füchse.«

»Die Füchse und auch die Wölfe. Diesen verwünschten Burschen macht es keine Schwierigkeit, über die Hecke zu springen. Da das Fenster meiner Stube nach dem Garten hinausgeht, brenne ich ihnen wohl manchmal eine Portion Blei aufs Fell. Wenn Sie also einen Schuß hören sollten, so beunruhigen Sie sich deswegen nicht.«

»O«, versicherte Poch, »wenn ich so schlafe, wie ich hoffe, wird mich auch kein Kanonendonner wecken. Was ich noch sagen wollte, ich habe keine so große Eile, weiter zu kommen. Kann mein Reisegefährte nicht zeitig genug aufstehen, so ist das seine Sache. Mich lassen Sie ruhig bis in den hellen Tag hinein schlafen. Das Bett zu verlassen wird es noch Zeit genug sein, wenn erst Broks von Pernau zurückgekehrt und der Wagen wieder in stand gesetzt ist.«

»Wie Sie wünschen«, antwortete der Gastwirt. »Es wird Sie niemand eher wecken, und wenn der andere Reisende weggehen will, werde ich schon dafür sorgen, daß Sie durch kein Geräusch gestört werden.«

Vor Ermüdung herzhaft gähnend, begab sich Poch nun in sein Zimmer, dessen Tür er von innen sorgfältig abschloß.

Kroff befand sich in der von seiner Laterne kaum erhellten Gaststube. Hier ging er an den Tisch, woran der Bankbeamte gesessen hatte, und schaffte Teller, Tasse und Teemaschine bei Seite. Als ordnungsliebender Mann verschob er nicht auf morgen, was er noch heute tun konnte.

Hierauf begab sich Kroff nach der Gittertür der Umzäunung und öffnete sie. An dieser – der nordöstlichen – Seite hatte der Sturm etwas weniger Gewalt; der Anbau an der Rückwand des Hauses lag einigermaßen geschützt. Darüber hinaus aber fegte der Wind so heftig einher, daß der Gastwirt es für ratsamer fand, sich ihm gar nicht erst auszusetzen. Heute mußte ihm ein Blick nach dem Geflügelhof hin genügen.

Innerhalb der Umzäunung war nichts Verdächtiges zu bemerken, vor allem keiner der beweglichen Schatten, die die Anwesenheit eines Wolfes oder Fuchses verraten hätten.

Kroff leuchtete mit seiner Laterne nach allen Richtungen hinaus, und da er nichts Auffallendes wahrnahm, ging er wieder nach der Gaststube zurück.

Gewohnt, das Feuer im Ofen nicht erst verlöschen zu lassen, legte er noch mehrere Stücke Torf darauf, blickte noch einmal überall umher und zog sich dann endlich in sein Zimmer zurück. Die Tür, die dicht neben der zum Garten führenden lag, bildete den Eingang zu dem Anbau, der das Privatzimmer des Gastwirtes enthielt, und dieses grenzte wieder an das, worin Poch jetzt schon in tiefem Schlummer lag.

Kroff ging, die Laterne in der Hand, hinein, und in der Gaststube herrschte nun völlige Finsternis. Zwei bis drei Minuten hörte man noch die Schritte des Mannes, während er sich auskleidete, und dann zeigte ein dumpfes Geräusch an, daß er sich aufs Bett geworfen hatte. Wenige Augenblicke später schlief in der Schenke alles, trotz des Aufruhrs der Elemente. des Windes, des Regens, trotz des lauten Seufzens des Sturmes, der durch die ihrer oberen Äste beraubten Tannen des Waldes fegte.

Kurz vor vier Uhr morgens stand Kroff auf und ging mit der Laterne in der Hand in die Gaststube. Fast im gleichen Augenblicke öffnete sich die Zimmertür des zweiten Reisenden. Dieser erschien in der Kleidung wie gestern, eingehüllt in seinen weiten Mantel und die Kapuze über den Kopf gezogen.

»Schon fertig, mein Herr?«, fragte Kroff.

»Wie Sie sehen«, antwortete der Fremde, der zwei oder drei Papierrubel in der Hand hielt. »Wieviel bin ich für die Nacht schuldig?«

»Einen Rubel«, antwortete der Gastwirt.

»Hier ist ein Rubel… nun, bitte öffnen Sie mir die Tür.«

»Sogleich«, sagte Kroff, nachdem er sich beim Schein der Laterne überzeugt hatte, einen richtigen Rubelschein erhalten zu haben.

Den aus der Tasche hervorgeholten großen Schlüssel in der Hand, ging der Schenkwirt schon nach der Haustür, blieb aber noch einmal stehen und sagte zu dem Reisenden:

»Wollen Sie denn vor dem Weggehen gar nichts genießen?«

»Nein, ich danke.«

»Auch nicht ein Gläschen Wodka oder einen Schluck Schnaps?«

»Gar nichts, sag' ich Ihnen. Öffnen Sie mir nur schnell… ich habe Eile.«

»Nun, wie es Ihnen beliebt.«

Kroff entfernte von der Tür die starken Holzstangen, die diese von innen mit zuhielten, dann steckte er den Schlüssel in das Schloß, dessen Riegel laut knarrte. Noch war es draußen tief dunkel. Nur der Regen hatte aufgehört, der Wind pfiff aber noch mit Sturmesgewalt. Der Weg war mit abgebrochenen Zweigen bedeckt und zahllose Blätter flatterten in der Luft.

Der Reisende zog die Kapuze des Mantels fester über den Kopf und trat ohne ein weiteres Wort zu äußern hinaus. Schon nach wenigen Schritten war er in der Finsternis der Nacht verschwunden. Während er sich dann auf der Straße nach Pernau entfernte, legte Kroff die inneren Querstangen wieder vor und verschloß die Eingangstür des Kabaks »Zum umgebrochenen Kreuze«.

*Nach wenigen Schritten war er in der Finsternis der
Nacht verschwunden.*

Sechstes Kapitel

Slawen und Germanen

Der erste Tee mit Butterbroten wurde im Speisezimmer der Gebrüder Johausen vorschriftsmäßig genau um neun Uhr morgens aufgetragen. Die – wie sie selbst sagten – »bis zur zehnten Dezimale getriebene« Pünktlichkeit war eine der hervortretendsten Eigenschaften der reichen Bankiers, und zwar im gewöhnlichen Leben nicht minder wie in der Geschäftsführung, gleichgültig ob es sich dabei darum handelte, Geld einzunehmen oder etwas zu bezahlen.

Frank Johausen, der ältere der beiden Brüder, hielt vor allem darauf, daß Mahlzeiten, Besuche, das Aufstehen des Morgens und das Niederlegen des Abends mit militärischer Strenge geregelt blieben... das waren einmal die leitenden Grundsätze des Bankhauses, eines der bedeutendsten von Riga.

Am heutigen Morgen war der Samowar zur genannten Stunde nicht in Ordnung. Was war die Ursache? Nichts als ein bißchen Trägheit Trankels, des Hausdieners, dem ausschließlich die Bedienung seines Herrn oblag und der sich auch ohne Winkelzüge schuldig bekannte.

Als Herr Frank Johausen und sein Bruder, Frau Johausen und die kleine Margarete Johausen eintraten, war der Tee also noch nicht so weit fertig, daß man die auf dem Tisch bereit stehenden Tassen damit hätte füllen können.

Bekanntlich rühmen sich – wenn auch mit wenig Berechtigung – die reichen Deutschen der baltischen Provinzen, daß sie ihr Hausgesinde recht »väterlich« behandeln. Die

Familie ist bei ihnen noch patriarchalisch geblieben und die Diener werden mehr als Kinder des Hauses betrachtet, gerade deshalb aber sind sie, das darf man ruhig glauben, auch gewissen väterlichen Bestrafungen fast schutzlos ausgesetzt.

»Trankel, warum ist der Tee noch nicht trinkfertig?«, fragte Frank Johausen.

»Ach, daß mir mein Herr und Gebieter verzeihe«, antwortete Trankel kläglichen Tones, »ich hatte nur vergessen... «

»Das ist ja nicht das erste Mal, Trankel«, fiel ihm der Bankier ins Wort, »und ich habe Grund genug zu glauben, es werde auch nicht das letzte Mal gewesen sein.«

Als Zeichen ihrer Zustimmung die Achseln zuckend, hatten sich Frau Johausen und ihr Schwager dem aus hübsch verzierter Fayence errichteten Ofen genähert, worin zum Glück das Feuer nicht, wie die Flamme des Samowars, erloschen war. Trankel schlug die Augen nieder, ohne ein weiteres Wort zur Entschuldigung zu wagen. Mußte er sich doch eingestehen, daß es nicht sein erster Verstoß gegen die von den Johausens so hoch gehaltene Pünktlichkeit war.

Der Bankier entnahm der Seitentasche seines Rockes jetzt ein Notizbuch mit losen Blättern, schrieb einige Zeilen auf eine Seite und übergab das Blatt dem Diener.

»Besorge das an seine Adresse«, sagte er »und warte da auf Antwort.«

Trankel wußte offenbar schon, wohin er geschickt und welcher Art die Antwort des Empfängers sein würde. Er sagte auch kein Wort, sondern beugte nur den Kopf, küßte seinem Herrn die Hand und schritt auf die Tür zu, um sich nach dem Polizeibureau zu begeben. Auf dem Blatte aus dem Notizbuche standen nur die Worte:

»Gut für fünfundzwanzig, meinem Diener Trankel aufzuzählende Stockhiebe.

Frank Johausen.«

Als der Diener hinausgehen wollte, rief ihm der Bankier nach: »Du wirst nicht vergessen, die Empfangsbescheinigung mit zurückzubringen!«

Trankel wollte das gewiß nicht vergessen. Der Bankier hatte für jede von ihm verlangte Züchtigung entsprechend dem vom Polizeihauptmann aufgestellten Satz zu zahlen.

So ging es jener Zeit und geht es vielleicht noch heute in solchen Dingen her, in Kurland und Estland übrigens ebenso wie in Livland und ohne Zweifel auch in manchen anderen Provinzen des Moskowiterlandes.

Beiläufig noch ein Wort über die Familie Johausen.

Die Bedeutung eines Beamten in Rußland ist ja wohl allgemein bekannt. Er ist dem strengen Reglement des Tchin unterworfen… jener Leiter mit vierzehn Sprossen, die alle Staatsbeamten vom untersten Range bis zu dem eines Geheimrates mühevoll erklimmen müssen.

Es gibt aber auch andere hohe Gesellschaftsklassen, die mit der Beamtenwelt nichts gemein haben, darunter in erster Reihe den Adel der baltischen Provinzen, der sich eines großen, durch wirkliche Machtmittel noch vermehrten Ansehens erfreut. Durchweg germanischen Ursprungs, ist er älter als der russische Adel und hat sich sehr wichtige Vorrechte zu sichern verstanden, darunter das, eigene Diplome auszustellen, die selbst die Mitglieder der kaiserlichen Familie anzunehmen sich nicht weigern.

Neben diesem Adel gibt es eine bürgerliche Klasse, die ihm zum Teil gleich, zum Teil sogar noch höher als jener dasteht, und zwar infolge ihres Einflusses auf die Provinz- und die Stadtverwaltung, und wie diese »wie erwähnt »fast ausschließlich von deutscher Abstammung. Sie umfaßt die Kaufleute und die Ehrenbürger, doch auch die etwas tiefer stehenden einfachen Bürger, die eine Art gesellschaftlicher Mittelklasse bilden. Zu den oberen Schichten gehören die Bankiers, die Reeder, die Künstler und die Kaufleute, die je

»Besorge das an seine Adresse.«

nach der »Gilde«, in der sie eingetragen sind, eine gewisse Steuer dafür entrichten, daß sie mit dem Auslande Handel treiben dürfen. Unter der gesamten Bürgerschaft ist vor allem die obere Klasse gut gebildet, arbeitsam und gastfreundlich, und es läßt sich auch an ihrer Moralität und Rechtschaffenheit nicht im geringsten mäkeln. Zu denen, die von diesen obenan standen, gesellte die öffentliche Meinung mit vollem Rechte auch die Familie Johausen und das Bankgeschäft, dessen Kredit in Rußland wie im Ausland unerschütterlich fest stand.

Weit unter den privilegierten Klassen, die in allen baltischen Provinzen gewissermaßen die Herren spielen, führen die Landleute, die Ackerbauer und auch die ansässigen Hofeigentümer – an Zahl etwa eine Million – ein ärmliches Leben, obwohl sie die eigentlich eingeborenen Bewohner sind, im Grunde Letten, die ihre uralte slawische Sprache beibehalten haben, während das Deutsche die Umgangs- und Verkehrssprache der Stadtbevölkerung geblieben ist. Die Leute sind ja nicht mehr Leibeigene, sie werden aber noch häufig gleich solchen behandelt, zuweilen sogar gegen ihren Willen verheiratet, wenn es sich darum handelt, die Zahl der Familien zu vermehren, von denen die großen Herren das Recht haben, einen gewissen Zins einzuziehen.

Hieraus erklärt es sich wohl, daß der Beherrscher aller Reußen auf den Gedanken kam, diesen beklagenswerten Zustand der Dinge zu ändern, und daß seine Regierung sich bemühte, das slawische Element in die Ratskollegien und in die Verwaltung der Städte einzuführen. Das entfachte freilich einen Streit, dessen schreckliche Folgen wir im Laufe dieser Erzählung kennen lernen werden.

Der Hauptleiter des Bankhauses war der ältere der beiden Brüder, Frank Johausen. Der jüngere war unverheiratet. Der jetzt fünfundvierzig Jahre zählende Frank hatte eine Deutsche aus Frankfurt a. M. zur Gattin. Er war Vater zweier Kinder, eines Sohnes, Karl mit Namen, der eben ins neunzehnte Jahr eingetreten war, und eines zwölfjährigen Töchterchens. Karl vollendete jetzt seine Studien an der Universität in Dorpat, wo Jean, der Sohn Dimitri Nicolefs, gerade auch am Ende der seinigen stand.

Riga, dessen Gründung bis zum dreizehnten Jahrhundert zurückliegt, ist – es sei das hier wiederholt – weit mehr eine deutsche als slawische Stadt. Man er kennt ihren Ursprung schon an den Häusern mit ihrem nach der Straße liegenden hohen Treppengiebel, der das Dach abschließt, obwohl einige Bauwerke durch ihre merkwürdige Anordnung und ihre hohen, goldfarbigen Kuppeln eine Andeutung von byzantinischer Architektur aufweisen.

Riga ist jetzt (seit 1863) eine offene Stadt. Ihr wichtigster Platz ist der des Rathauses, das die eine Seite davon einnimmt und einen hohen Glockenturm mit dicken Zwiebelknaufen trägt, während man an der anderen Seite das »Schwarzhäupterhaus« bewundern kann, über dem sich spitze Glockentürmchen erheben, deren Wetterfahnen recht kläglich knarren, und das im Beschauer mehr einen wunderlichen als einen künstlerischen Eindruck hervorbringt.

An diesem Platze steht auch das Johausensche Bankgebäude, ein sehr schönes Bauwerk moderner Art. Die Geschäftsräume liegen darin im Erdgeschoß, die Empfangszimmer nehmen das erste Stockwerk ein. Das Haus liegt also im verkehrsreichsten Stadtteile, und dank dem Umfange seines Umsatzes und der Ausdehnung seiner Geschäftsverbindungen erfreut es sich in der Stadt eines beträchtlichen, ja eines ganz hervorragenden Einflusses. Sehr enge Bande vereinigen die Familie Johausen. Die beiden Brüder verstehen einander in allen Dingen. Der ältere hat die Hauptleitung des Geschäftes, der jüngere hat besonders die Buchführung und das Rechnungswesen in der Hand…

Frau Johausen ist eine Natur, die sich so deutsch wie möglich gibt. Dabei bewahrt sie denn auch den Slawen gegenüber einen ungemeinen Stolz, und da die vornehme Welt in Riga sie stets mit hoher Achtung und unverkennbarer Freude empfängt, trägt das nur dazu bei, ihre nationale Eitelkeit noch weiter anzuregen.

Es ergibt sich hieraus, daß die Johausensche Familie in den vornehmen Bürgerkreisen der Stadt den ersten Rang einnahm, den ersten Rang aber auch in der finanziellen Welt der baltischen Provinzen. Nach außen genoß sie einen fast unbegrenzten Kredit bei der Russischen Staatsbank wegen ihres auswärtigen Handels, ebenso bei der Bank von Volka-Kama, der Diskontobank und bei der internationalen Bank in Petersburg. Eine freiwillige Auflösung ihres Geschäftes hätte den Gebrüdern Johausen gewiß eines der größten Vermögen in den Ostseeprovinzen in den Schoß geworfen.

Frank Johausen war Mitglied des Stadtrates, und zwar eines der einflußreichsten Mitglieder, denn er verteidigte immer mit größter Zähigkeit seine Kaste. Man bewunderte oder pries ihn als den Vertreter der Ideen, die seit der Eroberung in den Köpfen der oberen Schichten tief Wurzel geschlagen hatten.

Gerade er mußte also von den Bestrebungen der Regierung, die starrsinnigen Rassen germanischen Blutes zu russifizieren, um so tiefer getroffen werden.

Die baltischen Provinzen wurden jener Zeit von dem Gouverneur Gorko verwaltet. Dieser, eine Persönlichkeit von hoher Intelligenz und sich der Schwierigkeiten seiner Aufgabe bewußt, unterhielt seine Beziehungen zur deutschen Bevölkerung mit vieler Klugheit, während er immer für den Sieg des slawischen Elementes tätig war. So suchte er eine Umänderung der öffentlichen Gewohnheiten herbeizuführen, ohne sich jemals roher, gewaltsamer Mittel zu bedienen. Streng, doch gerecht, sah er vorsichtig von allen Maßregeln ab, die einen Konflikt hätten herbeiführen können.

An der Spitze der Polizei stand der Oberst Raguenof, ein waschechter Russe. Weniger geschmeidig als sein Vorgesetzter, sah dieser hohe Beamte schon einen Feind in jedem Livländer, Esten oder Kurländer, der nicht mit slawischer Muttermilch auferzogen worden war. Gegen fünfzig Jahre alt, war er ein kühner, entschlossener Mann, ein überaus scharfer Polizist, der vor nichts zurückschreckte und den der Gouverneur nur mühsam in den gebotenen Schranken halten konnte. Er hätte, wenn das ausführbar war, lieber jedes Hindernis zertrümmert, statt es mit sanftem Griffe aus dem Wege zu räumen.

Es mag ein wenig auffallen, die bisher genannten Personen so eingehend geschildert zu sehen; aber wenn sie auch nicht sogleich besonders hervortreten, spielen sie doch eine wichtige Rolle in diesem gerichtlichen Drama, das infolge politischer Leidenschaften und Nationalitätenhaders in den baltischen Provinzen zu einem wahrhaft erschreckenden Ausbruch kommen sollte.

Nach dem Oberst Raguenof und im Gegensatz zu ihm sei der Leser auf den Major Verder hingewiesen, der in der Polizeiverwaltung dem vorigen zunächst untergeordnet war. Der Major ist germanischer Abstammung und zeigt bei der Ausübung seines Amtes oft die übermäßig strenge Pflichterfüllung seiner Rasse. Dabei hält er es freilich mehr mit den Deutschen, wie der Oberst mit den Slawen. Er verfolgt die einen mit Feuereifer und zeigt sich gegen die anderen milder. So wäre es trotz ihres Rangunterschiedes zwischen den beiden hohen Beamten schon häufig zu harten Zusammenstößen gekommen, wenn der General Gorko nicht rechtzeitig ausgleichend eingegriffen hätte.

Hierzu sei noch bemerkt, daß der Major Verder einen eifrigen Verbündeten in dem Brigadier Eck hatte, den wir schon im Anfange dieser Geschichte bei seiner Nachforschung nach dem Flüchtling aus den sibirischen Bergwerken kennen gelernt haben. Dieser bedurfte keiner besonderen Anregung, bei den ihm anvertrauten Aufträgen seine Pflicht zu erfüllen, er tat eher noch mehr, vorzüglich wenn es galt, die Fährte eines Slawen aufzuspüren. Von den beiden Herren Johausen wurde er besonders hoch geschätzt, denn er hatte diesen schon mehrfach persönlich gute Dienste erweisen können, die übrigens am Kassenschalter des Bankgeschäftes stets eine reichliche klingende Anerkennung gefunden hatten.

Unseren Lesern ist nun die Sachlage bekannt, ebenso das Gebiet, auf dem die Gegner zusammenprallen sollten: das der städtischen Wahlen. Hier war Frank Johausen entschlossen, seinen Platz zu behaupten, während Dimitri Nicolef ihm, gegen seinen Willen, gegenüberstand, auf den Schild gehoben von der russischen Beamtenschaft und von der niederen Volksklasse, deren Wahlberechtigung ein neuer Zensus nicht unbeträchtlich erweitert hatte.

Daß der einfache Privatlehrer, der vermögenslose und keinerlei wichtige Stellung einnehmende Mann, zu einem Wettkampfe mit dem mächtigen Bankier, dem Vertreter der höheren Bürgerschaft und des Adels, aufgefordert wurde, bildete ein Wahrzeichen, dessen Bedeutung alle weiterblickenden Leute nicht verkennen konnten: wies es doch darauf hin, daß die politischen Verhältnisse der Provinzen vielleicht schon in naher Zukunft zum Nachteile der gegenwärtigen Machthaber in städtischen und Verwaltungsangelegenheiten eine Veränderung erfahren könnten.

Die Gebrüder Johausen zweifelten jedoch gar nicht daran, im bevorstehenden Wahlkampfe wenigstens den ihnen entgegengestellten Wettbewerber glatt zu besiegen. Die zunehmende Volkstümlichkeit Dimitri Nicolefs hofften sie schon im Keime zu ersticken. Vor Ablauf von sechs Wochen würde es sich ja zeigen, ob man ein Ehrenamt einem elenden Schuldner anvertrauen könnte, der im Zivilprozeß verurteilt und dessen Besitztum infolgedessen beschlagnahmt war, so daß er sich, zugrunde gerichtet und wohnungslos, auf die Straße gesetzt sah. Binnen kaum zwei Monaten, am 15. Juni, verfiel bekanntlich der von Dimitri Nicolef in Anerkennung der Schulden seines Vaters zugunsten der Firma Johausen unterschriebene Schuldschein. Es handelte sich dabei um achtzehntausend Rubel. für einen bescheidenen Privatgelehrten um eine ungeheure Summe, die dieser schwerlich abzutragen in der Lage sein würde. Die Gebrüder Johausen glaubten behaupten zu dürfen, daß die Zahlung, die jenen aus ihrer Gewalt erlösen könnte, bis zum Verfallstage nicht geleistet sein werde. Schon bei den letzten Abzahlungen hatten sich ernste Schwierigkeiten gezeigt und nachher schienen sich die Geldverhältnisse Nicolefs keineswegs gebessert zu haben. Nein, es mußte ihm unmöglich sein, seinen Verpflichtungen gegen das Bankhaus nachzukommen. Verlangte er Aufschub. so würde man unerbittlich bleiben. Das sollte weniger den Schuldner als solchen treffen, als den politischen Gegner, der dadurch mit einem Schlage abgetan würde.

Die Gebrüder Johausen ahnten dabei noch gar nicht, daß ein unvorhergesehenes und ganz unerwartetes Ereignis ihren Plänen noch weiter zu Hilfe kommen sollte. Sie bekamen damit den Blitz des Himmels in die Hand, den sie kaum zu gelegenerer Zeit und vernichtender auf das Haupt ihres volkstümlichen Rivalen schleudern konnten.

Trankel hatte sich auf das Geheiß seines Herrn beeilt – vielleicht ist das letzte Wort aber nicht ganz zutreffend – diesem Folge zu leisten. Mit beschämter Miene und zögernden Schrittes, doch als ein Mann, der den Weg zum Polizeiamte aus mehrfacher Erfahrung kannte, verließ er das Bankhaus, ließ das schloßartige Gebäude mit gelben Mauern, den Amtssitz des Gouverneurs, zur Linken, wand sich durch die Buden und Stände des Marktplatzes, wo alles zu verkaufen war, was irgend verkäuflich schien, wie Trödelkram aller Art, Kleinigkeiten von zweifelhaftem Werte, abgelegte und stark abgenutzte Kleidungsstücke, religiöse Sachen, Küchengeräte usw. Um sich Mut zu machen, leistete sich der vergeßliche Hausdiener noch eine Tasse heißen Tee mit einer Zugabe von Wodka, womit die wandernden Händler stets ein gutes Geschäft machen, dann warf er noch einen flüchtigen Blick auf die netten Bleicherinnen am Waschplatze, durchschritt mehrere Straßen, wo karrenziehende Sträflinge unter Führung eines grimmigen Aufsehers dahintrabten, aber voller Achtung gegen die Leute, die eine Verurteilung zum Bagno wegen eines Vergehens gegen die Disziplin doch noch nicht ehrlos macht, und endlich traf er ruhig im Polizeiamte ein.

Hier wurde der Hausdiener von den Polizisten wie ein alter Bekannter empfangen. Mehrere streckten ihm die Hand entgegen, die er als Antwort herzhaft drückte.

»Na, da bist du ja einmal wieder, Trankel«, sagte einer der Polizisten. »Wir haben dich doch recht lange nicht gesehen, Väterchen, das mag wenigstens sechs Monate her sein.«

»Nun, so lange ist es nicht«, erwiderte Trankel.

»Wer schickt dich denn heute?«

»Mein Hausherr, Herr Frank Johausen.«

»Aha, und da möchtest du wohl mit dem Major Verder sprechen?«

»Ja, wenn das möglich ist.«

»Er ist soeben in sein Bureau gekommen, Trankel, und wenn du dir die Mühe geben willst, ihn da aufzusuchen, wird er gewiß erfreut sein, dich zu empfangen.«

Sich geschmeichelt fühlend, begab sich Trankel nach dem Zimmer des Majors und klopfte bescheiden an die Tür. Auf ein kurzes von innen heraustönendes »Herein!« trat er ein.

Der Major saß vor seinem Schreibtische und blätterte in einem Aktenbündel. Er wendete sofort die Augen dem Eingetretenen zu und sagte:

»Ah ... du bist's ja, Trankel?«

»Ich selbst, Herr Major.«

»Und du kommst von ... «

»Von Herrn Johausen.«

»Ist's denn etwas Schlimmes?«

Trankel nahm eine Tasse heißen Tee mit einer Zugabe von Wodka zu sich.

»Ach, nur der Samowar, der heute Morgen mit aller Gewalt nicht in Gang kommen wollte …«

»Weil du jedenfalls vergessen hattest ihn anzuzünden, nicht wahr?« bemerkte der Major lächelnd.

»Das wäre wohl möglich.«

»Na … wie viele denn?«

»Hier ist der Bestellschein.«

Trankel übergab damit dem Major den Zettel, den sein Herr ihm ausgehändigt hatte.

Der Major las die wenigen Worte.

»Oh … eine Kleinigkeit«, sagte er.

»Hm!«, brummte Trankel.

»Nur fünfundzwanzig!«

Offenbar hätte Trankel es vorgezogen, mit einem Dutzend davonzukommen.

»Nun«, sagte der Major, »du sollst bedient werden, ohne lange warten zu müssen.«

Er klingelte nach einem diensttuenden Polizisten.

Dieser trat ein und blieb in stramm militärischer Haltung stehen.

»Fünfundzwanzig Stockhiebe«, befahl der Major, »doch nicht zu stark, so wie für einen Freund. – Ah, wenn sich's um einen Slawen handelte! Geh, Trankel, entkleide dich, und wenn die Sache vorüber ist, kommst du wieder und holst dir bei mir den Empfangschein.«

»Ich danke, Herr Major.«

Trankel verließ das Amtszimmer und folgte dem Polizisten nach dem Raum, wo die Bestrafung erfolgen sollte.

Man würde ihn ja als Freund, als treuen Kunden behandeln, so daß er nicht gar so schwer zu leiden hätte. Trankel legte Jacke und Hemd ab, um den Rücken zu entblößen, und beugte sich dann nieder, während der Polizist mit einem Bambusstocke in der Hand sich schon vorbereitete, loszuschlagen.

In dem Augenblicke aber, wo der erste Hieb fallen sollte, entstand vor der Tür des Polizeiamtes ein gewaltiger Lärm. Schwer keuchend kam ein Mann hereingestürzt und rief:

»Der Major Verder!... Der Major Verder!«

Der schon über Trankels Rücken schwebende Stock hatte sich wieder gesenkt, und der Polizist hatte die Tür aufgerissen, um zu sehen, was draußen vorging. Trankel, der sich dafür nicht weniger interessierte, hatte nichts besseres zu tun, als ebenfalls hinauszulugen. Auf den Lärm war auch schon der Major Verder aus seinem Bureau gekommen.

»Was ist denn los?«, fragte er.

Der keuchende Mann trat, die Mütze in der Hand, an ihn heran und überreichte ihm ein Telegramm mit den Worten:

»Es ist ein Verbrechen begangen worden...«

»Wann?..«

»In vergangener Nacht.«

»Was für ein Verbrechen?«

»Ein Mord.«

»Wo?«

»Auf der Landstraße von Pernau in der Schenke ›Zum umgebrochenen Kreuze‹.«

»Und wer ist das Opfer?«

»Der Bankbote des Hauses Johausen.«

»Wie... Der arme Poch!«, rief Trankel. »Mein Freund Poch?«

»Kennt man einen Beweggrund zu der Schandtat?«

»Es liegt ein Raub vor, denn die Brieftasche Pochs ist leer in dem Zimmer gefunden worden, worin er ermordet worden ist.«

»Weiß man, was diese enthalten hatte?«

»Noch nicht, Herr Major; das Bankhaus wird darüber aber Auskunft geben können.«

Die aus Pernau eingetroffene Depesche enthielt das, was der Überbringer schon im Telegraphenamte erfahren hatte.

Der Major wendete sich an die Unterbeamten und sagte:

»Du … du machst dem Richter Kerstorf dienstliche Meldung.«

»Sofort, Herr Major.«

»Du, du läufst zum Doktor Hamine …«

»Zu Befehl, Herr Major.«

»Und ihr sagt beiden, unverzüglich nach der Johausenschen Bank zu kommen, wo ich die Herren erwarten würde.«

Die Polizisten eilten aus dem Polizeiamte davon, und wenige Minuten später machte sich der Major Verder auf den Weg nach dem Bankhause.

So kam es, daß Trankel bei der Unruhe, die die Nachricht von jenem Verbrechen verursacht hatte, heute die fünfundzwanzig Stockschläge nicht bekam, zu denen er wegen Versehens in seinem Dienste verurteilt worden war.

Siebentes Kapitel

Polizeiliche Besichtigung

Kaum zwei Stunden später rollte ein Wagen mit größter Schnelligkeit auf der Straße nach Pernau hin. Es war das weder eine Telega noch eine Postkutsche, sondern der Reisewagen des Herrn Frank Johausen, doch bespannt mit Postpferden, die an den gewöhnlichen Stellen gewechselt werden sollten. So schnell die Fahrt auch ging, konnte man doch nicht darauf rechnen, den Kabak »Zum umgebrochenen Kreuze« vor Anbruch der Nacht zu erreichen. Der Wagen sollte deshalb an der letzten Pferdewechselstelle Halt machen und beizeiten am nächsten Tage an der Schenke eintreffen.

In dem Landauer saßen der Bankier, der Major Verder, der Doktor Hamine, der den Tatbestand aufnehmen sollte, ferner der mit der Untersuchung des Falles betraute Richter Kerstorf und ein Aktuar. Den hinteren Sitz nahmen zwei Polizisten ein.

Hier noch ein Wort über den Richter Kerstorf, da die anderen Personen in unserer Erzählung schon vorgekommen und wohl hinreichend bekannt sind.

Dieser Beamte, ein Slawe von Geburt und ungefähr fünfzig Jahre alt, erfreute sich bei seinen Kollegen und auch beim Publikum der größten Hochachtung. Jedermann mußte den Scharfsinn, die Findigkeit bewundern, die er bei der Klarstellung aller ihm anvertrauten Kriminalfälle entwickelte. Selbst von zweifelloser Ehrenhaftigkeit, unterlag er niemals einer Beeinflussung irgend welcher Art und blieb jedem Drucke, woher er auch kommen mochte, unzugänglich; auch die Politik war seinen Entschließungen gegenüber ganz ohne Einfluß. Man konnte den Mann mit Recht das verkörperte Gesetz nennen. Wenig mitteilsam und sehr zurückhaltend, sprach er kaum, gab sich dafür aber um so mehr seinen Gedanken hin.

In dieser Angelegenheit herrschten also, wie man in der Physik sagt, zwei einander entgegengesetzte Strömungen, die zu vereinigen gewiß viele Mühe kosten mußte, wenn die Politik mit ins Spiel kam: einerseits der Bankier Johausen und der Major Verder, beide von germanischer Abkunft, anderseits der Doktor Hamine, ein geborener Slawe. Nur der Richter Kerstorf stand erhaben über den Rassenleidenschaften, die jetzt in den baltischen Provinzen gärten.

Während der Fahrt wurde die Unterhaltung – doch mit häufigen Unterbrechungen – nur von dem Bankier und dem Major geführt. Frank Johausen verhehlte nicht das tiefe Mitleid, das der Tod des unglücklichen Poch in ihm erweckt hatte. Er hegte eine ganz besondere Achtung für diesen Angestellten der Firma, der ihr schon dreißig Jahre mit vollster Ehrlichkeit und einem Pflichteifer ohne gleichen gedient hatte.

»Und die arme Zenaïde«, setzte er noch hinzu, »wie herzbrechend wird ihr Schmerz sein, wenn sie die ruchlose Ermordung dessen erfährt, dem sie jetzt die Hand zum Bunde reichen sollte!«

In der Tat war ja die Hochzeit in Riga auf die nächsten Tage festgesetzt gewesen, und jetzt sollte der Bankbeamte statt nach der Kirche, nach dem Friedhofe geleitet werden!

Beklagte der Major auch das traurige Schicksal des Opfers, so beschäftigte ihn doch noch weit mehr die Festnahme des Mörders. Darüber ließ sich freilich nichts sagen, bevor der Schauplatz des Verbrechens besucht, und bevor man wußte, unter welchen Verhältnissen dieses begangen worden war. Vielleicht fand sich am Tatorte ein Hinweis, eine Fährte, die man verfolgen könnte. Der Major Verder war übrigens geneigt, in dieser Mordtat die Hand eines der Landstreicher zu erblicken, von denen gerade dieser Teil Livlands jener Zeit schwer heimgesucht wurde. Er hoffte jedoch, daß der Mörder aus dem »Umgebrochenen Kreuze«, dank den Polizistenabteilungen, die im Lande verteilt waren, der Hand der strafenden Gerechtigkeit nicht entgehen würde.

Die Aufgabe des Doktor Hamine sollte sich auf die gerichtsärztliche Besichtigung und Untersuchung des Leichnams beschränken. Diese wollte und mußte er abwarten, ehe er sich über den Fall aussprechen konnte. Augenblicklich beschäftigte, ja beunruhigte ihn sogar eine ganz andere Angelegenheit. Als er am vorigen Abend wie gewöhnlich nach der Vorstadt hinaus gegangen war, um den Privatlehrer aufzusuchen, hatte er diesen nicht mehr in seinem Hause angetroffen, dagegen von Ilka erfahren, daß ihr Vater verreist wäre. Am nämlichen Tage hatte ihr Nicolef, der ihr vor seinem Fortgange überhaupt nicht zu Gesicht gekommen war, einfach mitgeteilt, daß er Riga für zwei bis drei Tage verlasse. Wohin er gehen wollte, darüber fehlte jede Andeutung, ebenso, ob die Reise schon am Tage vorher geplant gewesen war. Das ließ sich aber annehmen, da Nicolef seit gestern, wo er nach Hause gekommen war, keinen Brief erhalten hatte, der ihn vielleicht hätte abrufen können. Und doch hatte er davon an jenem Abend weder seiner Tochter, noch dem Doktor oder dem Konsul auch nur ein Wort gesagt.

War er ihnen da etwas nachdenklicher oder sorgenvoller erschienen? Vielleicht; doch einen so verschlossenen Mann fragt man ja nicht gern nach der Ursache seiner Sorgen. Gewiß war nur das eine, daß er am nächsten Morgen in früher Stunde Ilka mit wenigen Zeilen von seiner Abreise Mitteilung gemacht hatte. Dann war er fortgegangen, ohne das Ziel seiner Reise anzugeben. Der Doktor Hamine hatte Ilka also sehr beunruhigt verlassen, in einer Unruhe, die er auch selbst teilte.

Der Landauer rollte in schneller Fahrt dahin. Ein vorausgeschickter Berittener sorgte an den Wechselstellen dafür, daß das neue Gespann stets sofort zur Hand war. So ging keine Minute verloren, und hätte der Wagen Riga heute drei Stunden früher verlassen, so hätte die Untersuchung des Falles noch an demselben Tage beginnen können.

Die Luft war trocken und etwas kalt. Der Sturm des vorigen Tages war zu einer leichten nordöstlichen Brise abgeflaut. Nur die Landstraße, die unter dem Unwetter arg gelitten hatte, zwang die Pferde zu besonderer Anstrengung.

In der Mitte des Weges wurde den Reisenden eine halbe Stunde zur Einnahme einer Mahlzeit zugestanden. Sie begaben sich dazu in das mehr als bescheidene Gasthaus des betreffenden Dorfes und fuhren dann sogleich weiter.

Ihren Gedanken nachhängend, verhielten sich alle still. Bis auf wenige, dann und wann zwischen Frank Johausen und dem Major Verder gewechselte Worte herrschte im Wagen tiefes Schweigen. So schnell die Fahrt auf der Straße auch dahinging, meinte man doch, daß die Postillone sich zu viel Zeit nähmen. Der ungeduldigste der Reisegesellschaft, der Major Verder, trieb sie zuweilen zur Eile an, sparte wohl auch einen Fluch nicht und verstieg sich sogar zu Drohungen, wenn der Wagen bei stärkerem Aufstieg oder Fall der Straße langsamer vorwärts kam.

So kam es, daß es schon fünf schlug, als die letzte Wechselstelle vor Pernau erreicht wurde. Die tief am Horizonte stehende Sonne mußte bald verschwinden, und das »Umgebrochene Kreuz« war jetzt wohl noch ein Dutzend Werft entfernt.

»Meine Herren«, begann da der Richter Kerstorf, »ehe wir nach der Schenke kämen, würde es vollkommen dunkel sein, und das wäre ein ungünstiger Umstand, eine Untersuchung zu beginnen. Ich schlage Ihnen also vor, das bis morgen früh zu verschieben. Da wir in jener Schenke auch keine uns zusagenden Zimmer erhalten können, erscheint es mir ratsamer, die Nacht hier im Gasthause der Wechselstelle zu verbringen.«

»Der Vorschlag läßt sich hören«, meinte der Doktor Hamine, »und wenn wir recht frühzeitig aufbrechen…«

»Nun gut, bleiben wir also hier«, sagte Frank Johausen, »wenigstens wenn der Major Verder dagegen nichts einzuwenden hat.«

»O… höchstens, daß meine Nachforschungen dadurch etwas verzögert werden«, antwortete der Major, den es drängte, den Schauplatz des Verbrechens zu betreten.

»Der Kabak wird doch wohl seit heute Morgen überwacht?«, fragte der Richter.

»Jawohl«, antwortete der Major Verder. »Eine von Pernau eingegangen Depesche meldet mir, daß unverzüglich Polizisten dahin geschickt worden sind mit dem Auftrage, niemand ins Haus und den Schenkwirt mit keiner Person in Verbindung treten zu lassen.«

»Unter diesen Umständen«, bemerkte dazu der Richter, »wird die Verzögerung um eine Nacht der Untersuchung keinen Eintrag tun.«

»Nein, das zwar nicht«, stimmte der Major ihm bei, »doch gewährt sie dem Urheber des Verbrechens Zeit, vielleicht mehrere hundert Werst zwischen sich und das ›Umgebrochene Kreuz‹ zu bringen.«

Der Major sprach hier als Polizeibeamter, der mit der Ausübung seiner Funktionen eng verwachsen ist. Da der Abend aber näher kam und das Tageslicht in den Schatten der Dämmerung unterging, blieb es das Klügste, den nächsten Tag abzuwarten.

Der Bankier und seine Begleiter richteten sich also im Gasthaus der Wechselstelle so gut es anging ein, verzehrten ein Abendessen und verbrachten die Nacht mehr oder weniger bequem in den ihnen überlassenen Zimmern.

Am nächsten Tage, am 15. April, fuhr der Landauer schon beim Morgenrote weiter und langte um sieben Uhr vor dem Kabak an.

Die nach der Schenke abgesandten Polizisten aus Pernau empfingen die Angekommenen auf der Schwelle des Hauses. Kroff ging in der Gaststube hin und her; er hatte sich ohne Anwendung von Gewalt zurückhalten lassen. Warum sollte er auch seine Schenke verlassen?... Im Gegenteil: seine Anwesenheit war ja schon notwendig, die Polizisten mit allem zu versorgen, was sie bedurften. Er mußte doch auch den Vertretern der Behörde zur Verfügung bleiben, da ihn diese gewiß nach vielem zu fragen haben würden. Und welche Zeugenaussage war zur Einleitung der bevorstehenden Untersuchung denn wertvoller als die seinige?

Die Polizisten hatten obendrein darüber gewacht, daß im Innern wie außerhalb des Kabaks an der Lage der Dinge nichts verändert wurde, weder in den Zimmern des Hauses, noch auf der Landstraße in der nächsten Umgebung der Schenke. Den Bauern aus der Nachbarschaft war strengstens untersagt worden, nahe an diese heranzukommen, und eben jetzt hatten sich wohl ein halbes Hundert Neugierige in gemessener Entfernung versammelt.

Wie er versprochen hatte, war der Schaffner Broks, begleitet von dem Jemschik mit den Spannpferden und einem Stellmacher, früh sieben Uhr wieder am Kabak eingetroffen, wo er Poch und den anderen Reisenden zu finden hoffte und sie, nachdem der Wagen wieder in stand gebracht war, weiterbefördern wollte.

Welchen Schreck mußte nun Broks empfinden, als der Schenkwirt ihn zur Leiche Pochs führte, des unglücklichen Poch, der es so eilig gehabt hatte, nach Riga zurückzukommen, um hier seine Hochzeit zu feiern. Sofort sprang er auf eines der Postpferde, ließ den Postillon und den Stellmacher in der Schenke zurück, und ritt eiligst nach Pernau, um der Poli-

Der Landauer langte vor dem Kabak an.

zei von dem Vorgefallenen Meldung zu machen. Von hier ging dann ein Telegramm an den Major Verder in Riga, und auf dessen Anordnung hin begaben sich sofort mehrere Beamte der Kriminalpolizei nach dem »Umgebrochenen Kreuze«.

Broks selbst wollte auch nach dem Kabak zurückkehren, um sich den höheren Beamten, die von ihm jedenfalls eine Zeugenaussage verlangen würden, an Ort und Stelle zur Verfügung zu halten.

Der Richter Kerstorf und der Major Verder begannen inzwischen gleich nach ihrem Eintreffen die erste Untersuchung des Tatbestandes. Die Polizisten, die teils vor dem Hause auf der Landstraße, teils hinter diesem längs des Küchengartens standen oder am Saume des Tannengehölzes patrouillierten, erhielten Befehl, die Neugierigen in gebührender Entfernung zu halten.

Als der Richter, der Major, der Arzt und Herr Johausen die Gaststube betraten, fanden sie hier den Schenkwirt Kroff, der sie in das Zimmer führte, worin die Leiche des Bankbeamten lag.

Angesichts des unglücklichen Poch konnte Herr Johausen den Ausbruch seines Schmerzes nicht mehr bemeistern. Da lag er vor ihm, der langjährige Diener seines Hauses ... blutlosen Hauptes, der Körper er starrt nach dem Tode, der schon vor reichlich vierundzwanzig Stunden eingetreten war, ausgestreckt auf.. dem Bette und in der Lage, wie er während des Schlummers den Todesstoß erhalten hatte. Als Kroff am gestrigen Morgen gegen sieben Uhr keinerlei Geräusch in der Stube des Gastes gehört hatte, hütete er sich, dessen Wunsche entsprechend, ihn zu wecken; als dann aber eine Stunde später der Schaffner wiedergekommen war, hatten beide an die von innen verschlossene Tür geklopft. Keine Antwort. Voller Unruhe hatten sie hierauf die Tür mit Gewalt geöffnet und fanden sich nun hier einem noch nicht ganz erkalteten Leichnam gegenüber.

Auf einem Tische nahe beim Bette lag die Mappe mit den Anfangsbuchstaben der Firmenbezeichnung Johausens, deren Kette hing herunter, die fünfzehntausend Papierrubel aber, die Poch in Reval hatte abliefern wollen, waren – vorderhand spurlos – verschwunden.

Zunächst unterzog der Doktor Hamine die Leiche der gebräuchlichen Besichtigung. Der Tote hatte sehr viel Blut verloren. Eine rote, halb geronnene Lache zog sich vom Bette fast bis zur Türe hin. Das ganz steif gewordene Hemd Pochs zeigte in der Höhe der fünften Rippe, etwas links von der Brustmitte, die Spur eines Lochs, das einer Wunde von ziemlich eigner Gestalt darunter entsprach. Offenbar rührte sie von einem jener fünf bis sechs Zoll langen schwedischen Messer her, deren Klinge in einem Holzgriff mit federnder Zwinge befestigt ist. Diese Zwinge hatte auf der Haut rund um die Wundöffnung einen leicht erkennbaren Eindruck hinterlassen. Der Stoß mußte also mit großer Gewalt geführt worden sein, und ohne Zweifel hatte schon dieser einzige, der das Herz durchbohrte, genügt, den Tod sofort herbeizuführen.

Der Beweggrund zu der Untat lag klar zutage: es handelte sich hier um einen Raubmord, denn die Kassenscheine waren ja aus Pochs Mappe verschwunden.

Wie hatte der Mörder aber in das Zimmer gelangen können? Offenbar durch das nach der Straße hinaus gelegene Fenster, denn der Schenkwirt hatte, unterstützt von Broks, die von innen verschlossene Tür ja erst erbrechen müssen. Jeder Zweifel hierüber schwand übrigens, nachdem der Zustand des Fensters an der Außenseite untersucht worden war. Vorläufig konnte mit Sicherheit festgestellt werden und wurde durch mehrfache Blutspuren auf dem Kopfkissen bewiesen, daß Poch seine kostbare Mappe unter dieses Kissen gelegt und der Mörder sie mit blutigen Händen da gesucht und nach Entnahme der Kassenscheine auf den Tisch gelegt hatte.

Diese verschiedenen Merkzeichen von der Schandtat wurden mit größter Sorgfalt und im Beisein des Schenkwirtes festgestellt, der alle an ihn gerichteten Fragen klar und verständlich beantwortete.bevor sie ihn aber in ein eigentliches Verhör nahmen, wollten der Richter und der Major ihre Untersuchung außerhalb des Hauses durchführen. Dazu mußten sie um die ganze Schenke herumgehen, um nachzusehen, ob sich nicht hier irgendwelche Spuren von dem Mörder auffinden ließen. So gingen denn beide, begleitet von dem Doktor Hamine und dem Herrn Johausen, hinaus.

Kroff und die von Riga mitgekommenen Polizisten folgten ihnen nach, während die Bauern aus der Nachbarschaft reichlich dreißig Schritt weit entfernt bleiben mußten.

Zunächst wurde das Fenster des Zimmers, worin das Verbrechen begangen worden war, der eingehendsten Besichtigung unterzogen. Auf den ersten Blick überzeugte man sich da, daß der rechte Ladenflügel, der ohnehin in schlechtem Zustande war, mit einem Hebel aufgebrochen sein mußte, denn dessen Haspen war aus dem Fensterrahmen herausgerissen. Durch eine zertrümmerte Scheibe – die Scherben davon lagen noch am Boden umher – hatte der Einbrecher dann den Arm gesteckt und die Fensterwirbel umgedreht, so daß er nun durch das Fenster ins Zimmer steigen konnte, das er nach Verübung des Verbrechens auf demselben Wege auch wieder verlassen hatte.

Fußstapfen längs der Schenke fanden sich in großer Zahl, da sie sich in der, in der Nacht vom 13. zum 14. stark durchfeuchteten Erde sehr deutlich erhalten hatten. Sie kreuzten sich aber so vielfach, lagen zum Teil so übereinander und zeigten so verschiedene Formen der Abdrücke, daß sie als Merkzeichen nicht weiter in Betracht kommen konnten. Kein Wunder, da am Tage vorher und ehe die Polizisten aus Pernau eintrafen, so viele Neugierige das Haus umschwärmt hatten, ohne daß Kroff es hätte verhindern können.

Der Richter Kerstorf und der Major Verder begaben sich
an das Fenster des Zimmers, worin der unbekannte Reisende
übernachtet hatte. Hier war nichts besonders Auffälliges zu
bemerken. Die Ladenflügel waren fest verschlossen und seit
gestern, das heißt seit der Stunde, wo der Reisende sich so
merkwürdig beeilt hatte, den Kabak zu verlassen, auch nicht
wieder geöffnet gewesen. Die Fensterbank zeigte jedoch einige Schrammen, und ebenso die Außenmauer, als wären
sie von den Schuhen einer Person, die hier herausgestiegen
wäre, stark gestreift worden.

Der Beamte, der Major, der Arzt und der Bankier gingen nun wieder in die Schenke hinein, sie wollten jetzt das
Zimmer jenes Reisenden besichtigen, das – wie erwähnt –
unmittelbar neben der allgemeinen Gaststube lag. Die Tür
dazu überwachte ein Polizist schon seit seinem Eintreffen im
»Umgebrochenen Kreuze«.

Diese Tür wurde nun geöffnet. Im Zimmer dahinter
herrschte tiefe Dunkelheit. Der Major Verder trat sofort ans
Fenster, wirbelte dieses auf und öffnete es, hob dann den aus
Fensterkreuz anschließenden Haken aus und stieß den Laden nach außen.

Im Zimmer wurde es hell. Es war noch ganz in dem Zustande, wie der Reisende es verlassen hatte: das Bett, worin er
geschlafen hatte, noch nichtwieder in Ordnung gebracht, die
Talgkerze, die Kroff erst nach dem Weggange des Fremden
ausgelöscht hatte, fast ganz heruntergebrannt. Die beiden,
am gewöhnlichen Platze stehenden Holzstühle deuteten auf
keine Unordnung, ebensowenig im Hintergrunde des Raumes der an der Giebelmauer befindliche Kamin, worin man
noch Aschenreste und etwas Heizmaterial sah, das nicht völlig verbrannt war, oder ein alter Schrank, der sich im Innern
als leer erwies. Im Zimmer war also nichts Beachtenswertes
zu finden; das Ergebnis der Besichtigung beschränkte sich
auf die Risse an der Fensterbank und an der Außenseite der

Mauer, doch gerade diese konnten ja noch von besonderer Wichtigkeit werden.

Die Besichtigung wurde mit einer Untersuchung der Kroffschen Wohn- und Schlafstube beschlossen, die in einem Anbau nach der Gartenseite lag. Die Polizisten untersuchten inzwischen die Baulichkeiten des Geflügelhofes und den Gemüsegarten bis zu der ihn umschließenden lebenden Hecke, die nirgends eine Unterbrechung zeigte. Es blieb demnach kein Zweifel übrig: der Mörder war von draußen gekommen und durch das nach der Landstraße liegende Fenster nach gewaltsamer Öffnung des Ladens in das Zimmer seines Opfers eingedrungen.

Der Richter Kerstorf begann nun die Befragung des Schenkwirts. Er setzte sich dazu an einen Tisch in der Gaststube und sein Aktuar nahm neben ihm Platz. Der Major Verder, der Doktor Hamine und Herr Johausen, die ja ein natürliches Interesse daran hatten, zu hören, was von Kroff zu erfahren wäre, standen in der Nähe, und Kroff wurde aufgefordert, zu Protokoll zu erklären, was er von dem Falle wüßte.

»Herr Richter«, begann er bestimmten Tones, »vorgestern Abend gegen acht Uhr kamen zwei Reisende in meine Schenke und verlangten Zimmer für die Nacht. Der eine der Reisenden hinkte ein wenig infolge einer Verletzung durch einen Wagenunfall: die Post war zweihundert Schritte von hier auf dem Wege nach Pernau umgestürzt.«

»Das bezieht sich wohl auf Poch, den Angestellten der Firma Gebrüder Johausen?«

»Ja; ich habe das Nähere von ihm selbst gehört, er erzählte mir den Vorgang: die Pferde waren bei dem schweren Sturme gestürzt und hatten dabei den Wagen umgeworfen. Ohne seine Verletzung am Beine hätte er sich mit dem Postschaffner noch zu Pferde nach Pernau begeben, und wollte Gott, daß er das getan hätte! ... Was den Schaffner angeht, den ich an jenem Abend nicht gesehen habe, so sollte er am nächsten

Im Zimmer wurde es hell.

Morgen zurückkehren – wie er tatsächlich zurückgekommen ist – um Poch und dessen Reisegefährten abzuholen, sobald der Wagen wieder instand gesetzt wäre.«

»Poch hat sich wohl nicht darüber geäußert, was er in Reval vorhatte?«, fragte der Richter.

»Nein; er bat mich, ihm ein Abendbrot aufzutragen, und aß dann mit großem Appetit. Es mochte etwa neun Uhr sein, als er sich in das für ihn bestimmte Zimmer zurückzog, dessen Tür er von innen mit Schlüssel und Riegel abschloß.«

»Und der andere Reisende?«

»Der andere?... Der verlangte nur ein Zimmer, wollte aber nicht erst wie Poch noch zu Abend essen. Als er sich zurückzog, sagte er mir noch, daß er die Rückkehr des Schaffners nicht abwarten und am nächsten Morgen schon früh vier Uhr aufbrechen werde.«

»Sie haben auch nicht erfahren, wer der Mann war?«

»Nein, Herr Richter; und der arme Poch wußte das ebensowenig. Als er aß, erzählte er mir von seinem Reisegenossen, der unterwegs keine zehn Worte gesprochen hätte und jeder Unterhaltung ausgewichen wäre. Dabei hätte er stets die Kapuze über den Kopf gezogen gehabt, so wie einer, der unerkannt zu bleiben wünscht. Auch ich habe sein Gesicht eigentlich nicht gesehen und könnte unmöglich ein Signalement von ihm abgeben.«

»Befanden sich noch andere Personen im ›Umgebrochenen Kreuze‹, als die beiden Reisenden dahin kamen?«

»Ja, ein halbes Dutzend Bauern und Holzfäller aus der Nachbarschaft, und auch der Polizeibrigadier Eck mit einem seiner Leute...«

»Ah«, bemerkte da Herr Johausen, »der Brigadier Eck!... War denn Poch diesem nicht bekannt? –«

»O gewiß; beide haben während des Essens miteinander geplaudert.«

»Und später sind alle Gäste fortgegangen?...«

»Ja… so gegen halb neun Uhr«, antwortete Kroff. »Ich habe gleich darauf die Tür zur Gaststube mit dem Schlüssel abgeschlossen und inwendig auch die Sparren vorgelegt.«

»Von außen konnte man die Tür also nicht öffnen?«

»Nein, Herr Richter.«

»Auch nicht von innen, wenn man den Schlüssel nicht hatte?«

»Ebensowenig.«

»Und am Morgen haben Sie sie in unverändertem Zustande gefunden?«

»Völlig unverändert. Es war ziemlich genau vier Uhr, als der Reisende aus seiner Stube trat. Ich habe ihm mit der Laterne geleuchtet. Er bezahlte mir, was er schuldete, einen Rubel. Dabei war er eingepackt, wie am Abend vorher, so daß ich sein Gesicht nicht erkennen konnte. Endlich hab' ich ihm die Tür geöffnet und sie hinter ihm wieder sorgfältig verschlossen.«

»Wohin er ging, hat er nicht gesagt?«

»Nein, nicht ein Wort davon.«

»Und in der Nacht ist Ihnen kein verdächtiges Geräusch aufgefallen?«

»Nicht das geringste.«

»Ihrer Ansicht nach, Kroff«, fragte der Richter, »müßte das Verbrechen wohl schon begangen worden sein, bevor der Unbekannte die Schenke verließ?«

»Das glaub' ich wenigstens.«

»Was haben Sie denn nach dem Weggange des Fremden getan?«

»Ich?… Da ging ich in meine Stube und warf mich noch einmal aufs Bett, den Tag abzuwarten; ich glaube aber nicht wieder eingeschlafen zu sein.«

»Dann hätten Sie es also zwischen vier und sechs Uhr jedenfalls gehört, wenn in dem Zimmer Pochs ein Geräusch entstanden wäre?«

»Ohne Zweifel, schon weil meine Stube, obwohl sie nach dem Garten hinaus liegt, unmittelbar an die seinige stößt, und wäre es zu einem Handgemenge zwischen Poch und dem Mörder gekommen…«

»Ja ja«, fiel der Major Verder ein, »es hat aber kein Kampf stattgefunden, denn der Unglückliche ist in seinem Bette überfallen und durch einen Stoß, der das Herz getroffen hat, augenblicklich getötet worden.«

So war ja der Sachverhalt, und alles ließ darauf schließen, daß die Untat vor dem Weggange des anderen Reisenden ausgeführt worden war. Eine zweifellose Gewißheit hatte man dafür freilich nicht, denn zwischen vier und fünf Uhr morgens war es noch sehr finster, der Sturm wütete damals mit großer Heftigkeit, die Landstraße war menschenleer, und ein Übeltäter hätte unter diesen Umständen durch Einbruch recht wohl unbemerkt in die Schenke eindringen können.

Kroff beantwortete ohne Zögern und mit aller Bestimmtheit auch alle weiteren Fragen, die der Kriminalbeamte an ihn richtete. Offenbar lag ihm der Gedanke ganz fern, daß sich ein Verdacht auch auf ihn lenken könnte, war es doch zuverlässig festgestellt, daß der von draußen gekommene Mordbube den Laden aufgesprengt, die Scheibe zertrümmert und das Fenster geöffnet hatte. Nach Verübung des Verbrechens war er, das stand ebenso unumstößlich fest mit den fünfzehntausend Rubeln durch dasselbe Fenster entwichen.

Kroff schilderte nun, wie er die Mordtat entdeckt habe. Gegen sieben Uhr aufgestanden, hatte er in der Gaststube aufgeräumt, bis der Schaffner Broks, der es dem Stellmacher und dem Jemschik überlassen hatte, den Wagen auszubessern, in der Schenke erschien. Beide hatten jetzt Poch wecken wollen… keine Antwort auf ihr Rufen, nichts regte sich im Zimmer, als sie stark an die Tür klopften, deshalb hatten sie diese gewaltsam geöffnet und sahen sich da… einer Leiche gegenüber.

»Sie sind Ihrer Sache sicher«, fragte der Richter Kerstorf, »daß in diesem Augenblick an dem Unglücklichen kein Lebenszeichen mehr zu bemerken war?«

»Auch nicht das geringste, Herr Richter«, versicherte Kroff, der trotz der Rauheit seiner Natur sichtlich ergriffen schien. »Nein... nicht das geringste Zeichen! Broks und ich, wir haben getan, was wir konnten, ihn wieder ins Leben zurückzurufen... alles vergeblich!... Bedenken Sie nur, ein solcher Messerstich mitten ins Herz!«

»Die Waffe, deren sich der Mörder bedient hat, haben Sie nicht gefunden?«

»Nein, Herr Richter, dem wird daran gelegen gewesen sein, sie mitzunehmen.«

»Und Sie erklären mit Bestimmtheit«, forschte der Beamte weiter, »daß das Zimmer Pochs von innen verschlossen gewesen ist?«

»Jawohl, mit dem Schlüssel und dem Riegel«, versicherte Kroff. »Der Schaffner Broks kann das ebensogut bezeugen. Eben deshalb waren wir ja genötigt, die Tür zu erbrechen.«

»Broks ist dann gleich fortgegangen?«

»Ja, Herr Richter, in aller Eile. Er wollte schnellstens nach Pernau zurückkehren, um die Polizei zu benachrichtigen, die daraufhin auch sogleich zwei Mann hierhergeschickt hat.«

»Broks ist dann nicht wiedergekommen?«

»Nein, doch wird er sich noch heute Morgen einstellen, da er voraussetzt, in der Sache vernommen zu werden.«

»Gut... gut«, sagte Herr Kerstorf, »Sie können jetzt gehen, doch verlassen Sie die Schenke nicht und halten Sie sich uns jede Minute zur Verfügung.«

»Ich werde hier bleiben.«

Schon beim Beginn dieses Verhörs hatte Kroff seinen Vor- und Familiennamen, ferner Alter und Stand angegeben, was der Aktuar niederschrieb, denn wahrscheinlich wurde der Schenkwirt im Verlaufe der Untersuchung noch einmal vor

Gericht gerufen. Inzwischen war dem Kriminalbeamten gemeldet worden, daß der Schaffner Broks im »Umgebrochenen Kreuze« eingetroffen sei. Das war der zweite Zeuge, und seine Aussage war ja ebenso von Wichtigkeit, wenn sie voraussichtlich auch mit der Kroffs übereinstimmte.

Broks wurde in die Gaststube gerufen. Auf die Aufforderung des Richters hin nannte er seinen Namen, Vornamen, sein Alter und seinen Beruf. Bei seinen Angaben bezüglich der Reisenden, die er in Riga aufgenommen hatte, ebenso wie über den Unfall mit dem Postwagen und über den Entschluß Pochs und seines Reisegenossen, im Kabak »Zum umgebrochenen Kreuze« zu übernachten, ließ er keine Einzelheit unerwähnt. Seine Darstellung deckte sich vollständig mit der des Schenkwirts bezüglich der Entdeckung des Verbrechens und ihrer Zwangslage, die Zimmertür mit Gewalt zu öffnen, da Poch auf ihr Rufen und Anklopfen keine Antwort gab. Er betonte des weiteren aber einen Punkt, der ihm von Bedeutung zu sein schien, den, daß der Bankbeamte während der Fahrt im Postwagen wahrscheinlich etwas unvorsichtig von seinem Vorhaben in Reval gesprochen haben werde, dort eine größere Summe für Rechnung der Firma Johausen auszuzahlen.

»Auf jeden Fall«, fügte er hinzu, »haben der andere Reisende und die verschiedenen Postillone, die bei jedem Pferdewechsel die Wagenführung übernahmen, seine Dokumentenmappe sehen können, und ich selbst habe ihn auch darauf aufmerksam gemacht.«

Jetzt wurde er noch über den Reisenden befragt, der bei der Abfahrt in Riga noch einen Platz im Postwagen eingenommen hatte.

»Den Mann kenne ich leider nicht«, erklärte Broks, »es ist mir sogar unmöglich gewesen, sein Gesicht nur einmal ordentlich zu sehen.«

»Er hatte sich erst eingefunden, als die Post zur Abfahrt bereit stand?«

»Nur wenige Minuten vorher.«

»Seinen Platz hatte er sich nicht im voraus gesichert?«

»Nein, Herr Richter.«

»Wollte er nach Reval?«

»Den Fahrpreis hatte er bis Reval entrichtet, weiter kann ich hierüber nichts sagen.«

»War es nicht ausgemacht, daß Sie am nächsten Morgen zurückkehren würden, um den Wagen wieder instand setzen zu lassen?«

»Gewiß, Herr Richter; ebenso wie es verabredet war, daß Poch und sein Gefährte dann ihre Plätze wieder einnehmen sollten.«

»Und trotzdem verließ jener Reisende das ›Umgebrochene Kreuz‹ schon am nächsten Morgen um vier Uhr?«

»Ich war auch ganz erstaunt, Herr Richter, als Kroff mir mitteilte, daß der Unbekannte sich nicht mehr in der Schenke befände ... «

»Und was haben Sie sich gedacht?« fragte Kerstorf.

»Ich dachte mir, er werde wohl in Pernau bleiben wollen, und da es bis dahin nur ein Dutzend Werst weit ist, würde er sich entschlossen haben, die kurze Strecke zu Fuß zurückzulegen.«

»Wenn das seine Absicht war«, bemerkte hierzu der Beamte, »erscheint es nur auffällig, daß er sich nicht gleich am ersten Abend nach der Beschädigung des Wagens nach Pernau begeben hat ... «

»Ja freilich, Herr Richter«, antwortete Broks, »das ist mir auch aufgefallen.«

Die Befragung des Postschaffners ging hiermit zu Ende, und Broks erhielt Erlaubnis, die Gaststube zu verlassen.

Als er hinausgegangen war, wendete sich der Major Verder an den Doktor Hamine.

»Sie haben an der Leiche des Opfers keine weiteren Aufnahmen zu machen?«

»Nein, Major«, erwiderte der Arzt. »Ich habe die Stelle, die Form und die Richtung der Verletzung sorgfältig festgestellt...«

»Der Todesstoß ist doch mit einem Messer ausgeführt worden?...«

»Mit einem Messer, dessen Heftzwinge einen Eindruck rings um die Wunde hinterlassen hat«, erklärte Doktor Hamine.

Vielleicht war das ein Indizium, das zur Aufhellung der Sachlage dienen konnte.

»Kann ich nun«, fragte Herr Johausen, »Anordnung treffen, daß die Leiche des armen Poch nach Riga überführt wird, wo die Beerdigung stattfinden soll?«

»Das steht Ihnen frei«, antwortete der Richter.

»So könnten wir also wieder zurückfahren?«, ließ sich der Arzt vernehmen.

»Jawohl«, antwortete der Major, da hier kein anderer Zeuge mehr zu verhören ist.

»Doch ehe wir die Schenke verlassen«, sagte da Herr Kerstorf, »möchte ich noch einmal das Zimmer des zweiten Reisenden besichtigen. Vielleicht ist uns doch noch eine wichtige Sache entgangen.«

Der Beamte, der Major, der Doktor und Johausen begaben sich nach dem betreffenden Zimmer. Der Schenkwirt schloß sich ihnen an, um eine etwa gewünschte Auskunft zu geben. Der Richter beabsichtigte, vorzüglich die Asche der Feuerstatt zu untersuchen, um sich zu überzeugen, ob sich darin etwas Verdächtiges vorfände oder nicht. Als sein Blick da auf den in einem Winkel des Kamins lehnenden eisernen Schürhaken fiel, ergriff er diesen, besichtigte ihn und erkannte, daß er offenbar gewaltsam verbogen war.

Hatte der Schürhaken beim Aufbrechen des Fensterladens als Hebel gedient? Das erschien recht gut annehmbar, und wenn man diesen Befund mit den verschiedenen Rissen auf der Fensterbank zusammenhielt, so mußte man wohl zu der Schlußfolgerung kommen, die der Richter den anderen Herren gegenüber vertrat, indem er, als sie aus der Schenke herausgetreten waren, sagte, ohne daß Kroff ihn hören konnte:

»Als Urheber des Verbrechens können nur drei Personen in Frage kommen entweder ein von außen eingedrungener Räuber, oder der Schenkwirt selbst, oder endlich der Reisende, der jene Nacht in dem anderen Zimmer geschlafen hat. Der Fund des Schüreisens, das als Beweisstück mitgenommen werden sollte, in Verbindung mit den Spuren am Fenster und an der Außenwand, beseitigten hierüber jeden Zweifel. Der Unbekannte hatte ohne Zweifel gewußt, daß Pochs Mappe eine große Geldsumme enthielt. In der Nacht war er dann nach Öffnung des Fensters seines Zimmers hinausgestiegen und hatte, den Schürhaken als Hebel benützend, den Laden des anderen Zimmers aufgesprengt. Nachdem er dann den schlafenden Bankbeamten ermordet und den Raub ausgeführt hatte, war er in sein Zimmer zurückgekehrt, aus dem er endlich um vier Uhr morgens, den Kopf mit der Kapuze verhüllt, weggegangen ist. Ich glaube bestimmt, in jenem Reisenden den Mörder zu erkennen.«

Gegen diese Darstellung der Sache ließ sich ja nichts einwenden; doch wer war der zweite Reisende, und würde es gelingen, ihn zu überführen?

»Meine Herren«, sagte da der Major Verder, »der traurige Vorgang hat sich jedenfalls in der Weise abgespielt, wie es der Richter, Herr Kerstorf, eben geschildert hat. Eine weitere Untersuchung bringt aber nicht selten Überraschungen zutage, man darf also keine Vorsichtsmaßregel vernachlässigen. Ich werde das Zimmer des Unbekannten abschließen, den Schlüssel mit mir nehmen und zwei Polizisten als Wache hier lassen. Sie werden Befehl erhalten, die Schenke auf keinen Fall zu verlassen und deren Wirt ständig im Auge zu behalten.«

Diese Maßregel fand allgemeine Billigung und der Major traf demgemäß seine Anordnungen.

Kurz vor dem Wiederbesteigen des Landauers nahm Herr Johausen den Richter beiseite.

»Beiläufig noch etwas«, sagte er, »worüber ich mich noch gegen niemand geäußert habe, Herr Kerstorf, was ich Ihnen aber doch wohl mitteilen muß... «

»Das wäre?... «

»Ich besitze ein Verzeichnis der Nummern der gestohlenen Kassenscheine. Es waren hundertfünfzig Stück, jeder zu hundert Rubel[1], und Poch hatte diese zu einem Bündel zusammengebunden... «

»Ah, Sie haben die Nummern aufgeschrieben?«, antwortete der Beamte nachdenklich.

»Ja, wie das bei uns üblich ist, und ich werde die Nummern den verschiedenen Banken der Ostseeprovinzen und Rußlands mitteilen lassen.«

»Ich meine, das sollten Sie lieber nicht tun«, antwortete Kerstorf... »Unternehmen Sie diesen Schritt, so könnte das dem Räuber zur Kenntnis kommen und er wird sich zu hüten wissen. Wahrscheinlich geht er mit dem Gelde ins Ausland und findet dann immer ein Land, wo jene Nummern nicht bekannt geworden sind. Beschränken wir ihn lieber nicht in seinem Tun und Lassen, da verrät er sich vielleicht am ersten.«

---

1   Die russischen Kassenscheine sind alle nur vom Staate ausgegeben, und zwar in Scheinen zu 500, 100, 50, 25, 10, 5 und 3 Rubeln. Dieses Papiergeld bildet fast ausschließlich das im Verkehr Rußlands übliche Zahlungsmittel. Die Staatskassenscheine haben von jeher Zwangskurs. Ihre Ausgabe wird durch eine besondere Verwaltungsabteilung geregelt, die dem Finanzministerium angegliedert ist und unter der Aufsicht des Staatsrates, wie alle Kreditanstalten des Kaiserreichs, steht, der sich für diese Angelegenheiten noch durch zwei Räte aus dem Adelsstande und den Großhändlern Petersburgs verstärkt. Der Papierrubel hatte jener Zeit einen Kurswert von zwei Mark zwanzig Pfennig, der Silberrubel dagegen wurde mit drei Mark zwanzig Pfennig berechnet. Gegenwärtig sind bezüglich des russischen Münzsystems gewisse Änderungen vorbereitet.

Wenige Minuten später trug der Landauer den Richter nebst seinem Aktuar, den Bankier, den Major Verder und den Doktor Hamine davon. Der Kabak »Zum umgebrochenen Kreuze« aber blieb unter der Bewachung der beiden Polizisten, die sich Tag und Nacht nicht davon entfernen durften.

Achtes Kapitel

An der Universität von Dorpat

Am 15. April, einen Tag nach Aufnahme des Tatbestandes im »Umgebrochenen Kreuze« durch die Polizeibeamten, spazierte eine Gruppe von fünf bis sechs jungen Studenten im Hofe der Universität von Dorpat umher. Die zwischen diesen gewechselten Fragen und Antworten erfolgten mit einer gewissen außergewöhnlichen Lebhaftigkeit. Der Sand des Erdbodens knirschte unter ihren hohen Stiefeln. Die Taille von einem festanliegenden Ledergürtel umschlossen und die Mützen mit leuchtenden Farben kokett nach dem Ohre zur Seite geschoben, so wandelten sie plaudernd hin und her.

Da sagte der eine: »Was mich betrifft, so stehe ich für die Frische der Hechte, die auf den Tisch kommen sollen, ein; sie sind erst vergangene Nacht in der Embach gefangen worden. Die Strömlinge (roh marinierte, kleine und in Livland sehr geschätzte Fische) hat man den Fischern von Oesel, die sie geliefert haben, gerade teuer genug bezahlt, und wehe dem, der sie, natürlich mit einem Schluck Kümmel dazu, nicht für einen Leckerbissen erklärt!«

»Nun... und du, Siegfried?«, fragte der älteste Student.

»Ich«, antwortete Siegfried, »ich habe für das Wildbret gesorgt, und wer meine Hasel- und meine Waldhühner nicht vortrefflich findet, der, das sage ich euch, der bekommt es mit mir zu tun!«

»Ich beanspruche den Preis für den rohen und den gebackenen Schinken, sowie für die ›Pourogens‹«, ließ sich ein

Dritter vernehmen, »und ich will gleich tot zusammensinken, wenn einer schon jemals köstlichere Fleischkuchen geschmaust hat. Dir, lieber Karl, möcht' ich sie ganz besonders empfehlen.«

»Schön«, erwiderte der Student, den sein Kamerad mit jenem Vornamen genannt hatte. »Mit all diesen guten Dingen werden wir das Fest der Universität ja würdig feiern können, doch eines gehört dazu: daß es nicht durch die Anwesenheit der Slawo-Moskowito-Russen gestört werde…«

»Nein«, rief Siegfried, »durch keinen von den Burschen, die jetzt anfangen, den Kopf recht hoch zu tragen…«

»Und den wir ihnen schon gehörig ducken werden!«, versicherte Karl. »Und sie mögen nur den behüten, den sie als Anführer hinstellen möchten, jenen Jean, den ich schon auf seinen Platz zurückzuweisen wissen werde, wenn er's noch immer wagen sollte, sich an den unsrigen zu stellen! An einem der nächsten Tage, das sehe ich voraus, werden wir schon noch mit ihm abzurechnen haben, ich möchte aber auf keinen Fall die Universität verlassen, ohne ihn gezwungen zu haben, sich vor den Germanen zu demütigen, die er so hoffärtig über die Achsel ansieht.«

»Jawohl, ihn und seinen Intimus Gospodin«, setzte Siegfried hinzu, während er die Faust nach dem Hintergrunde des Hofes ausstreckte.

»Gospodin ebenso wie alle übrigen, die sich uns gegenüber als die Herren aufzuspielen versuchen!«, rief Karl. »Sie sollen's schon merken, ob man so leicht mit der germanischen Rasse fertig wird!… Slawe, das reimt sich auf Sklave, diese Reime fügen wir unserer livländischen Hymne an und werden sie singen lassen…«

»Ja… nach dem Takte und in deutscher Sprache!«, erwiderte Siegfried, während seine Kommilitonen ein kräftiges »Hoch« erschallen ließen.

Der Leser ersieht ja wohl aus dem Vorhergehenden, daß

die jungen Leute zu einer bevorstehenden Festlichkeit alles bestens vorbereitet hatten, sie gedachten aber etwas noch Besseres zu tun, nämlich einen Streit, vielleicht gar einen Kampf mit den Studenten slawischer Abkunft hervorzurufen. Es waren eben händelsüchtige Geister, vorzüglich der als Karl bezeichnete junge Mann. Er übte schon durch seinen Familiennamen und seine Vermögensverhältnisse einen großen Einfluß auf seine Kameraden aus und es war ihm ein Leichtes, sie nach Belieben in einen Konflikt hineinzuhetzen.

Wer war denn nun dieser Karl, der eine anerkannte Oberherrschaft über den einen Teil der Universitätsjugend ausübte, dieser junge Mann von kühnem, aber rach- und streitsüchtigem Charakter? Groß von Wuchs, mit hellblondem Haar, streng blickenden Augen und etwas abstoßenden Gesichtszügen, zauderte er nie, sich bei jeder Gelegenheit an die Spitze zu stellen. Karl war der Sohn des Bankiers Frank Johausen. Noch dieses Jahr sollte er seine Studien an der Hochschule abschließen. Nur noch wenige Monate, dann gedachte er wieder in Riga zu sein, wo ihm natürlich ein Platz im Hause seines Vaters und seines Onkels vorbehalten war.

Und wer war jener Jean, in Bezug auf den Siegfried und er ihre Drohungen nicht gespart hatten? Man hat wohl bereits erraten, daß das der Sohn Dimitri Nicolefs, des Privatlehrers von Riga, war, der auf seinen Stammverwandten Gospodin ebenso zählen konnte, wie Karl auf seinen Kameraden Siegfried.

Der Ursprung Dorpats, einer alten Hansastadt, wird dem russischen Großfürsten Jaroslaw I. zugeschrieben, manche Geschichtsschreiber wollen deren Gründung jedoch noch weiter zurück, und zwar auf das berüchtigte Jahr 1000 verlegen, mit dem das Ende der Welt kommen sollte. Herrscht also über den Zeitraum, seit welchem die Stadt, eine der hübschesten Livlands, schon besteht, einige Unsicherheit, so ist das nicht der Fall bezüglich ihrer berühmten Universität, die von Gustav Adolf 1632 gegründet und 1812 in der Weise reorganisiert wurde, wie sie noch besteht. Nach dem Urteile mancher Reisenden könnte man Dorpat für eine Stadt des alten Griechenland halten, und es scheint in der Tat so, als ob viele ihrer Häuser aus der Hauptstadt des früheren Königs Otto unmittelbar hierher versetzt worden wären.

Dorpat ist weniger eine Stadt des Handels als eine solche der Wissenschaften, dank ihrer Universität, deren Besucher in Körperschaften oder vielmehr in »Nationen« vereinigt sind, die durch das feste Band der Landsmannschaft zusammengehalten werden. Aus dem Vorhergehenden hat man schon erkennen können, daß zwischen dem slawischen und dem germanischen Element hier dieselbe Gereiztheit herrschte, wie unter der Bevölkerung der anderen Städte Estlands, Livlands und Kurlands. Von wirklicher Ruhe kann in Dorpat eigentlich nur in den Universitätsferien die Rede sein, wenn die Studierenden während der unerträglichen Hitze der Hundstage zu ihren Familien heimgekehrt sind.

Ihre beträchtliche Anzahl – jener Zeit gegen neunhundert – beschäftigt ein Personal von zweiundsiebzig Professoren für die verschiedenen Zweige der Wissenschaften. Die Vorträge werden in deutscher Sprache abgehalten und es ist dafür der nicht geringe Jahresbetrag von zweihundertvierunddreißigtausend Rubeln ausgeworfen. Fast ebensoviele Bände umfaßt die reichhaltige Universitätsbibliothek, eine der wichtigsten und bestverwalteten Europas.

Dorpat ist indes nicht ohne allen Handelsverkehr, schon infolge seiner Lage an der Kreuzung der wichtigsten Landstraßen der baltischen Provinzen, gegen zweihundert Kilometer von Riga und, in der Luftlinie, nur etwa dreihundert Kilometer von Petersburg. Dazu kommt noch, daß es ja früher eine der blühendsten Städte der Hansa gewesen ist. Zwar nur wenig entwickelt, liegt sein gesamter Handel doch in deutschen Händen. Die eigentliche, einheimische Bevölkerung, die Esten, findet man nur als Lohnarbeiter, Handwerker oder als Dienstboten.

Dorpat ist malerisch auf einem Hügel erbaut, der im Süden den Lauf der Embach beherrscht. Die einzelnen Stadtteile sind durch lange Straßenzüge verbunden. Lustreisende besuchen ohne Ausnahme seine Sternwarte, seine im griechischen Stile gehaltene Kathedrale, sowie die Ruinen einer Spitzbogenkirche, und niemals scheiden sie gern aus den Alleen des allgemein gepriesenen Botanischen Gartens.

Ganz so wie das germanische Element jener Zeit unter der Einwohnerschaft Dorpats beiweitem überwog, war es auch unter den Universitätsbesuchern in großer Mehrzahl vertreten. Unter den neunhundert Studierenden gab es nur gegen fünfzig von slawischer Abkunft.

Unter diesen nahm nun Jean Nicolef eine bevorzugte Stellung ein. Seine Kameraden betrachteten ihn, wenn auch nicht gerade als Präsidenten, so doch als den Wortführer bei allen Streitigkeiten, die die Klugheit des Rektors und seine Neigung, vermittelnd einzugreifen, doch nicht immer zu verhüten vermochten.

Während nun heute Karl Johausen mit einigen Freunden auf dem Hofe hin und her ging, wobei diese, wir wissen in welcher Weise, sich über die Möglichkeiten einer Störung ihres Festes aussprachen, unterhielt sich eine andere Gruppe von Studenten, die nicht nur von Geburt, sondern auch mit Herz und Sinn Moskowiter waren, sich bei Seite haltend, über denselben Gegenstand.

Einer davon, der etwa achtzehn Jahre alt und für sein Alter recht kräftig und von übermittlerer Größe war, hatte einen freien, offenen Blick, ein hübsches Gesicht und auf den Wangen einen eben aufsprossenden Bart, während seine Oberlippe schon von einem seinen Schnurrbart bedeckt war. Beim ersten Blicke machte dieser junge Mann schon einen angenehm fesselnden Eindruck, trotz seines ernsten Gesichtsausdruckes, der den eifrigen Studenten, welcher seine Zukunft im Auge hatte, untrüglich erkennen ließ.

Jean Nicolef vollendete eben sein zweites Jahr an der Universität. Man hätte ihn schon an der auffallenden Ähnlichkeit mit seiner Schwester Ilka erkannt. Beide waren ernste, überlegende Naturen von tiefem Pflichtgefühl, das bei dem jungen Manne vielleicht gar zu sehr entwickelt war. Das erklärte es aber, daß er durch den Eifer, womit er seine slawischen Ideen verfocht, auf seine Kameraden eine gewisse Macht ausübte.

Sein Kamerad Gospodin entstammte einer reichen estnischen Familie in Reval. Obwohl er ein Jahr älter war als Jean Nicolef, zeigte er sich in seinen Handlungen doch weniger ernst. Im übrigen eine Persönlichkeit mit mehr Neigung zum Angriff als zur Abwehr, etwas vergnügungssüchtig und Liebhaber von Sportübungen; doch begabt mit vortrefflichem Herzen, gehörte er zu denen, auf die Jean rechnen konnte, denn er empfand für diesen eine aufrichtige Freundschaft, die ihn zu jedem Opfer befähigte.

Wovon hätten die jungen Leute miteinander sprechen sollen, wenn nicht von den Vorbereitungen zu jener Festlichkeit, die alle Korporationen der Universität so tief erregte?

Wie gewöhnlich überließ sich Gospodin schon seiner aufbrausenden Hitze, seinem Ungestüm, das Jean sich vergeblich zu bemeistern bemühte.

»Jawohl«, rief er, »sie haben sich verschworen, uns von ihrem Festmahl auszuschließen, die hochnasigen Deutschen! Unsere Beiträge haben sie abgelehnt, damit wir nicht berechtigt wären, daran teilzunehmen! Sie tun, als müßten sie sich schämen, mit uns anzustoßen!... Nun, es wird sich ja alles finden, vielleicht geht ihr Schmaus noch vor dem Nachtisch zu Ende!«

»Ja, ein unwürdiges Verhalten, das geb' ich zu«, antwortete Jean, »doch ist das der Mühe wert, etwa gar Streit zu suchen? Sie bestehen darauf, für sich zu tafeln, lass' sie das also! Wir veranstalten einfach für uns eine Feier, und werden dabei unsere Becher zu Ehren der Hochschule nicht weniger fröhlich leeren!«

Das wollte dem ungestümen Gospodin freilich nicht in den Sinn. Die Sache hinzunehmen, wie sie eben lag, das wäre ein schimpflicher Rückzug, und er erhitzte sich durch die eigenen Worte nur noch weiter.

»Hast ja recht, Jean«, erwiderte er, »du bist einmal der verkörperte gesunde Menschenverstand, und es bezweifelt auch keiner, daß du nicht ebensoviel Mut wie Verstand hättest. Ich aber, ich bin einmal nicht so grundvernünftig und mag's auch gar nicht sein! Meiner Ansicht nach ist das Benehmen Karl Johausens und seiner Mitläufer gegen uns eine Beleidigung, und das ertrag' ich nicht lange!«

»Laß doch den Karl, diesen Deutschen, in Ruhe, Gospodin«, antwortete Jean Nicolef ermahnend, »und rege dich weder über seine Handlungen noch über seine Worte auf. Binnen wenigen Monaten werdet ihr beide die Universität verlassen haben, und es ist doch sehr unwahrscheinlich, daß ihr euch im Leben jemals wieder begegnen solltet, wenigstens nicht unter Verhältnissen, bei denen die Frage nach der Abkunft und der Rasse eine Rolle spielte ... «

»Das ist wohl möglich, weiser Nestor«, entgegnete Gospodin, »und es ist auch schön, so sehr Herr über sich zu sein, wie du. Ich würde aber untröstlich sein, von hier fortzugehen, ohne dem Karl Johausen noch die Lektion erteilt zu haben, die er mit Recht verdient!«

»Nun wohl«, sagte Jean Nicolef, »setzen wir uns aber wenigstens heute nicht zuerst dadurch ins Unrecht, daß wir ihn grundlos herausfordern.«

»Grundlos?«, rief der aufgebrachte junge Mann. »Ich habe tausend und abertausend Gründe dazu: sein Gesicht, das mich verfolgt, sein Auftreten, das mich verletzt, der Ton

Gospodin überließ sich seiner aufbrausenden Hitze.

seiner Stimme, der mir mißfällt, sein verächtlicher Blick, die Überhebung, die er zur Schau trägt und in der seine Kommilitonen ihn bestärken, indem sie ihn stillschweigend als ihren Führer, ihren Vorsitzenden anerkennen!«

»Alles das ist nicht von Bedeutung, Gospodin«, widersprach ihm Jean Nicolef, der wie zur Beschwichtigung den Arm seines Freundes ergriff. »Solange keine unmittelbare Beleidigung erfolgt, sehe ich in alledem keine Veranlassung zu einer Herausforderung. Ja, wenn er sich zu einer solchen verleiten ließe, dann lieber Freund, würde ich nicht erst warten, bis ein anderer darauf antwortete, das kannst du glauben!«

»Und uns würdest du an deiner Seite finden, Jean«, versicherten die anderen jungen Leute der Gruppe.

»Das weiß ich«, antwortete der unbeugsame Gospodin. »Ich wundere mich nur darüber, daß Jean nicht bemerken sollte, daß jener Karl es besonders auf ihn abgesehen hat.«

»Was willst du damit sagen, Gospodin?«

»Nichts anderes als: wenn wir andern mit diesen Deutschen nur sozusagen Schulreibereien auszutragen haben, so liegt die Sache zwischen Jean Nicolef und Karl Johausen doch wesentlich anders!«

Jean verstand, worauf Gospodin anspielte. Der Wettstreit zwischen der Partei Johausens und der Nicolefs in Riga war auch den Besuchern der Universität nicht unbekannt geblieben. Alle wußten, daß die Häupter beider Familien in dem Rassenkampfe, der wegen der städtischen Wahlen bald ausbrechen mußte, einander gegenüberstanden, wobei der eine von der öffentlichen Meinung auf den Schild erhoben war und von der Verwaltungsbehörde unterstützt wurde, um den Gegner zu besiegen. Gospodin tat gewiß unrecht daran, diese persönlichen Verhältnisse seines Kameraden zu berühren, um den Wettbewerb der Väter auch auf deren Söhne auszudehnen. Wenn der Ingrimm aber einmal in ihm erwacht war, ließ er sich davon fortreißen und schoß über jedes Ziel hinaus.

Jean hatte jedoch keine Silbe geantwortet. Er erblaßte nur, als wenn ihm das Blut zum Herzen zurückgeflutet wäre, doch blieb ihm Kraft genug, sich zu bezwingen, und er warf nur einen grimmigen Blick nach dem anderen Teile des Hofes, wo die Gesellschaft Karl Johausens paradierte.

»Davon laß uns schweigen, Gospodin«, sagte er mit ernster, leicht zitternder Stimme. »Ich habe bei unserem Gespräch den Namen des Herrn Johausen niemals erwähnt, und Gott gebe, daß Karl sich bezüglich meines Vaters ebenso taktvoll zurückhaltend erwiesen habe, wie ich mich bezüglich des seinigen! Wenn er das freilich außer acht ließe…«

»Jawohl, Jean hat recht«, erklärte einer der anderen Studenten, »und Gospodin hat unrecht! Uns kommt es nicht zu, uns mit dem, was in Riga vorgeht, zu beschäftigen, sondern nur mit dem, was in Dorpat geschieht.«

»Sehr richtig«, stimmte ihm Jean Nicolef zu, der das Gespräch wieder auf das ursprüngliche Thema zurückzulenken wünschte. »Mindestens wollen wir uns vor jeder Übertreibung hüten und zusehen, welchen Lauf die Dinge nehmen werden.«

»Du meinst also, Jean«, fragte der Student, »wir sollen keinen Einspruch erheben gegen das Verhalten Karl Johausens und seiner Kameraden, die uns von der heutigen Festlichkeit ausgeschlossen haben?…«

»Meiner Ansicht nach tun wir, wenn keine besonderen Zwischenfälle eintreten, am besten, der Sachlage gegenüber die möglichste Gleichgültigkeit zu bewahren.«

»Oho… Gleichgültigkeit!«, antwortete Gospodin, der abwehrend den Kopf schüttelte. »Erst wollen wir einmal sehen, ob auch unsere Kameraden damit einverstanden sind. Ich denke aber, sie werden wütend werden, Jean, das sage ich dir im voraus…«

»Wenn du sie aufwiegelst, Gospodin.«

»Nein, Jean; jedenfalls genügt schon ein verächtlicher

Blick, ein unbedachtes, aufreizendes Wort, den Funken ins Pulverfaß zu werfen.«

»Na, schön!« rief Jean Nicolef lächelnd. »Das Pulver wird aber nicht explodieren, lieber Freund, denn wir werden Sorge tragen, es mit Champagner feucht zu halten!«

Es war die gesunde Vernunft, die dem weisesten der jungen Brauseköpfe diese Antwort eingab. Den anderen stieg freilich schon das Blut zu Kopfe, und es war unentschieden, ob sie einem verständigen Rate noch folgen würden, ebenso, welcher Ausgang dem heutigen Tage beschieden sein werde. Gerade die Festfeier konnte ja noch Veranlassung zu ernsten Reibereien geben, und wenn diese nicht von slawischer Seite ausging, dann geschah es vielleicht von deutscher Seite. Jedenfalls lag eine solche Befürchtung nahe.

Kein Wunder, daß sich bei dieser Lage der Dinge auch der Rektor der Universität ernstlich beunruhigt fühlte, wußte er doch recht gut, daß politische oder wenigstens Rassenstreitigkeiten zwischen Slawen und Germanen unter den Studenten jeden Augenblick auszubrechen drohten. Die große Mehrheit trat dafür ein, die Universität den alten Überlieferungen getreu zu erhalten, die sie von ihrer Gründung an bewahrt hatte. Die Regierung wußte gar wohl, daß ihr bei allen Versuchen zur Russifizierung, die den baltischen Provinzen bevorstand, ein ernsthafter Widerstand entgegengesetzt werden würde, und welche Folgen aus den damit ohne Zweifel einhergehenden Wirren und Unruhen entstehen könnten, das konnte niemand vorhersagen. Hier galt es also, vorsichtig zu sein. Trotz des ehrwürdigen Alters der Dorpater Universität war diese aber doch nicht gegen einen kaiserlichen Ukas gefeit, wenn sie sich zum Mittelpunkte des Widerstandes und der Agitation gegen die pauslawistische Bewegung ausbildete. Der Rektor achtete deshalb genau auf die Stimmung unter der Studentenschaft. Die Professoren sorgten sich, obwohl sie im Grunde auf deutscher Seite standen, darum auch nicht wenig, denn niemand konnte ja wissen, wie weit sich die leichtentzündliche Jugend hinreißen lassen würde, wenn es sich um politische Streitigkeiten handelte. Heute hatte jedenfalls einer mehr Einfluß als der Rektor: das war Jean Nicolef.

Hatte es der Rektor nicht durchsetzen können, daß Karl Johausen und seine Anhänger darauf verzichteten, Nicolef und dessen Freunde von dem Bankett auszuschließen, so vermochte dieser wenigstens, Gospodin und die anderen zu bestimmen, daß sie die Festlichkeit nicht stören würden. Jedenfalls sollte keiner etwa in den Saal einzudringen suchen, und ebensowenig wollte man deutsche Lieder mit russischen Gesängen beantworten... natürlich unter dem Vorbehalt, nicht ganz besonders herausgefordert zu werden. Wer konnte aber für die, vielleicht durch Wein erhitzten Gemüter einstehen? Jean Nicolef und seine Kameraden wollten sich draußen im Freien versammeln, das Jubelfest nach ihrer Art zu feiern und sie wollten sich ruhig verhalten, wenn es niemand unternahm, ihre Ruhe zu stören.

Inzwischen verstrichen mehrere Stunden. Auf dem großen Hofe der Universität sammelten sich immer mehr Studenten an. Die Vorträge waren für diesen Tag ausgesetzt, so daß die jungen Leute nichts anderes zu tun hatten, als gruppenweise umherzuwandeln, einander scharf zu beobachten oder auch auszuweichen. Immer war zu befürchten, daß ein Zwischenfall noch vor der Stunde des Banketts eine Reiberei und daraus einen allgemein aufflammenden Streit hervorrufen könnte. Vielleicht wäre es besser gewesen, die geplante festliche Veranstaltung von vornherein zu untersagen, anderseits aber hätte ein solches Verbot die Korporationen wahrscheinlich nur destomehr erregt und den Vorwand zu Unruhen geliefert, die man ja gerade verhüten wollte. Eine Universität ist nun einmal keine Kinderschule, wo man sich mit Nachsitzenlassen und Strafarbeiten helfen kann. Hier hätte man zur Ausschließung, zur Relegierung der Rädelsführer greifen müssen, und das wäre doch eine vielleicht gar zu ernste Maßregel gewesen.

Bis zur Stunde des Banketts – vier Uhr Nachmittag – wichen Karl Johausen, Siegfried und ihre Freunde nicht vom Hofe. Die meisten Studenten wechselten einige Worte mit ihnen, so als wollten sie sich von ihnen Verhaltungsvorschriften holen. Auch schwirrte das Gerücht umher, das Bankett sei verboten, übrigens ein unbegründetes Gerücht, denn ein solches Verbot hätte, wie schon erwähnt, den Ausbruch von Feindseligkeiten eher noch beschleunigen müssen. Immerhin hatte es schon genügt, die Ansammlung der Studenten zu verstärken.

Jean Nicolef und seine Kameraden ließen sich durch diese Lage der Dinge nicht weiter erregen. Sie lustwandelten mehr auf einer Seite, wie sie das von jeher gewohnt waren, und kreuzten nur gelegentlich andere Gruppen von Studenten.

Man fixierte dann einander. Die Blicke vermittelten Herausforderungen, die vorläufig noch nicht über die Lippen kamen. Jean selbst blieb ruhig und zeigte eine unerschütterte Gleichgültigkeit, dagegen kostete es ihm die größte Mühe, Gospodin im Zaume zu halten. Dieser wendete, nicht einmal als Zeichen der Mißachtung, nie den Kopf von den anderen ab und schlug auch nicht die Augen nieder. Spitz wie eine Degenklinge bohrte sich sein Blick in die Augen Karl Johausens. Schon diese Haltung genügte ja fast allein, einen Wortwechsel zu veranlassen, der dann jedenfalls nicht auf die beiden Gegner beschränkt geblieben wäre.

Endlich läutete es als Zeichen zum Beginn des Banketts. Karl Johausen begab sich, seinen Kameraden – mehreren Hunderten an Zahl – vorausgehend, nach dem großen Saale des Amphitheaters der Universität, der zu der Feier bewilligt worden war.

Bald befanden sich auf dem Hofe davor nur noch Jean Nicolef, Gospodin und etwa fünfzig slawische Studenten, die nur darauf warteten, das Gebiet der Universität zu verlassen, um zu ihren Familien oder zu Bekannten zurückzukehren.

Da sie nichts zurückhielt, hätten sie wohl am besten getan, jetzt sofort aufzubrechen. Das war auch die Ansicht Jean Nicolefs, doch versuchte er vergeblich auch seine Kameraden dazu zu bekehren. Es schien fast, als wären Gospodin und einige andere hier im Boden festgewurzelt, als würden sie von dem Amphitheater wie von einem Magneten angezogen.

So vergingen zwanzig Minuten. Alle gingen stillschweigend hin und her und näherten sich nur gelegentlich den nach dem Hofe zu liegenden Fenstern des Saales zwar halb unbewußt, dennoch vielleicht, um die lauten Reden darin zu vernehmen und auf verletzende Anspielungen zu antworten, wenn ihnen solche zu Gehör kämen.

Die Teilnehmer am Festmahle begannen in der Tat schon bald, Gesänge und Toaste »steigen« zu lassen. Die Köpfe waren nach Leerung der ersten Gläser wärmer geworden. Durch die Fenster hatten die jungen Leute Jean Nicolef und die anderen so nahe gesehen, daß diese mußten verstehen können, was im Saale gesprochen wurde, und dabei blieben persönliche Häkeleien nicht lange aus. Nicolef bemühte sich noch einmal, seinen Freunden gut zuzureden.

»Kommt... wir wollen gehen«, sagte er.

»Nein!«, erwiderte Gospodin.

»Nein... jetzt erst recht nicht!«, riefen die anderen.

»Ihr wollt nicht auf mich hören, nicht mit mir kommen?«

»Wir wollen hören, was die Deutschen da drin sich zu sagen unterstehen, und wenn uns das nicht paßt, so wirst du, Jean, es sein, der sich uns anschließt!«

»Komm, Gospodin«, wiederholte Jean, »komm... ich will es!«

»Warte nur noch ein wenig«, antwortete Gospodin, »in wenigen Minuten wirst du es nicht mehr wollen!«

Im Saale wurde es immer lauter, viele Stimmen schwirrten durcheinander, dazu das Anstoßen mit den Gläsern neben Ausrufen und Hochs, daß es wie Musketenfeuer schmetterte. Dann wurde ein gemeinsames Lied angestimmt, der auf allen deutschen Universitäten so beliebte Burschensang:

Gaudeamus igitur,
Juvenes dum sumus;
Post jucundam juventutem,
Post molestam senectutem
Nos habebit humus!

Man wird zugeben, diese Worte sind nicht gerade herzerhebend, man könnte sie nach der Melodie einer Begräbnishymne, oder zum Nachtisch ebensogut »De profundis« absingen! So urteilt man wenigstens teilweise im Auslande, in Deutschland wird das alte Lied auch weiter in Ehren gehalten werden.

Da ertönte plötzlich eine andere Stimme.

»O Riga, wer hat dich so schön gestaltet?... Das Sklaventum der Livländer? Könnten wir doch einst dein Schloß den Deutschen abkaufen und diese auf glühenden Steinen tanzen lassen!«

Gospodin war es, der diese russische Hymne mit vollem Brustton gesungen hatte.

Dann ließen seine Kameraden nach und mit ihm die Töne des Bojni »Sara-Krani«, der tief religiösen moskowitischen Hymne, erschallen.

Plötzlich flog die Tür des Festsaales auf; reichlich hundert Studenten stürmten auf den Hof hinaus. Sie umringten die Gruppe der Slawen mit Jean Nicolef in deren Mitte, der die Herrschaft über seine Kameraden völlig verloren hatte, seit diese durch die Rufe und das Verhalten ihrer Gegner auch in Hitze geraten waren. Obgleich Karl Johausen nicht unter ihnen war – er befand sich noch im Amphitheater – um sie zu Gewalttätigkeiten anzufeuern, genügte doch das überlaut gesungene, fast gebrüllte »Gaudeamus igitur«, die durchdringende Melodie der russischen Hymne beinahe zu ersticken. In dieser Minute standen zwei Studenten Auge in Auge einander gegenüber, offenbar bereit, sich einer auf den anderen zu stürzen... Siegfried und Gospodin. Sollte der Rassenkampf allein zwischen ihnen ausgefochten werden? Würden sich nicht beide Parteien zugunsten ihrer Vertreter einmischen und der Streit zu einem allgemeinen Handgemenge ausarten, für den die Verantwortlichkeit zuletzt doch auf der Universität selbst lasten bliebe?

In Voraussicht des Tumultes, der durch das Herausströmen der Bankettteilnehmer veranlaßt werden mußte, beeilte sich der Rektor, beschwichtigend einzugreifen.

Einige Professoren, die sich ihm angeschlossen hatten, gingen auf dem Hofe von einer Gruppe zur anderen. Sie bemühten sich, die jungen Leute, die schon handgemein zu werden drohten, wieder zu beruhigen... freilich ohne besondern Erfolg. Die Autorität des Rektors wurde nicht weiter beachtet. Was konnte er auch ausrichten inmitten dieses Germanenhausens, der immer mehr anschwoll, je mehr sich der Saal des Amphitheaters entleerte! Trotz ihrer bedeutenden Minderzahl wichen Jean Nicolef und seine Kameraden doch weder vor Drohungen noch vor Beleidigungen von der Stelle.

Da trat Siegfried, ein Glas in der Hand, näher an Gospodin heran und schüttete ihm den Inhalt mitten ins Gesicht.

Das war der erste Schlag, dem vielleicht tausend andere folgen sollten.

Als da aber Karl Johausen auf den zum Saale führenden Stufen sichtbar wurde, hielten beide Parteien doch noch einmal inne. Die Menge wich auseinander, und der Sohn des Bankiers konnte bis zu der Gruppe gelangen, unter der sich der Sohn des Privatlehrers befand.

Wie Karl Johausen in diesem Augenblicke auftrat, läßt sich schwer beschreiben. Er erschien äußerlich ruhig. Was aus seinen Zügen sprach, war nicht verhaltene Wut, sondern eher Hochmut, gepaart mit Geringschätzung, als er seinem Feinde gegenübertrat. Über Karls Absicht konnten sich seine Kameraden nicht täuschen: er näherte sich dem anderen nur, um ihm eine neue Beleidigung ins Gesicht zu schleudern.

Dem früheren Lärm war eine unheimliche Stille gefolgt. Es lag so etwas in der Luft, als ob der Streitfall, der die Korporationen der Universität eine auf die andere hetzte, zwischen Jean Nicolef und Karl Johausen ausgetragen werden sollte.

Gospodin aber, der an Siegfried schon gar nicht mehr dachte, wartete nur, bis Karl einige Schritte näher gekommen war, und machte dann eine Bewegung, ihm den Weg zu versperren. Jean hielt ihn jedoch zurück.

»Die Sache geht mich an!«, sagte dieser gelassen.

Im Grunde hatte er ja recht damit, zu erklären, daß das, was nun kommen sollte, ihn und ihn allein betraf. Kaltblütig drängte er die Hände derer zurück, die Miene machten, sich einzumischen.

»Du wirst mich nicht zurückhalten...«, rief Gospodin, jetzt vor Wut außer sich.

»Ich will es aber!«, entgegnete ihm Jean Nicolef in so bestimmten Ton, daß der andere sich wohl oder übel fügen mußte. Dann wendete er sich an die Gesamtheit der Studenten.

»Ihr seid Hunderte«, begann er, so laut, daß ihn jeder verstehen mußte, »wir dagegen kaum fünfzig!... Fallt doch über uns her... wir werden uns verteidigen und werden unterliegen! Ihr aber hättet keinen ehrenhaften Sieg erfochten!«

Ein Wutgeschrei antwortete ihm.

Johausen gab durch ein Zeichen zu verstehen, daß er sprechen wolle.

Wieder wurde es still.

»Jawohl«, rief er, »der Kampf wäre zu ungleich!... Findet

Siegfried, ein Glas in der Hand, schüttete ihm den Inhalt mitten ins Gesicht.

sich unter euch Slawen einer, der die Sache auf seine Rechnung nehmen will?«

»Wir alle… wir alle!«, erklärten die Kameraden Nicolefs. Da trat dieser selbst hervor.

»Ich… ich nehme es selbst auf mich, und wenn Karl Johausen provoziert sein will, so nehme er das dafür hin…«

»Du?«, rief Karl mit einer verächtlichen Bewegung.

»Ja… ich!«, antwortete Jean. »Wähle dir zwei Sekundanten, ich habe meine Wahl schon getroffen.«

»Du… du willst dich mit mir schlagen?«

»Gewiß… morgen, wenn du nicht heute dazu bereit bist. Jetzt, diesen Augenblick, wenn du es willst!«

Unter den Studenten sind ja solche Zweikämpfe keine Seltenheiten, und es ist gut, daß die Universitäts- und die Staatsbehörden darüber ein Auge zudrücken, denn es kommt bei den Fechtereien gewöhnlich nicht viel heraus. Im vorliegenden Falle konnte man freilich einen ernsteren Ausgang befürchten, denn die Duellanten würden sich dabei besonders gereizt gegenüberstehen.

Karl hatte die Arme gekreuzt und sah Jean vom Kopf bis zu den Füßen an.

»Ah, du hast deine Sekundanten also schon gewählt?«, sagte er höhnisch.

»Hier sind sie«, antwortete Jean, und wies auf Gospodin und einen zweiten Studenten.

»Und du glaubst, daß sie der Wahl zustimmen?«

»Das versteht sich von selbst!«, antwortete Gospodin ohne Zögern.

»Mag sein«, antwortete Karl Johausen; »ich habe aber Veranlassung, der ganzen Sache nicht zuzustimmen, Jean Nicolef, das heißt, mich mit dir nicht zu schlagen.«

»Und warum dieser neue Schimpf?«

»Weil man sich nicht mit dem Sohn eines Mörders schlägt!«

Neuntes Kapitel

Denunziation

Hier mögen die Vorgänge geschildert werden, die sich am Tage vorher in Riga abgespielt hatten, wohin der Richter Kerstorf, der Major Verder, der Doktor Hamine und Herr Frank Johausen in der Nacht vom 15. zum 16. April zurückgekehrt waren.

Schon zwölf Stunden vorher, noch am Morgen, hatte sich die Nachricht von dem im »Umgebrochenen Kreuze« verübten Verbrechen im Fluge verbreitet. Gleichzeitig damit erfuhr man auch den Namen des beklagenswerten Opfers, Pochs, des Beamten der Bank.

Dieser Unglückliche war in der ganzen Stadt bekannt. Tag für Tag begegnete man ihm ja bisher, eine Geldtasche über der Schulter und unter dem Arme eine Mappe, die von einer an seinem Gürtel befestigten Stahlkette gehalten wurde, wenn er auf dem Wege war, Außenstände für die Firma Johausen einzuziehen. Ein guter, gefälliger Mann von liebenswürdigem Gemüt, hatte er den jeder achtete, überall nur Freunde, aber keinen Feind. Jetzt, wo er nach so langem Warten im Begriffe stand, Zenaïde Parenzof zu heiraten, erlaubten ihm seine Verhältnisse, dank seiner Arbeitsamkeit, seinem Verhalten, der Regelmäßigkeit seiner Lebensführung und dem Wohlwollen seiner Chefs, sich endlich für die Zukunft häuslich einzurichten, wenn er seine Ersparnisse und Einnahmen mit denen seiner späteren Gattin vereinigte. Am übernächsten Tage hatten die Verlobten vor den protestantischen Pastor treten wollen, der ihren Bund segnen sollte. Darauf war eine Feier in der Familie geplant, wozu die Kollegen von anderen Banken ihr Erscheinen zugesagt hatten, um sich an der fröhlichen, weltlichen Besiegelung des Ehebundes zu beteiligen. Man bezweifelte auch nicht, daß die Gebrüder Johausen das anspruchslose Fest mit ihrer Gegenwart beehren würden. Die Vorbereitungen dazu waren schon begonnen, ja zum Teil schon beendigt. Gerade da mußte nun Poch in einem vereinsamt gelegenen Gasthause an einer Landstraße Livlands einer ruchlosen Mörderhand erliegen! Das Aufsehen, das dieser Vorfall machte, kann man sich wohl denken.

Offenbar war es auch nicht zu verhindern, daß Zenaïde plötzlich, ohne jede Vorbereitung davon erfuhr, da sie eine Zeitung las, die die Depesche, doch keine Einzelheiten über den traurigen Fall brachte. Die Unglückliche war wie vom Blitz getroffen. Sehr bald erschienen ihre Nachbarn und dann auch Frau Johausen bei ihr, um sie zu trösten und ihre Hilfe anzubieten. Vielleicht erholte sich die Ärmste überhaupt nicht wieder von diesem furchtbaren Schicksalsschlage.

Wenn man aber das Opfer kannte, so hatte doch noch niemand eine Ahnung, wer dessen Mörder wäre. Im Laufe der beiden Tage, des 14. und des 15., wo der Richter sich mit den anderen Herren nach dem Orte der Tat begeben hatte, um den Vorfall zu untersuchen, war in dieser Beziehung noch nichts in die Öffentlichkeit gedrungen. Dazu mußte man die Rückkehr der Genannten abwarten, und vielleicht hatten auch sie noch nichts von dem Urheber des Verbrechens entdeckt.

Den Mörder, wer das auch sein mochte, traf die Verdammung, der Fluch der gesamten Einwohnerschaft. Niemand erschien es genug, ihn nach aller Strenge des Gesetzes zu bestrafen. Man bedauerte wirklich, daß es nicht mehr die Zeit wäre, wo eine Hinrichtung erst nach den schrecklichsten Folterqualen vollzogen wurde. Hierbei darf man nicht vergessen, daß dieses Schauerdrama in den baltischen Provinzen spielte, wo die Justiz gegen die zum Tode Verurteilten noch vor nicht zu langer Zeit mit unerhörter Grausamkeit auftrat. Man zwickte sie da erst mit glühender Zange und marterte sie mit Stockschlägen, zuweilen mit tausend, ja sogar mit sechstausend wuchtigen Hieben, die dann freilich nur noch einen Leichnam trafen. Man schloß Verbrecher wohl auch zwischen vier Mauern ein, wo sie elend verhungern mußten, wenn es nicht nur auf eine gewisse Zeit geschah, um von ihnen ein Geständnis zu erpressen. Dann ernährte man sie ausschließlich mit Salzfleisch und Fisch, ohne ihnen einen Tropfen Wasser zukommen zu lassen, eine Art der gerichtlichen »Fragestellung«, die oft Antworten zwangsweise zur Folge hatte.

Jetzt herrschen merklich mildere Sitten, so daß die Todesstrafe in Rußland nur für politische Verbrechen beibehalten, für solche gegen das gemeine Recht aber abgeschafft und durch Zwangsarbeit in den sibirischen Bergwerken ersetzt ist. Die Deportation für den Mörder im Kabak »Zum umgebrochenen Kreuze«... nein, das konnte die Bevölkerung Rigas nicht zufriedenstellen.

Wie schon erwähnt, waren Anordnungen zur Überführung des Ermordeten getroffen worden, obwohl es dabei nicht etwa in Frage kam, in Riga noch weitere Aufklärung über den Vorgang zu erhalten. In seinem Protokolle hatte der Doktor Hamine die Natur und Gestalt der Todeswunde ebenso wie den Eindruck von dem Stoße des Messers rings um diese sorgfältig beschrieben und festgestellt. Frank Johausen bestand aber darauf, daß die Beerdigung seines Bankbeamten in der Stadt erfolge, ein Begräbnis, dessen Kosten die Firma aus Mitleid und aus Teilnahme ausschließlich auf sich nahm.

Am Vormittag des 16. erschien der Major Verder im Amtszimmer seines Vorgesetzten, des Polizeiobersten Raguenos. Dieser wartete schon ungeduldig darauf, über den Vorfall näher unterrichtet zu werden, um, wenn das nur die schwächsten Anzeichen ratsam erscheinen ließen, seine findigsten Geheimpolizisten auf die Spur des Mörders zu entsenden. Später würde es sich wohl zeigen, ob man gezwungen wäre, auch der Provinzialregierung besonderen Bericht zu erstatten. Bis auf weitere Klarlegung des Falles schien es, daß es sich nur um einen Verstoß gegen das gemeine Recht, um einen Mord in Verbindung mit Beraubung handle.

Der Major berichtete dem Obersten Raguenos alle Einzelergebnisse der Untersuchung, die Umstände, unter denen das Verbrechen begangen worden war, die Indizien, die das Verhör am Orte ergeben, und den Befund, den der Doktor Hamine amtsgerichtlich aufgenommen hatte.

»Ich sehe«, antwortete der Oberst, »daß Ihr Verdacht besonders auf den unbekannten Reisenden hinweist, der jene Nacht in der Schenke zugebracht hat.«

»Besonders auf den, Herr Oberst.«

»Und der Schenkwirt Kroff hat bei der Untersuchung kein verdachterweckendes Benehmen gezeigt?«

»Natürlich kam uns der Gedanke, daß er der Mörder sein könnte«, antwortete der Major, »obgleich sein Vorleben völlig einwandfrei gewesen ist. Nach den an dem Fenster im Zimmer des anderen Reisenden zurückgebliebenen Spuren aber, nach seinem so frühzeitigen Weggange, und nachdem wir in dem betreffenden Zimmer das Schüreisen gefunden hatten, womit der Laden offenbar aufgebrochen worden war, konnten wir über den Urheber des Verbrechens kaum noch im Zweifel sein.«

»Es wird sich immerhin empfehlen, jenen Kroff zu beobachten.«

»Gewiß, Herr Oberst; ich habe auch zwei Mann zur Bewachung des Hauses zurückgelassen, und der Schenkwirt selbst hat sich jede Stunde den Behörden zur Verfügung zu halten.«

»Sie nehmen also nicht an«, fuhr der Oberst Raguenos fort, »daß der Mord durch einen von außen durch das Fenster ins Zimmer eingedrungenen Verbrecher verübt sein könnte?«

»Das kann ich weder bestimmt verneinen noch bejahen«, antwortete der Major, »es ist aber kaum zu vermuten, denn alle verdächtigen Merkmale weisen auf den Reisenden hin, der mit Poch die Schenke aufgesucht hatte.«

»Ich ersehe hieraus, daß Ihre Überzeugung schon feststeht, Major Verder…«

»Meine Überzeugung, wie die des Richters Kerstorf, des Doktor Hamine und des Herrn Johausen. Bedenken Sie gefälligst, daß dieser Reisende sich stets bemüht hatte, unerkannt zu bleiben, und das ebenso als er nach dem Kabak kam, wie nachher, als er diesen wieder verlassen hat.«

»Er hat auch beim Weggange aus dem ›Umgebrochenen Kreuze‹ nicht gesagt, wohin er sich begeben wolle?«

»Nein, Herr Oberst.«

»Liegt es nicht nahe, anzunehmen, daß er die Absicht hegte, nach Pernau zu gehen, da er Riga mit der Post verließ?«

»Das wäre wohl möglich, Herr Oberst, obgleich er seinen Wagenplatz bis Reval bezahlt hatte.«

»In Pernau ist in den Tagen des vierzehnten und fünfzehnten auch kein auffallender Fremder bemerkt worden?«

»Kein einziger«, versicherte der Major Verder, »obwohl die Polizei dort scharf aufgepaßt hat, da ihr der Mord noch am nämlichen Tage gemeldet worden war… Wohin sich jener Reisende gewendet hat?… Ob er in Pernau eingetroffen ist?… Wer weiß das?… Könnte er mit dem geraubten Gelde nicht auch die baltischen Provinzen überhaupt verlassen haben?..«

»Ja freilich, Herr Major, die Möglichkeit liegt ja auf der Hand, daß er bei der Nähe mehrerer Häfen Gelegenheit zum Entfliehen gefunden hätte…«

»Nun eigentlich: bald finden könnte, Herr Oberst, denn vorläufig ist die Schiffahrt auf der Ostsee und im Finnischen Meerbusen wohl kaum schon eröffnet. Nach den mir zugegangenen Berichten hat noch kein Schiff auslaufen können. Beabsichtigt der Reisende also, zur Flucht ein solches zu benutzen, so muß er schon noch einige Tage warten… entweder in einem Orte des Binnenlandes, oder in einem der Hafenplätze, in Pernau, Reval…«

»Oder Riga«, fiel ihm der Oberst ins Wort. »Warum sollte er nicht dahin zurückgekehrt sein, vielleicht gerade in der Absicht, die Polizei auf eine falsche Fährte zu führen?«

»Das erscheint mir kaum annehmbar, Herr Oberst; man muß freilich mit allem rechnen, und unsere Beamten haben auch schon Befehl, alle zum Auslaufen bereiten Schiffe streng zu überwachen. Jedenfalls wird das Meer aber vor Ausgang dieser Woche nicht eisfrei, und ich werde nochmals Befehl geben, in Riga Stadt und Hafen besonders scharf im Auge zu behalten.«

Der Oberst billigte die von seinem Untergebenen angeordneten Maßregeln, verlangte aber deren Ausdehnung auf alle baltischen Provinzen. Der Major Verder versprach, ihn auf dem Laufenden zu halten. Die weitere Untersuchung sollte dem Richter Kerstorf anvertraut bleiben, und man durfte sich auf diesen rührigen Beamten verlassen, daß er alles herauszufinden und zu sammeln wissen werde, was mit der traurigen Angelegenheit irgendwie in Verbindung stände.

Nach diesem Gespräch mit dem Major Verder hegte auch der Oberst Raguenof keinen Zweifel mehr, daß der Mörder kein anderer sei als jener Reisende, der den Bankbeamten Poch nach der Schenke Kroffs begleitet hatte. Auf ihm lastete der Verdacht gar so erdrückend. Doch wer war er?… Wie würde es gelingen, seine Persönlichkeit festzustellen, da er weder dem Schaffner Broks bekannt war, der ihn von Riga erst ganz kurz vor Abgang der Post auf- und mitgenommen, noch dem Schenkwirt Kroff, der ihn in seinem Kabak beherbergt hatte. Weder der eine noch der andere hatte sein Gesicht ordentlich gesehen, so daß beide nicht einmal sagen konnten, ob er jung oder alt wäre. Auf welche Fährte sollte man also die Geheimpolizisten unter solchen Umständen leiten?... In welcher Richtung Nachforschungen anstellen? Erhielt man von anderen Zeugen vielleicht noch weitere Aufklärungen, die es ermöglichten, mit einiger Aussicht auf Erfolg vorzugehen?

Bis jetzt war alles in Dunkel gehüllt.

Bald wird sich jedoch zeigen, wie diese Dunkelheit durch einen Lichtschein erhellt, wie diese Nacht zum Tag wurde.

Nachdem der Doktor Hamine an diesem Morgen sein gerichtsärztliches Gutachten über den Vorfall im »Umgebrochenen Kreuze« aufgesetzt hatte, war er, um diesen abzuliefern, nach dem Amtszimmer des Richters Kerstorf gegangen.

»Nun... keine weiteren Anzeichen?«, fragte er den Beamten.

»Keine Spur davon, lieber Doktor.«

Beim Weggange von dem Richter begegnete der Doktor Hamine zufällig dem französischen Konsul Delaporte und äußerte sich unterwegs gegen diesen über die schwebende Angelegenheit und die damit verknüpften Schwierigkeiten.

»Ja freilich«, meinte der Konsul, »wenn es so gut wie gewiß ist, daß jener Reisende das scheußliche Verbrechen begangen hat, so ist es sehr zweifelhaft, ob es gelingt, ihn zu entdecken. Sie, Doktor, legen ja ein besonderes Gewicht dem Umstande bei, daß der Todesstoß mit einer Art Dolchmesser ausgeführt worden sei, dessen Griffzwinge sichtbare Spuren rund um die Wunde hinterlassen habe. Schön... doch wie soll dieses Messer gefunden werden?...«

»O... wer weiß?«, antwortete der Doktor Hamine.

»Nun das wird sich ja zeigen. Doch, da fällt mir eben ein, haben Sie vielleicht Nachricht von Nicolef?«

»Von Dimitri?«, rief der Arzt. »Warum diese Frage?… Ist er etwa krank?«

»Nein, Doktor, doch wissen Sie denn nicht, daß er verreist ist?«

»Verreist?… Wie sollte ich das wissen, da ich doch sechsunddreißig Stunden selbst abwesend war?«

»Ah… richtig«, antwortete der Konsul. »Nun also, Dimitri ist seit drei Tagen von zu Hause weggegangen.«

»Seit drei Tagen?«, wiederholte der Arzt verwundert und etwas betroffen.

»Ja, und auch ohne zu sagen, wohin er gehen wolle.«

»Er hätte nicht einmal seine Tochter von seinem Weggange unterrichtet?«

»O doch, aber nur mit einigen Worten: daß er zwei oder drei Tage abwesend sein werde.«

»Das ist mindestens recht seltsam«, bemerkte der Doktor Hamine. »Und seit der Zeit hat man keine Nachricht von ihm?«

»Keine einzige. Auch ich habe erst gestern, als ich in Nicolefs Wohnung vorsprach, durch Fräulein Ilka etwas von seiner Abreise erfahren.«

»Und wann ist diese erfolgt?«

»Vergangenen Freitag ganz früh.«

»Doch wenn ich nicht irre«, sagte dazu der Doktor Hamine, »war am Freitag der dreizehnte, und den vorhergehenden Abend, den des zwölften, hatten wir doch bei Dimitri zugebracht, der erst recht spät nach Hause kam…«

»Ganz recht.«

»Ich denke aber vergeblich darüber nach, ob Dimitri damals von seiner beabsichtigten Reise gesprochen hat.«

»Nein, nicht eine Andeutung hat er davon gemacht.«

»Und doch mußte die Absicht bei ihm schon feststehen, da er am nächsten Morgen, und ohne zu sagen wohin, fortgegangen ist…«

»Ohne darüber ein Wort zu sagen.«

Dem Arzte erschien das unverständlich.

»Und keine Nachricht von ihm?«, fragte er noch einmal.

»Keine ... wenigstens bis gestern war Fräulein Nicolef noch keine zugegangen.«

»Kommen Sie, wir wollen Ilka aufsuchen«, sagte der Arzt.

»Ja ... gern. Vielleicht hat ihr der Postbote heute Morgen einen Brief von ihrem Vater gebracht, oder vielleicht ist Nicolef schon selbst wieder zurückgekehrt.«

Delaporte und der Doktor Hamine begaben sich nun nach der Vorstadt, an deren Ende das Häuschen des Lehrers lag. An der Tür angekommen, fragten sie, ob Fräulein Nicolef für sie zu sprechen sei.

Auf die bejahende Antwort der Dienstmagd wurden sie sofort nach dem Zimmer geführt, worin sich das junge Mädchen aufhielt.

»Meine liebe Ilka«, begann zunächst der Doktor, »ist dein Vater zurückgekehrt?«

»Er ist bis jetzt noch nicht wiedergekommen«, antwortete das junge Mädchen.

An ihrem blassen, sorgenvollen Gesicht erkannte man, wie beunruhigt sie war.

»Sie haben von ihm aber Nachricht erhalten, liebes Fräulein?«, nahm der Konsul das Wort.

Ein verneinendes Zeichen war Ilkas einzige Antwort.

»Diese Abwesenheit ist unerklärlich«, fuhr der Doktor fort, »und ebenso das Geheimnis, in das er sie gehüllt hat ... «

»Wenn meinem armen Vater nicht ein Unglück zugestoßen ist«, murmelte das junge Mädchen fast mit tonloser Stimme. »Seit einiger Zeit kommen in Livland gar so häufig Verbrechen vor.«

Der Doktor Hamine, der über die Abwesenheit des Freundes mehr verwundert als besorgt war, suchte sie zu beruhigen.

»O, man soll nichts übertreiben, liebes Kind; jetzt kann man hier doch wohl noch mit einiger Sicherheit reisen. Freilich, nicht weit von Pernau ist ein Mord vorgekommen, und wenn auch nicht den Mörder, so kennt man doch dessen Opfer... einen bedauernswerten Bankbeamten...«

»Da sehen Sie's ja, bester Herr Doktor«, erwiderte Ilka, »daß die Landstraßen recht unsicher sind, und mein Vater ist nun schon seit vier Tagen abwesend. Ach, wie ich auch dagegen ankämpfe, mich verläßt die Ahnung nicht mehr, daß ein Unglück...«

»Beruhige dich nur, liebes Kind«, redete ihr der Arzt, ihre Hände ergreifend, zu, »du darfst dich nicht vergessen. Ein junges Mädchen, so kraftvoll, so energisch... nein, ich kenne dich gar nicht wieder! Hat Dimitri von vornherein gesagt, daß er zwei bis drei Tage ausbleiben werde, so kann heute noch von keiner beängstigenden Verspätung die Rede sein.«

»Ist das Ihre ehrliche Überzeugung, Herr Doktor?«, fragte das junge Mädchen mit einem forschenden Blick auf den bewährten Freund des Hauses.

»Gewiß, Ilka, gewiß! Ich würde auch nicht die geringste Unruhe verspüren, wenn mir die Veranlassung zu Dimitris Reise bekannt wäre. Hast du noch bei der Hand, was er dir schriftlich hinterlassen hat?«

»Hier!«, antwortete Ilka, während sie ein Blatt aus der Tasche zog und es dem Arzte einhändigte.

Hamine durchlas aufmerksam die wenigen Worte, konnte der kurzen Mitteilung Dimitris aber auch nicht mehr entnehmen, als dessen Tochter, die sie gelesen und immer wieder gelesen hatte.

»Er hat sich«, fuhr der Arzt fort, »bei seinem Weggange nicht einmal mit einer Umarmung von dir verabschiedet?«

»Nein, lieber Doktor«, versicherte Ilka, »und auch als er das am Abend vorher tat, schien er mit ganz anderen Gedanken beschäftigt zu sein.«

»Vielleicht«, bemerkte der Konsul, »bedrückte den Freund Dimitri irgend eine geheime Sorge…«

»Er war, wie Sie sich erinnern werden, Herr Doktor, an jenem Abend später als gewöhnlich nach Hause gekommen… zurückgehalten durch eine Unterrichtsstunde, die sich zufällig länger ausdehnte… wie er vorgab.«

»Ja, ja… ganz recht«, sagte der Doktor Hamine, »er kam mir auch etwas befangen und anders als gewöhnlich vor. Mir, liebe Ilka, ist es aber von Wichtigkeit, zu erfahren, was Dimitri nach unserem Weggange noch getan hat.«

»Er hat mir gute Nacht gewünscht und sich in seine Stube zurückgezogen, worauf ich die meinige aufsuchte.«

»Er hat danach also keinen Besuch gehabt haben können, der ihn zu dieser Reise bewogen hätte?«

»Nein… bestimmt nicht«, erklärte das junge Mädchen. »Ich glaube, er hat sich damals sofort niedergelegt, wenigstens hab' ich aus seinem Zimmer an diesem Abend keinen Laut mehr gehört.«

»Das Hausmädchen hat ihm auch nicht etwa einen Brief übergeben, der noch später eingetroffen wäre?«

»Nein, Herr Doktor; ich kann versichern, daß die nach Ihrem Weggange verschlossene Haustür nicht wieder geöffnet worden ist.«

»Danach stände es also fest, daß sein Plan zur Abreise an jenem Abend schon vorlag.«

»Darüber kann kein Zweifel bestehen«, äußerte hierzu Delaporte.

»Nein… kein Zweifel«, stimmte ihm der Arzt bei. »Und am nächsten Morgen hast du, liebes Kind, nach Durchlesung des zurückgelassenen Zettels auch nicht zu erfahren gesucht, welche Richtung er beim Fortgange von zuhause eingeschlagen haben mag?«

»Wie hätte ich das gekonnt und warum sollte ich es auch versucht haben?«, antwortete Ilka. »Mein Vater wird seine

Gründe gehabt haben, sich gegen niemand, nicht einmal gegen seine Tochter, darüber auszusprechen. Ich bin überhaupt weniger deshalb unruhig, daß mein Vater so schnell fortgegangen ist, als deshalb, daß sich seine Abwesenheit verlängert.«

»Nein, liebes Kind, o nein!«, erwiderte der Doktor Hamine, der das junge Mädchen auf jeden Fall beruhigen wollte, »noch ist Dimitri ja nicht länger fort, als er vermutet und vorhergesagt hatte, und heute Abend, oder spätestens morgen, wird er schon zurückgekehrt sein.«

Im Grunde sorgte sich der Arzt eigentlich mehr um die Ursache der plötzlichen Reise, als um diese selbst.

Delaporte und er verabschiedeten sich hierauf von Ilka mit dem Versprechen, am Abend wiederzukommen, um Nachricht über Dimitri zu erhalten.

Das junge Mädchen sah ihnen nach, als sie weggingen, und blieb auf der Schwelle der Haustür stehen, bis die beiden Herren hinter einer Biegung der Straße verschwunden waren. Dann begab sie sich nachdenklich und von düsteren Ahnungen erfüllt nach ihrem Zimmer.

Fast gleichzeitig kam im Bureau des Majors Verder eine Tatsache zur Sprache, die mit dem Verbrechen im »Umgebrochenen Kreuze« eng in Verbindung stand und die Behörde auf die Spur des Schuldigen zu führen versprach.

Am Morgen desselben Tages war die von Eck befehligte Polizistenabteilung nach Riga zurückgekehrt.

Bekanntlich war diese Patrouille nach dem Norden der Provinz geschickt worden, wo seit einiger Zeit sich häufende Vergehen gegen Personen und Eigentum vorgekommen waren. Es sei hier auch daran erinnert, daß Eck acht Tage vorher in der Nachbarschaft des Peipussees nach einem aus den sibirischen Bergwerken entwichenen Flüchtling gefahndet und diesen bis in die Nähe von Pernau verfolgen konnte. Der Flüchtling war ihm freilich durch sein Übertreten auf die treibenden Eisschollen der Pernowa aus den Augen gekommen.

*Das junge Mädchen blieb auf der Schwelle der Haustür
stehen.*

Ob der Verbrecher dabei umgekommen sein mochte?...
Das war zwar anzunehmen, doch immerhin nicht sicher. Gerade Eck selbst bezweifelte es am meisten, weil niemand die Leiche des Flüchtlings, weder im Hafen, noch an der Mündung der Pernowa, gefunden hatte.

Nach Riga zurückgekehrt, begab sich Eck, den es drängte, dem Major Verder seinen Bericht abzustatten, eiligst nach dessen Amtszimmer. Da hörte er aber von dem Morde im »Umgebrochenen Kreuze«, doch gewiß ahnte niemand, daß er den Schlüssel zu dem so geheimnisvollen Vorgang besäße.

Nicht gering war deshalb auch das Erstaunen, war die Befriedigung des Majors Verder, als er vernahm, daß der Brigadier ihm einige Aufklärung bezüglich des Verbrechens bringen konnte, nach dessen Urheber man noch vergebens spähte.

»Wie?... Der Mörder des Bankbediensteten?«

»Er selbst, Herr Major...«

»Du hast Poch gekannt?«

»Gewiß, und ich habe ihn am Abend des dreizehnten zum letztenmal gesehen.«

»Wo denn?«

»In dem Kabak von Kroff.«

»Du warst also selbst da?«

»Jawohl, Herr Major, mit einem meiner Leute, ehe wir nach Pernau zurückkehrten.«

»Und du hast mit dem unglücklichen Manne gesprochen?«

»Wenigstens einige Minuten; und ich füge noch hinzu: wenn der Mörder, wie alle Umstände vermuten lassen, der Reisende gewesen ist, der Poch begleitete, der Reisende, mit dem er in der Schenke übernachtete, so kenne ich auch diesen...«

»Was?... Du kennst ihn?«, rief der Major Verder eifrig.

»Ja, wenn der Mörder nämlich der in Frage stehende Reisende war...«

»Daran ist nach dem Ergebnis der Tatbestandsaufnahme nicht zu zweifeln.«

»Nun, Herr Major, so will ich ihn Ihnen nennen. Ich fürchte nur, Sie werden mir nicht glauben wollen.«

»Ich werde deiner amtlichen Aussage glauben.«

»Diese lautet«, antwortete Eck, folgendermaßen: »Jener Reisende, mit dem ich jedoch kein Wort gewechselt habe, den ich aber gleichwohl mit Sicherheit erkannte, wenn er sein Gesicht auch mit der Kapuze zu verbergen suchte … war kein anderer als der Privatlehrer Dimitri Nicolef … «

»Dimitri Nicolef!«, rief der Major Verder verblüfft. »Er? … Das ist unmöglich!«

»Ich hatte Ihnen schon gesagt, daß sie meiner Aussage keinen Glauben schenken würden«, wiederholte der Brigadier.

Der Major Verder war aufgestanden und durchmaß das Zimmer mit großen Schritten.

»Dimitri Nicolef!«, murmelte er. »Dimitri Nicolef?«

Wie, dieser Ehrenmann, der als Kandidat für die nächsten städtischen Wahlen aufgestellt war, der Gegner der einflußreichen Familie Johausen, dieser Russe, auf den sich alles Sehnen und Trachten, alle Forderungen der slawischen gegenüber der germanischen Partei vereinigten, der Günstling der moskowitischen Regierung … der sollte der Mörder des unglücklichen Poch sein? …

»Du bleibst bei deiner Aussage?«, fragte der Major den Brigadier, vor dem er stehen geblieben war.

»Ich bleibe dabei.«

»Hatte Dimitri Nicolef denn Riga verlassen?«

»Gewiß … wenigstens weilte er gerade in jener Nacht nicht hier. Das wird sich übrigens leicht näher feststellen lassen.«

»Ich werde einen Polizisten nach seiner Wohnung schicken«, antwortete der Major Verder, »und werde auch Herrn Frank Johausen ersuchen lassen, sich hier einzufinden. Du … du bleibst vorderhand hier.«

»Zu Befehl, Herr Major.«

Dieser erteilte zwei wachhabenden Polizisten seine Befehle, und die Leute gingen daraufhin sofort ab.

Zehn Minuten später war Frank Johausen schon beim Major erschienen, und der Brigadier Eck wiederholte vor ihm seine frühere Aussage.

Man kann sich wohl, ohne daß wir hier eigens darauf eingehen, die Empfindungen vorstellen, die die Seele des Bankiers bei dieser Erklärung durchwühlten.

Endlich lieferte ein am wenigsten erwarteter Zwischenfall, ein Verbrechen, ein gemeiner Mord, ihm den Wettbewerber, den er mit seinem Hasse verfolgte, in die Hände!... Dimitri Nicolef... der Mörder Pochs!

»Du hältst deine Aussage aufrecht?«, fragte der Major, an den Brigadier gewendet, diesen zum letzten Male.

»Vollkommen aufrecht!«, erklärte Eck in einem Tone, aus dem man sein Überzeugtsein heraushörte.

»Wenn er nun Riga aber gar nicht verlassen hätte?«, sagte jetzt Johausen.

»Er hat und hatte es jedoch verlassen«, versicherte Eck. »In der Nacht vom dreizehnten zum vierzehnten dieses Monats ist er nicht in seiner Wohnung gewesen, denn ich habe ihn da auswärts gesehen... mit eigenen Augen gesehen... und habe ihn mit Sicherheit erkannt.«

»Wir wollen vorläufig die Rückkehr des Mannes abwarten, den ich nach der Wohnung Dimitri Nicolefs geschickt habe«, nahm der Major Verder wieder das Wort. »Er muß in wenigen Minuten wieder hier sein.«

Frank Johausen nahm einstweilen am Fenster Platz und überließ sich dem Aufruhr seiner Gedanken. Er wollte ja glauben, daß der Brigadier sich nicht getäuscht hätte, und doch lehnte sich in ihm ein gewisses Gerechtigkeitsgefühl gegen eine so schwere Beschuldigung unwillkürlich auf. Der Polizist kam zurück und meldete das Ergebnis seiner Sendung:

»Du bleibst bei deiner Aussage?«

»Herr Dimitri Nicolef sei frühmorgens am dreizehnten von Riga abgereist und bis jetzt noch nicht zurückgekehrt.«

Damit war die Aussage Ecks, wenigstens zu einem Teile, bestätigt.

»Ich hatte also recht, Herr Major«, sagte dieser, »Dimitri Nicolef hat seine Wohnung am dreizehnten früh am Morgen verlassen. Poch und er haben die abgehende Postkutsche benutzt. Gegen sieben Uhr abends ist dem Wagen ein Unfall zugestoßen, und dessen beide Insassen sind um acht Uhr in den Kabak ›Zum umgebrochenen Kreuze‹ gekommen, um da die Nacht zuzubringen. Hat nun der eine der Reisenden den anderen umgebracht, so ist Dimitri Nicolef der Mörder!«

Frank Johausen zog sich zurück, einesteils erschüttert, anderenteils triumphierend über diese entsetzliche Nachricht, die sich ohne Zweifel schnell verbreiten würde. Und so geschah es: es war, als ob eine durch die Stadt sich hinziehende Pulverlinie durch einen Funken entzündet worden wäre… Dimitri Nicolef der Urheber des Verbrechens im »Umgebrochenen Kreuze«!

Zum Glück erreichte die Neuigkeit nicht das Ohr Ilka Nicolefs. Ihr Haus blieb dem Gerüchte verschlossen. Der Doktor Hamine wachte darüber. Auch am Abend, als Delaporte und er sich in dem bekannten Zimmer eingefunden hatten, fiel kein Sterbenswörtchen über diese Angelegenheit. Beide hatten übrigens nur mit den Achseln gezuckt: Nicolef ein Mörder?… Nein, das konnten sie nicht glauben.

Inzwischen hatte der Telegraph gespielt. Die Polizeipatrouillen des betreffenden Gebietes waren beauftragt worden, Dimitri Nicolef zu verhaften, wo sie ihn auch fänden.

Dadurch war die Nachricht am Nachmittage des 16. auch nach Dorpat gekommen. Karl Johausen hatte sie als einer der ersten erhalten, und wir wissen ja schon, welche Antwort er Jean Nicolef in Gegenwart von dessen Universitätsfreunden erteilt hatte.

Zehntes Kapitel

Das Verhör

Dimitri Nicolef kehrte in der Nacht vom 16. zum 17. nach Riga zurück, ohne auf dem Heimwege erkannt worden zu sein.

Von Unruhe verzehrt, hatte Ilka kein Auge zutun können. Welche Seelenqual hätte aber erst das unglückliche junge Mädchen gepeinigt, wenn es vernommen hätte, welche Beschuldigung auf dem Haupte ihres Vaters lastete. Eine weitere Sorge bereitete ihr noch am Abend, als Delaporte und der Doktor Hamine schon weggegangen waren, eine aus Dorpat eingetroffene Depesche, die die Ankunft Jean Nicolefs für den nächsten Tag anmeldete, ohne die Veranlassung zu dieser urplötzlichen Reise anzugeben. Der erdrückendste Alp wich jedoch von Ilkas Brust, als sie gegen drei Uhr morgens ihren Vater die Treppe herauskommen hörte. Da er nicht an ihre Tür klopfte, hielt sie es für ratsamer, ihn ruhig sich niederlegen zu lassen, da er von der Reise wohl angestrengt sein mochte. Am Morgen wollte sie ihn begrüßen, sobald er aufgestanden wäre. Vielleicht sagte er ihr dann, was ihn genötigt hatte, so übereilt und ohne jede nähere Mitteilung zu verreisen.

Vater und Tochter trafen am nächsten Tage schon in früher Morgenstunde zusammen, und jetzt begann Dimitri Nicolef zuerst: »Da siehst du mich wieder zurück, liebes Kind. Meine Abwesenheit hat etwas länger gedauert, als ich voraussetzte… doch nur vierundzwanzig Stunden…«

»Du scheinst aber angegriffen zu sein, lieber Vater«, bemerkte Ilka.

»Ein wenig; doch lass' mich nur den Vormittag noch etwas ausruhen, dann bin ich wieder ganz wohlauf, und ich denke am Nachmittage auch noch einige Stunden zu erteilen.«

»Vielleicht, Papa, wäre es besser, das bis morgen zu verschieben. Deine Schüler sind benachrichtigt.«

»Nein, Ilka, nein!… Länger darf ich sie nicht warten lassen. Ist während meiner Abwesenheit sonst jemand gekommen?«

»Niemand, mit Ausnahme des Doktors und des Herrn Delaporte, die über deine Abreise nicht wenig verwundert waren.«

»Ja ja«, antwortete Nicolef mit etwas zögernder Stimme, »ich hatte ihnen nicht davon gesprochen… Wozu auch… bei einem so kurzen Abstecher, auf dem mich, wie ich glaube, ohnehin niemand erkannt hat.«

Der Lehrer sprach über die Sache nicht weiter, und seine sehr rücksichtsvolle Tochter begnügte sich, ihn nur noch zu fragen, ob er von Dorpat zurückgekommen wäre.

»Von Dorpat?…«, rief Nicolef etwas verblüfft. »Wozu diese Frage?«

»Weil ich mir eine Depesche, die gestern Abend gekommen ist, gar nicht erklären kann.«

»Eine Depesche?«, sagte Nicolef lebhaft. »Von wem denn?«

»Von meinem Bruder, der mir meldet, daß er heute hier eintreffen werde.«

»Wie… Jean wird kommen?… Das ist ja auffallend. Was mag ihn hierherführen?… Doch, mein Sohn ist immer sicher, mit offenen Armen aufgenommen zu werden!«

Da er aus der Haltung seiner Tochter jedoch erriet, daß diese ihn gern über die Veranlassung zu seiner Reise befragt hätte, erklärte er freiwillig:

»O, es handelte sich um eine wichtige Angelegenheit«, sagte er, »eine Angelegenheit, die mich nötigte, ungesäumt aufzubrechen…«

»Wenn du nur von dem Ausgange befriedigt bist, lieber Papa«, antwortete Ilka.

»Befriedigt… o ja, mein Kind«, erwiderte er mit einem verstohlenen Blick auf seine Tochter, »und ich hoffe auch, daß die Sache kein unangenehmes Nachspiel haben werde.«

So wie einer, der nichts weiter zu sagen entschlossen ist, ging er gleich auf einen anderen Gesprächsgegenstand über.

Nach dem ersten Tee am Morgen zog sich Dimitri Nicolef in sein Zimmer zurück, ordnete verschiedene Papiere und fing an zu arbeiten. Im Hause herrschte wieder die gewohnte Ruhe, und Ilka hatte nicht die geringste Ahnung, daß sie bald von dem furchtbarsten Blitzschlage getroffen werden sollte. Kaum war es ein Viertel auf Eins geworden, als sich ein Polizeibeamter in der Wohnung Dimitri Nicolefs einstellte. Er brachte einen Brief, den er der Hausmagd mit dem Auftrag einhändigte, ihn sofort ihrem Herrn zu übergeben. Der Mann fragte gar nicht, ob der Privatlehrer sich jetzt zu Hause befinde. Ohne daß es jemand aufgefallen wäre, war das Haus schon seit dem gestrigen Abend sorgsam überwacht worden. Dimitri Nicolef öffnete das Schreiben und überflog dessen Inhalt. Es enthielt nur die Worte: »Der Richter Kerstorf ersucht den Privatlehrer Dimitri Nicolef, sich ohne Säumen in seinem Bureau, wo er ihn erwartet, einzufinden. Dringliche Angelegenheit.«

Nach Durchlesung der wenigen Zeilen machte Dimitri Nicolef unwillkürlich eine Bewegung, die etwas mehr als Überraschung ausdrückte. Er erbleichte, und sein Gesicht verriet eine lebhafte Beunruhigung…

Er meinte aber, daß es das Beste sei, der ihm vom Richter Kerstorf so bestimmt ausgesprochenen Einladung Folge zu leisten, und so zog er den Mantel wieder an, und ging nach dem Zimmer hinunter, in dem sich seine Tochter befand.

»Ilka«, sagte er, »ich habe soeben eine Mitteilung von Herrn Kerstorf, dem Richter, erhalten, der mich ersucht, nach seinem Bureau zu kommen…«

»Der Richter Kerstorf?«, antwortete das junge Mädchen. »Was kann er von dir wollen, Vater?«

»Ja, das weiß ich selbst nicht«, erwiderte Nicolef, der dabei den Kopf abwendete.

»Sollte es sich um eine Angelegenheit handeln, die Jean anginge und ihn genötigt hätte, Dorpat so unerwarteterweise zu verlassen?«

»Das weiß ich auch nicht, Ilka… Ja… vielleicht. Nun, wir werden ja darüber sehr bald aufgeklärt sein.«

Der Privatlehrer ging hinaus, ohne daß seine Tochter seine Unruhe bemerkt hätte. Mit dem Polizisten an seiner Seite, schritt er unsicher, sozusagen mechanisch, des Wegs dahin und sah gar nicht, daß er die Zielscheibe der öffentlichen Aufmerksamkeit war, ebensowenig daß einzelne ihm folgende oder begegnende Leute mißfällige Blicke auf ihn richteten.

Im Gerichtsgebäude angekommen, wurde er in das Amtszimmer geführt, worin ihn der Richter Kerstorf, der Major Verder und ein Aktuar schon erwarteten. Man begrüßte sich gegenseitig, und Dimitri Nicolef wartete, daß man das Wort an ihn richten würde.

»Herr Nicolef«, begann da der Richter Kerstorf, »ich habe Sie hierher rufen lassen, um einige Erkundigung über eine Sache einzuziehen, mit deren Untersuchung und Aufklärung ich betraut worden bin…«

»Um was handelt es sich, Herr Richter?«, fragte Dimitri Nicolef.

»Nehmen Sie zunächst Platz und hören Sie mich an.«

Der Lehrer setzte sich auf einen Stuhl gegenüber dem Schreibtische, hinter dem der Armsessel des Richters stand, während der Major am Fenster stehen blieb. Das Gespräch nahm jetzt mehr den Charakter eines Verhörs an.

»Erstaunen Sie nicht«, sagte der Richter, »daß die Fragen, die ich an Sie zu stellen habe, Ihre Person insofern berühren, als sie sich auf Vorgänge in Ihrem Privatleben beziehen. Es ist

»Was kann er von dir wollen?«

sehr notwendig, im Interesse der Sache, wie in Ihrem eigenen, daß Sie mir diese ohne Umschweif beantworten.«

Nicolef, der den Richter nur ansah, als daß er auf seine Worte hörte, verhielt sich einige Augenblicke schweigend und begnügte sich, die Arme gekreuzt haltend, mit einem schwachen Neigen des Kopfes. Kerstorf hatte das Protokoll der Untersuchung am Tatorte vor sich liegen. Er schlug es auf dem Tische auf und fragte ruhigen, doch ernsten Tones: »Herr Nicolef, Sie sind einige Tage von hier abwesend gewesen?«

»Das ist richtig.«

»Wann hatten Sie Riga verlassen?«

»Am dreizehnten, ganz früh am Morgen.«

»Und wann sind Sie zurückgekehrt?«

»Vergangene Nacht gegen ein Uhr.«

»Sie waren allein verreist?…«

»Ganz allein.«

»Und sind Sie auch allein zurückgekommen?«

»Ebenfalls allein.«

»Sie haben sich der fahrenden Post nach Reval bedient?«

»Ja«, antwortete Nicolef, doch mit einigem Zögern.

»Für den Rückweg aber…«

»Habe ich eine Telega genommen.«

»Wo hatten Sie diese Telega gefunden?«

»Etwa fünfzig Werst von hier auf der Rigaer Landstraße.«

»Es war also am Morgen des dreizehnten, wo Sie abgefahren sind?«

»Ja, Herr Richter, früh sechs Uhr.«

»Befanden Sie sich im Postwagen allein?«

»Nein, darin saß noch ein anderer Reisender.«

»Kannten Sie diesen?«

»Nicht im geringsten.«

»Sie haben da doch bald erfahren, daß das ein Bankangestellter des Hauses der Gebrüder Johausen, ein gewisser Poch war?«

»Ja freilich; der ziemlich plauderhafte Mann hat sich ja fast unausgesetzt mit dem Schaffner des Wagens unterhalten.«

»Er sprach da von persönlichen Angelegenheiten?«

»Von nichts anderem.«

»Und was äußerte er da?«

»Daß er im Auftrag Herrn Johausens nach Reval ginge.«

»Schien er es nicht sehr eilig zu haben mit der Rückkehr nach Riga, wo er sich verheiraten wollte?«

»Jawohl, Herr Richter, soweit ich mich seiner Worte erinnere, denn ich hörte nur mit halbem Ohre auf das Gespräch der Beiden, das mich ja nicht interessierte.«

»Nicht interessierte?«, fiel da der Major Verder ein.

»Gewiß nicht«, antwortete Nicolef mit einem verwunderten Blicke auf den Major. »Warum sollte ich Interesse für das gehabt haben, was der Mann schwätzte?«

»Das ist gerade, was durch die mir obliegende Untersuchung aufgeklärt werden soll«, erwiderte Kerstorf.

Auf diese Antwort machte der Privatlehrer eine Bewegung wie einer, der nicht begriffen hat, was man zu ihm sagte.

»Hatte dieser Poch«, fuhr der Beamte fort, »nicht eine Mappe bei sich, eine von der Art, wie sie Bankdiener gewöhnlich zum Befördern von Geldern tragen?«

»Das ist möglich, bemerkt hab ich es aber nicht.«

»Sie können also nicht sagen, ob er eine solche, vielleicht aus Unvorsichtigkeit, hat auf der Sitzbank liegen oder anderen Personen sehen lassen, die an den Pferdewechselstellen an den Wagen herankamen?«

»Ich saß in meinen Mantel gehüllt immer in der Ecke, habe wohl auch öfters unter der Kapuze längere Zeit geschlafen und deshalb eigentlich kaum gesehen, was mein Reisegefährte tat oder nicht tat.«

»Der Schaffner Broks spricht sich, was das Vorhandensein einer solchen Tasche betrifft, mit aller Bestimmtheit aus, daß Poch eine Mappe bei sich führte.«

»Ja, Herr Richter, wenn der Mann das behauptet, wird es ja richtig sein. Ich freilich kann seine Aussage weder bestätigen noch widerlegen.«

»Sie haben mit Poch gar nicht gesprochen?«

»Wenigstens während der Fahrt nicht. Die ersten Worte haben wir miteinander gewechselt, als wir nach dem Unfalle mit dem Postwagen eine Unterkunft aufsuchten.«

»Und den ganzen Tag über haben Sie, die Kapuze sorgsam über den Kopf gezogen, in Ihrer Ecke gesessen?«

»Sorgsam, Herr Richter? … Warum sorgsam?«, fragte Nicolef, der bei dem Worte gestutzt hatte.

»Weil es Ihnen, wie es scheint, sehr darauf ankam, unerkannt zu bleiben.«

Der Major Verder war es, der, das Verhör aufs neue unterbrechend, diese Bemerkung, die offenbar einer Beschuldigung gleichkam, eingeschaltet hatte.

Jetzt reagierte Nicolef nicht so lebhaft, wie auf das von dem Richter ausgesprochene Wort. Einen Augenblick schwieg er, dann sagte er ruhig: »Zugegeben, daß mir daran gelegen gewesen wäre, unerkannt zu reisen, so glaube ich doch, daß dazu in Livland wie anderwärts jeder freie Mann das Recht hat!«

»Eine weise Vorsicht«, versetzte der Major, »um nicht von Zeugen wieder erkannt zu werden, denen man gegenübergestellt werden könnte.«

Das war wieder eine schwerwiegende Anspielung, deren Ernst der Privatlehrer nicht verkennen konnte und vor der er sichtlich erblaßte.

»Kurz«, fuhr der Richter fort, »Sie leugnen doch nicht, an jenem Tage den Bankbediensteten Poch zum Reisegefährten gehabt zu haben? … «

»Nein, wenigstens wenn das Poch war, der mit mir in der Post saß.«

»Darüber besteht kein Zweifel«, ließ der Major Verder sich vernehmen.

Kerstorf setzte die Befragung fort: »Die Fahrt verlief von einem Pferdewechsel zum anderen ohne jeden Zwischenfall. Zu Mittag wurde eine Stunde Aufenthalt genommen, um etwas zu essen. Sie haben sich dann, in einer dunkleren Ecke der Gaststube, von den anderen gesondert auftragen lassen, immer dem Anscheine nach in der Absicht, unerkannt zu bleiben. Dann ist die Post weiter gefahren. Das Wetter war sehr schlecht. Die Pferde konnten gegen den Sturm kaum aufkommen. Später, etwa halb sieben Uhr abends, ist ein Unfall eingetreten. Eines der Pferde war gestürzt, der Wagen, dessen Vorderachse gebrochen war, kam zum Umfallen... «

»Darf ich erfahren, Herr Richter«, sagte da Nicolef, »warum Sie und in welchem Interesse Sie diese Einzelheiten hier anführen?«

»Im Interesse der Justiz, Herr Nicolef. Als der Schaffner Broks sich überzeugt hatte, daß mit dem Wagen nicht mehr bis zur nächsten Pferdewechselstelle, der in Pernau, zu kommen war, ist der Vorschlag aufgetaucht, in einer Schenke zu übernachten, die an der Landstraße gegen zweihundert Schritt weit von der Unfallstelle lag, und Sie sind es gewesen, der auf diese Schenke aufmerksam gemacht hat.«

»Die ich bisher aber nicht kannte, Herr Richter, und an jenem Abend zum ersten Male betreten habe.«

»Mag sein. Gewiß ist es aber, daß Sie vorgezogen haben, darin die Nacht zu verbringen, statt sich mit dem Schaffner und dem Postillon noch nach Pernau zu begeben.«

»Ganz recht, ich hatte keine Lust, noch gegen zwanzig Werst in dem abscheulichen Wetter zurück zulegen, und zog es deshalb vor, jene Schenke mit dem Bankbediensteten aufzusuchen... «

»Den Sie erst dazu bestimmt hatten, Ihnen zu folgen.«

»Ich... ich hatte ihn zu gar nichts bestimmt«, erklärte Nicolef. »Bei dem Unfalle mit dem Postwagen verletzt – er hatte eine Quetschung und Hautabschürfung am Bein davongetragen – wäre er gar nicht imstande gewesen, die Strecke, die uns noch von Pernau trennte, zurückzulegen. Es war wirklich ein Glück für ihn, daß jene Schenke … «

»Ein Glück für ihn!«, platzte der Major Verder heraus, der, nicht so kaltblütig wie der auf alles gefaßte Beamte, bei diesen Worten fast einen Sprung machte.

Dimitri Nicolef drehte sich um, zuckte aber nur etwas verächtlich mit den Schultern.

Kerstorf, dem ja daran lag, das Verhör nicht aus der Richtung, in die er es geleitet hatte, ablenken zu lassen, beeilte sich, weitere Fragen zu stellen.

»Der Schaffner und der Postillon sind zu derselben Zeit nach Pernau fortgeritten, wo Sie beide den Kabak ›Zum umgebrochenen Kreuze‹ erreichten?«

»›Zum umgebrochenen Kreuze?‹«, wiederholte Nicolef. »Ich wußte nicht, daß das kleine Gasthaus diesen Namen führte.«

»Als Sie mit Poch dort eintrafen, wurden Sie von dem Schenkwirt Kroff empfangen. Sie verlangten von ihm ein Zimmer für die Nacht, und Poch ebenfalls. Kroff hat Ihnen angeboten, etwas zu Abend zu essen, was Sie abschlugen, während der Bankbeamte darauf einging.«

»Ja, weil mir daran nichts gelegen war.«

»Woran Ihnen aber mehr lag, Herr Nicolef, das war, am nächsten Morgen noch vor Tagesanbruch weiterzugehen, ohne den Postschaffner abzuwarten. Sie haben diese Absicht auch dem Gastwirt Kroff mitgeteilt und sich dann sofort in Ihr Zimmer zurückgezogen.«

»Gewiß, so ist es gewesen«, bestätigte der Lehrer, dem man schon anmerkte, daß diese unausgesetzten Fragen ihn belästigten.

»Ihr Zimmer lag links von der Gaststube, worin noch einige Kunden Kroffs beim Abendtrunk saßen, und es nahm das Ende der betreffenden Hausseite ein.«

»Das weiß ich nicht, Herr Richter. Ich wiederhole Ihnen, daß mir das kleine Gasthaus, in das ich zum ersten Mal den Fuß setzte, unbekannt war. Und obendrein war es schon finster, als ich hinkam, und noch finsterer, als ich wieder fortging.«

»Ohne den Postschaffner abzuwarten, ein Umstand, auf den ich besonderes Gewicht lege, bemerkte Kerstorf, ohne den Schaffner abzuwarten, der Sie nach Wiederherstellung des Wagens abholen sollte.«

»Ohne den Mann abzuwarten«, bestätigte Nicolef, »da ich bis Pernau nur noch zwanzig Werst zu gehen hatte.«

»Mag sein. Sie geben aber wohl zu, diesen Entschluß erst an jenem Abend gefaßt und ihn am Morgen um vier Uhr ausgeführt zu haben?«

Dimitri Nicolef schwieg still.

»Jetzt«, fuhr Kerstorf fort, »wäre ich so weit, eine Frage an Sie zu richten, deren Beantwortung Ihnen voraussichtlich nicht unbequem erscheint.«

»Bitte, Herr Richter.«

»Was war der Grund Ihrer Reise, einer Reise, zu der Sie sich so schnell und mit Geheimhaltung entschlossen, von der Sie nicht einmal am Tage vorher Ihren Zöglingen, die darum befragt worden sind, gesprochen hatten?«

Diese Frage schien Nicolef arg in Verlegenheit zu setzen.

»Persönliche Angelegenheiten«, sagte er endlich.

»Welcher Art?«

»Darüber brauche ich mich hier wohl nicht auszusprechen.«

»Sie weigern sich zu antworten?«

»Ja, ich weigere mich.«

»Würden Sie wenigstens angeben, wohin Sie von Riga aus gehen wollten?«

»Auch das kommt hier wohl nicht in Frage.«

»Sie hatten einen Platz bis Reval bezahlt. Hatten Sie in Reval etwas zu besorgen?«

Keine Antwort.

»Mir scheint, das wird eher in Pernau der Fall gewesen sein, fuhr der Richter fort, da Sie die Rückkehr des Postwagens nach dem Kabak ›Zum umgebrochenen Kreuze‹ nicht abwarten zu sollen glaubten.«

Dimitri schwieg noch immer.

»Doch hören Sie weiter«, sagte der Richter. »Sie sind nach der Aussage des Gastwirts gegen drei Uhr morgens aufgestanden. Der Mann hat sein Lager da gleichzeitig verlassen. Als Sie dann in den Mantel gehüllt und die Kapuze, wie am Tage vorher, über den Kopf gezogen aus dem Zimmer getreten sind, so daß man von Ihrem Gesicht kaum etwas sehen konnte, hat Kroff Sie noch gefragt, ob Sie eine Tasse Tee oder ein Gläschen Branntwein wünschten. Das haben Sie abgelehnt und nur Ihr Nachtlager bezahlt. Dann hat Kroff, nach Entfernung der Vorlegebalken an der Tür deren Schloß mit dem Schlüssel, den er bei sich trug, geöffnet, und Sie haben sich, ohne noch ein Wort zu äußern, eiligen Schrittes entfernt und sind inmitten der Dunkelheit auf der Landstraße nach Pernau zu gegangen. Stimmt von dem, was ich eben gesagt habe, etwa nicht jede Einzelheit?«

»Nein, es stimmt alles.«

»Nun zum letzten Male: Wollen Sie mir den Grund Ihrer Reise und auch noch mitteilen, wohin Sie sich von Riga aus begeben wollten?«

»Herr Richter Kerstorf«, erklärte jetzt Dimitri Nicolef eisigkalten Tones, »ich begreife nicht, wozu alle diese Fragen dienen sollen, ebensowenig, warum ich überhaupt hier aufs Gericht gerufen worden bin. Ich habe dennoch auf alle Fragen geantwortet bei denen ich mich dazu verpflichtet glaubte… auf andere freilich nicht. Das halte ich für mein gutes Recht. Ich bemerke übrigens hierzu, daß ich im guten Glauben gehandelt habe. Wollte ich es verheimlichen, diese Reise gemacht zu haben – und das aus Gründen, worüber mir doch allein ein Urteil zusteht – wollte ich leugnen, daß ich jener Passagier der Post und der Begleiter des erwähnten Bankbediensteten gewesen sei, wie könnten Sie mich des Gegenteils überführen, da, Ihrer eigenen Aussage nach, weder der Schaffner, noch Poch oder irgend jemand anderer mich hatte erkennen können, da ich so viele Vorsichtsmaßregeln beobachtet hätte, unerkannt zu bleiben?«

Hierzu die Bemerkung, daß Dimitri Nicolef das alles mit großer Selbstbeherrschung sagte, der sich indessen ein gewisser Zug von Verachtung beimischte. Desto erstaunter mußte er freilich über die nächste Gegenrede des Beamten sein.

»Wenn Poch und Broks auch nicht wissen konnten, wer Sie waren, Herr Nicolef, so ist doch ein anderer Zeuge vorhanden, der Sie erkannt hat, er…«

»Ein anderer Zeuge?«

»Ja, einer, dessen Aussage Sie sofort hören werden.«

Der Richter wendete sich an einen Polizisten.

»Führt mir den Brigadier Eck herein«, sagte er.

Einen Augenblick darauf trat der Brigadier ins Bureau, begrüßte seinen Vorgesetzten mit der gewohnten Ehrenbezeugung und wartete darauf, von Kerstorf befragt zu werden.

»Sie sind der Brigadier Eck von der sechsten Abteilung?«, begann dieser.

Der Brigadier gab seinen vollen Namen und seine Stellung an, während Dimitri Nicolef ihn ansah wie einen, den er das erste Mal zu Gesicht bekäme.

»Haben Sie sich am dreizehnten April am Abend im Kabak ›Zum umgebrochenen Kreuze‹ befunden?«

»Gewiß, Herr Richter. Ich kam dahin auf dem Rückwege von einer Suche längs der Pernowa, wo wir einen Flüchtling verfolgt hatten, der auf die im Flusse hinabtreibenden Schollen sprang.«

Auf diese Antwort konnte Dimitri Nicolef eine gewisse Bewegung nicht unterdrücken, die Kerstorf auffiel. Der

Richter unterließ aber jede darauf bezügliche Bemerkung und wendete sich nun wieder an den Brigadier.

»Teilen Sie uns mit, was Sie zu sagen haben.«

Der Brigadier tat das mit folgenden Worten:

»Ungefähr seit zwei Stunden befand ich mich mit einem meiner Leute im Kabak ›Zum umgebrochenen Kreuze‹, und wir rüsteten uns schon, nach Pernau aufzubrechen, als sich die Tür zum Gastzimmer öffnete. Auf der Schwelle erschienen zwei Herren, offenbar zwei Reisende. Ihr Wagen war auf der Landstraße zerbrochen, und so suchten sie in jener Schenke Unterkommen, während der Schaffner und der Postillon auf den Bespannpferden nach Pernau weggeritten waren. Der eine der beiden Reisenden war der Bankbeamte Poch aus Riga, den ich schon lange kannte, und mit dem ich an jenem Abend etwa noch zehn Minuten gesprochen habe. Der andere Reisende fiel mir auf, weil er offenbar das Gesicht unter der Kapuze seines Mantels zu verbergen bemüht war. Das erschien mir verdächtig, und ich suchte deshalb zu erforschen, wer dieser Fremde sein möchte.«

»Damit hast du nur deine Pflicht getan, Eck«, warf der Major Verder ein.

»Poch«, berichtete der Brigadier weiter, »der, am Fuße leicht verletzt, an einem Tische saß, hatte eine Mappe mit den Anfangsbuchstaben der Firma Gebrüder Johausen neben sich gelegt. Da sich noch fünf oder sechs Leute in der Gaststube befanden, empfahl ich Poch, die Geldmappe, die übrigens an seinem Gürtel noch mit einer Kette befestigt war, nicht unnötig sehen zu lassen. Dann trat ich näher an die Tür und beobachtete den Unbekannten, den Kroff schon nach seinem Zimmer führte. Da glitt dessen Kapuze zufällig zurück, und ich konnte einen Augenblick, doch nur einen Augenblick, das Gesicht darunter sehen.«

»Und das hat Ihnen genügt?«

»Vollkommen, Herr Richter.«

»Sie erkannten den Betreffenden?«

»Natürlich; ich hatte ihn ja in Riga oft genug auf der Straße gesehen.«

»Das war also Herr Dimitri Nicolef?«

»Wie Sie sagen.«

»Der, der jetzt hier anwesend ist?«

»Derselbe.«

Der Privatlehrer, der diese Aussage, ohne sie zu unterbrechen, voll Spannung angehört hatte, nahm jetzt das Wort.

»Der Brigadier«, bestätigte er, »hat sich nicht getäuscht. Ich glaube, schon weil er es behauptet, daß er sich damals in jenem Kabak befunden hat, nur habe ich auf ihn nicht Acht gehabt, während er mich beobachtet hat. Übrigens, Herr Richter, begreife ich nicht, warum Ihnen daran liegen konnte, uns einander gegenüberzustellen, da ich doch schon allein erklärt hatte, jene Nacht in dem Gasthause ›Zum umgebrochenen Kreuze‹ gewesen zu sein.«

»Das werden Sie sofort erfahren, Herr Nicolef«, antwortete der Beamte. »Vorher aber frage ich Sie nochmals: Weigern Sie sich, anzugeben, was der Grund Ihrer Reise gewesen war?«

»Ich weigere mich… jetzt wie vorher.«

»Das kann für Sie unangenehme Folgen haben.«

»Unangenehme?… Warum denn?«

»Weil eine Aufklärung darüber dem Gerichte vielleicht erspart hätte, Sie überhaupt persönlich wegen eines Vorfalles zu belästigen, der sich in jener Nacht im Kabak ›Zum umgebrochenen Kreuze‹ zugetragen hat.«

»In jener Nacht?«, wiederholte der Lehrer.

»Ja. Haben Sie in der zwischen acht Uhr abends und drei Uhr morgens verflossenen Zeit gar nichts Auffälliges gehört?«

»Nein, denn ich habe bis zu der Minute, wo ich aufstand, fest geschlafen.«

»Auch nichts Verdächtiges bemerkt, als Sie fortgingen?«

»Gar nichts.«

Mit einer Stimme, die nichts von Aufregung oder Beunruhigung verriet, setzte Dimitri Nicolef noch hinzu: »Ich fange an zu ahnen, Herr Richter, daß ich hier in einer sehr ernsthaften Angelegenheit wider meinen Willen eine gewisse Rolle spiele, und daß Sie mich als Zeugen aufgerufen haben.«

»Als Zeugen ... o nein, Herr Nicolef.«

»Nein, aber als Angeschuldigten!«, rief der Major Verder.

»Herr Major«, verwies ihn der Richter strengen Tones, »greifen Sie dem Gerichte nicht vor und erwarten Sie dessen Entscheidung!«

Der Major mußte diese Rüge hinnehmen, und es schien, als murmelte Dimitri Nicolef gleichzeitig etwa die Worte:

»Ah ... also deshalb hat man mich hierher gerufen.«

Dann fragte er aber mit sicherer Stimme:

»Wessen werde ich beschuldigt?«

»Der Bankbedienstete Poch ist in der Nacht vom dreizehnten zum vierzehnten April im Kabak ›Zum umgebrochenen Kreuze‹ ermordet worden.«

»Der Unglückliche ist ermordet worden?«, rief Nicolef.

»Ja«, antwortete Kerstorf, »und wir haben die Überzeugung, daß sein Mörder der Reisende gewesen ist, der das Zimmer, das Sie innehatten, einnahm.«

»Und da Sie, Dimitri Nicolef, dieser Reisende waren ... ließ sich der Major Verder vernehmen.«

»Ich ... ich soll der Mörder gewesen sein!«

Bei diesen Worten stieß Nicolef seinen Stuhl zurück und wandte sich nach der Tür des Bureaus, vor der der Brigadier Eck stand.

»Sie leugnen das, Dimitri Nicolef?«, fragte der Richter, der sich ebenfalls erhob.

»Es gibt Dinge, die man zu leugnen gar nicht erst nötig hat, weil sie sich geradezu selbst leugnen«, antwortete Nicolef.

»Nehmen Sie sich in Acht!«

»Aber ich bitte Sie… das kann doch nicht im Ernst gemeint sein!«

»In vollem Ernst.«

»Es widerstrebt mir, darüber weiter ein Wort zu verlieren«, antwortete der Lehrer, »sich stolz aufrichtend. Darf ich aber wissen, warum die Beschuldigung sich eigens und einzig auf den Reisenden richtet, der die Nacht in jenem Zimmer des Kabaks zugebracht hat?«

»Weil sich auf der Fensterbank desselben Zimmers«, erklärte Kerstorf, »deutliche Spuren davon erkennen ließen, daß der Mörder es in der Nacht auf diesem Wege verlassen hat, um ins Zimmer Pochs durch ein Fenster darin, nach Aufsprengung des Ladens, einzudringen, und weil sich das zum Aufbrechen benutzte Schüreisen im Zimmer jenes Reisenden, aber verbogen, wiedergefunden hat.«

»Wahrhaftig«, meinte Dimitri Nicolef, »wenn sich alles das hat feststellen lassen, so ist es mindestens sehr seltsam.«

Dann setzte er, so als ob ihn die Sache gar nichts anginge, noch hinzu: »Angenommen aber, es wäre ausgeschlossen, nach den gefundenen Spuren zu glauben, daß ein von außen eingedrungener Übeltäter das Verbrechen begangen hätte, so beweisen sie doch keineswegs, daß es nicht erst nach meinem Weggange ausgeführt worden wäre.«

»Sie sprechen da eine Beschuldigung des Gastwirtes aus, gegen den die Untersuchung an Ort und Stelle doch keinerlei Verdacht ergeben hat.«

»Ich beschuldige niemand, Herr Richter«, entgegnete Dimitri Nicolef eher noch etwas stolzer, »ich habe aber doch wohl das Recht auszusprechen, daß meine Person wohl die letzte hätte sein dürfen, die die Gerichte mit einem Verdachte wegen dieser Schandtat belasteten!«

»Der Mord ist auch noch mit einem Diebstahl verknüpft«, sagte da der Major Verder, »und die Rubel, die der Getötete für Rechnung der Herren Johausen in Reval abliefern sollte, sind spurlos verschwunden.«

»Ja, was hat das aber mit mir zu tun?«

Der Richter beeilte sich, das Zwiegespräch zwischen dem Lehrer und dem Major Verder abzuschneiden.

»Sie bleiben also dabei, Dimitri Nicolef, uns weder den Grund Ihrer Reise, noch den Grund dafür mitzuteilen, daß Sie das Gasthaus schon um vier Uhr morgens verließen, und ebenso verweigern Sie die Aussage darüber, wohin Sie von da aus gingen?«

»Dabei bleib' ich!«

»Nun gut; so bin ich berechtigt, Ihnen von Amts wegen folgendes zu erklären: Es konnte Ihnen nicht unbekannt geblieben sein, daß der Bankbedienstete eine recht ansehnliche Summe bei sich führte. Nach dem Unfalle mit dem Postwagen ist Ihnen, als Sie Poch nach dem Gasthause ›Zum umgebrochenen Kreuze‹ führten, der Gedanke gekommen, das Geld zu rauben. Als der Augenblick Ihnen dazu günstig erschien, sind Sie durch das Fenster Ihres Zimmer hinaus- und durch das des Pochschen Zimmers eingestiegen… dann haben Sie den Schlafenden ermordet, um ihn bestehlen zu können, und wenn Sie den Kabak schon um vier Uhr früh verließen, geschah es, um den geraubten Schatz zu verstecken, wo…«

»Wo wir ihn schon noch finden werden«, fiel der Major ein.

»Also zum letzten Male«, fuhr der Richter fort, »wollen Sie uns mitteilen, wohin Sie sich von jenem Gasthause aus gewendet haben?«

»Zum letzten Male: Nein!«, antwortete der Privatlehrer. »Verhaften Sie mich, wenn Sie wollen…«

»Nein, Herr Nicolef«, schloß der Beamte zum größten Erstaunen des Majors Verder. »Es liegen zwar sehr gewichtige Verdachtsgründe gegen Sie vor, doch den Befehl, einen

»Verhaften Sie mich, wenn Sie wollen...«

Mann in Ihrer Stellung und von lebenslang erprobter Ehrenhaftigkeit zu verhaften, den unterzeichne ich nicht... wenigstens heute nicht. Sie sind frei, doch halten Sie sich jederzeit
dem Gerichte zur Verfügung.«

Elftes Kapitel

Vor der Volksmenge

Nach diesem Verhör erwartete der Major, daß die Verhaftung Nicolefs sofort angeordnet werden würde, und viele andere glaubten dasselbe: der Privatlehrer hatte es ja abgeschlagen, sich über die Veranlassung zu seiner Reise auszusprechen. Für seine Eile, den Kabak schon am Morgen um vier Uhr zu verlassen, hatte er keinen annehmbaren Beweggrund angegeben und nicht einmal sagen wollen, wo er sich in den drei Tagen vor seiner Rückkehr nach Riga aufgehalten hätte. Natürlich konnte diese Verschlossenheit den auf ihm lastenden Verdacht nur erschweren. Warum war Dimitri Nicolef aber unter solchen Verhältnissen nicht gleich verhaftet worden? Warum durfte er als freier Mann nach seiner Wohnung zurückkehren, statt in eine Zelle der Festung abgeführt zu werden? Gewiß mußte er sich der Behörde zur Verfügung halten, wie leicht konnte er aber von der vorläufigen Freiheit Gebrauch machen zu entfliehen, wo er sich in den Vorfall im »Umgebrochenen Kreuze« so tief verstrickt sah.

In Rußland, wie anderswo, ist an der Unabhängigkeit der Ziviljustiz nicht zu deuteln. Auch dort wahrt man sie mit lobenswertem Eifer. Spielt freilich das politische Element in irgend einen Kriminalfall hinein, so macht sich bald eine Einwirkung der obersten Behörden bemerkbar. Das traf nun bei Dimitri Nicolef zu, der eines schrecklichen Verbrechens angeklagt war, während die slawische Partei ihn gerade auf den Schild erhoben hatte. Das war auch der Grund, warum der Gouverneur der baltischen Provinzen, der General Gorko, sich nicht gleich hatte für eine Verhaftung aussprechen wollen. Diese wollte er jedenfalls nicht anordnen, solange gegen die Schuld des Lehrers nur noch der leiseste Zweifel übrig blieb.

Als ihm am Nachmittage der Oberst Raguenos das Protokoll des Verhörs überbrachte, wollte er sich mit diesem über den beklagenswerten Fall aussprechen, über den er der Regierung zu berichten verpflichtet war.

»Ich stehe Euer Exzellenz zur Verfügung«, antwortete der Oberst auf seine einleitenden Worte.

Der General Gorko las das Protokoll aufmerksam bis zum Ende.

»Mag Dimitri Nicolef schuldig sein oder nicht«, begann er dann, »jedenfalls wird die germanische Partei die Lage des Mannes auszunutzen suchen, einfach weil er ein Slawe ist. Gerade ihn wollten wir ja im bevorstehenden Wahlkampfe dem deutschen Adel entgegenstellen, den hohen Bürgerkreisen, die in den Provinzen, vorzüglich aber in Riga, fast allmächtig sind, und gerade jetzt trifft ihn die Beschuldigung wegen eines Verbrechens, gegen die er sich sehr mangelhaft verteidigt.«

»Eure Exzellenz haben recht«, antwortete der Oberst, »und das trifft sich noch unter den unseligsten Umständen, wo die Gemüter der Menge schon so erhitzt sind.«

»Halten Sie Nicolef für schuldig, Raguenof?«

»Darauf kann ich Euer Exzellenz kaum Antwort geben, mindestens wie ich es Dimitri Nicolefs wegen wünschte, der mir von jeher der öffentlichen Achtung würdig erschienen ist.«

»Doch warum weigert er sich, über seine Reise eingehend Auskunft zu geben?... Zu welchem Zweck hat er sie unternommen?... Wohin hat er sich begeben?... Er muß für sein Schweigen doch schwerwiegende Gründe haben.«

»Halten Sie Nicolef für schuldig?«

»Ich bitte nur Eure Exzellenz, zu bedenken, daß nichts als
der Zufall ihn in Verbindung mit dem unglücklichen Poch
gebracht, nichts anderes ihn kurz vor der Abfahrt von Riga in
der Postkutsche mit diesem zusammengeführt hat, und daß
wiederum ein Zufall die Ursache war, daß beide den Kabak
›Zum umgebrochenen Kreuze‹ aufsuchten.«

»Gewiß, lieber Oberst; ich erkenne auch recht gern das
Gewicht Ihrer Bemerkungen an. Der auf Nicolef ruhende
Verdacht würde aber doch sehr abgeschwächt werden, wenn
er sich offen über die auffallende Reise äußern wollte, von
der er nicht einmal gegen seine Familie gesprochen hatte.«

»Zugegeben, und doch genügt wohl sein Schweigen darüber noch nicht, daraus den Schluß auf seine Schuld zu ziehen.
Nein, obwohl er sich in jener Nacht in der Kroffschen Schenke aufgehalten hat, mag ich, nein, kann ich nicht glauben, daß
Nicolef der Urheber des Verbrechens sei!«

Der Gouverneur bemerkte recht wohl, daß der Oberst
bestrebt war, Dimitri Nicolef, einen Slawen wie er selbst, zu
verteidigen. Auch er wollte sich von der Schuld des Mannes
nur überzeugen lassen, wenn dafür unumstößliche Beweise vorlägen, doch auch dann mußten noch mehrere solche
übereinstimmen, ehe er sich vor diesen beugen würde.

»Wir dürfen immerhin nicht verhehlen«, nahm er, in dem
Aktenstücke blätternd, wieder das Wort, »daß ein ernster
Verdacht auf ihm lastet. Er bestreitet nicht, die Nacht vom
dreizehnten zum vierzehnten in jener Schenke zugebracht
zu haben, und leugnet auch nicht, gerade in dem Zimmer
geschlafen zu haben, an dessen Fensterbank sich noch frische Spuren zeigen, in demselben Zimmer, wo sich das zum
Aufbrechen des Ladens benutzte Schüreisen gefunden hat,
das es dem Mörder ermöglichte, in das Zimmer Pochs einzudringen.«

»Das ist ja richtig«, meinte Oberst Raguenof. »Die Umstände deuten darauf hin, daß der Mörder jener Reisende ge-

wesen sei, der sich die Nacht in diesem Zimmer aufgehalten hat, und es unterliegt keinem Zweifel, daß Dimitri Nicolef dieser Reisende gewesen ist. Sein ganzes Privatleben, seine stets erprobte Ehrbarkeit verteidigen ihn aber gegen eine solche Anklage. Obendrein, Eure Exzellenz, hat er ja, als er sich zu seiner Reise entschloß, ganz bestimmt nicht gewußt, daß ein Angestellter des Bankhauses der Gebrüder Johausen mit ihm fahren werde und daß dieser beauftragt sei, an einen Geschäftsfreund in Reval eine größere Summe auszuzahlen. Selbst wenn man dann annimmt, daß der Gedanke an das Verbrechen in ihm aufgestiegen sei, als er die Dokumentenmappe, die der Unvorsichtige nicht genügend verborgen hielt, erblickte, so müßte mindestens noch nachgewiesen werden können, daß Dimitri Nicolef gerade in bedrängter Lage gewesen wäre und so nötig Geld gebraucht hätte, daß er es über sich gewann, sogar ein Verbrechen zu begehen, um einen Raub ausführen zu können. Weiß man denn, daß diese Nebenumstände vorgelegen hätten und erlaubt es die stets ehrenhafte und bescheidene Lebensführung des beliebten Lehrers, zu glauben, daß schon ein Geldmangel genügt hätte, ihn zum Mörder zu machen?«

Diese Einwendungen verfehlten nicht, einen tiefen Eindruck auf den Gouverneur zu machen, der sich ohnehin gegen die Mutmaßungen sträubte, die der Major Verder und viele andere schon als Gewißheiten betrachteten. So begnügte er sich denn, dem Oberst Raguenos zu antworten:

»Lassen wir der Untersuchung ihren Lauf. Vielleicht kommen noch andere Dinge an den Tag und geben andere Zeugenaussagen der Beschuldigung eine zuverlässigere Unterlage. Dem mit der Aufklärung der Sache betrauten Richter Kerstorf können wir ja vollständig Vertrauen schenken. Ein unabhängiger, durchaus ehrenhafter Beamter, gehorcht er nur der Stimme seines Gewissens und ist unzugänglich für jede, auch für jede politisch gefärbte Beeinflussung. Die Verhaftung des Lehrers konnte er ohne eine Beratung mit mir nicht anordnen... er hat den Mann auf freiem Fuß gelassen, und daran hat er recht getan. Sollten sich neue Anhaltspunkte ergeben und es rätlich erscheinen lassen, so würde ich der erste sein, Nicolef in der Feste internieren zu lassen.«

In der Stadt entstand inzwischen eine gewisse Aufregung. Die Mehrzahl der Einwohner – das ließ sich nicht bestreiten – glaubte, daß der Privatlehrer nach dem mit ihm vorgenommenen Verhöre in Haft behalten werden würde, die einen, die Zugehörigen der oberen Gesellschaftsklassen, weil sie ihn wirklich für schuldig hielten, die anderen, weil es die Sache mindestens erforderte, daß man sich seiner Person versicherte.

Es erregte deshalb die höchste, mit scharfen Protesten gemischte Verwunderung, als man Dimitri Nicolef frei nach seiner Wohnung gehen sah.

Die schreckliche Neuigkeit war jetzt aber auch bis in sein Haus gedrungen. Ilka wußte, daß ihr Vater eines Kriminalverbrechens wegen angeklagt war. Vor wenigen Stunden hatte sie ihren eben eingetroffenen Bruder mit herzlicher Umarmung begrüßt. Die Entrüstung des jungen Mannes war ganz unbeschreiblich. Er hatte seiner Schwester auch den Auftritt zwischen den Studierenden der Universität Dorpat geschildert.

»Unser Vater ist unschuldig«, rief er, »und mit Karl Johausen werde ich schon noch Abrechnung halten!«

»Ja, er ist ohne Schuld«, antwortete das junge Mädchen, dabei stolz den Kopf aufrichtend, »und wer, selbst von seinen Feinden, könnte es wagen, ihn einer solchen Schandtat zu zeihen?«

Es braucht wohl kaum betont zu werden, daß in der vertrauten Umgebung Dimitri Nicolefs dieselbe Überzeugung herrschte, vor allem bei dem Doktor Hamine und dem Konsul Delaporte, die auf die Nachricht, daß der Lehrer vor

Gericht gefordert worden sei, eiligst in dessen Wohnung erschienen waren.

Ihre Anwesenheit, ihre ermutigende Zusprache und ihre Versicherungen waren dem Bruder und der Schwester ein lindernder Balsam in deren Leide doch hatte es den ehrlichen Hausfreunden Mühe genug gekostet, die beiden Kinder des Beschuldigten von einer Aufsuchung ihres Vaters im Amtszimmer des Richters abzuhalten.

»Nein, nein«, mahnte der Doktor Hamine, »bleibt nur mit uns hier. Besser, wir warten alles ruhig ab. Nicolef wird ja völlig gerechtfertigt zurückkehren.«

»O, was nützt es denn«, rief das junge Mädchen, »sein Leben lang ein ehrenwerter Mann gewesen zu sein, wenn man dennoch so abscheulichen Beschuldigungen ausgesetzt bleibt?«

»Das nützt einem dazu, sich zu verteidigen!«, stieß Jean hervor.

»Ja, junger Mann«, antwortete der Arzt, »und selbst wenn Dimitri sich schuldig bekennen sollte, würde ich es nicht glauben und nur erklären, daß er von Sinnen sei.«

In dieser Geistesverfassung fand also Dimitri Nicolef seine Familie, den Arzt und Herrn Delaporte und auch so einige Bekannte wieder, die sich in seinem Hause eingefunden hatten. Draußen aber waren die Gemüter der Menge so erhitzt, daß er unterwegs hatte vielfache gegen ihn ausgestoßene Verwünschungen hören müssen.

Der Bruder und die Schwester warfen sich ihm in die Arme. Er küßte die beiden mit größter Herzlichkeit. Jetzt erfuhr er auch, wie Jean in Dorpat beleidigt worden war, welch kränkende, abscheuliche Worte ihm in Gegenwart seiner Kameraden der junge Johausen zugerufen hatte. – Jean als der Sohn eines Mörders gebrandmarkt!

Der Doktor Hamine, der Konsul und die übrigen drückten Nicolef warm die Hand. Sie legten durch ihre Worte, ihre Freundschaftsbezeugungen entschieden Widerspruch gegen die unerhörte Anklage ein. Niemals hatten sie an seiner Schuldlosigkeit gezweifelt und niemals würden sie daran zweifeln... alle bemühten sich, ihm die besten Beweise der herzlichsten Zuneigung zu ihm zu geben.

In dem Zimmer, worin sich alle befanden, mußte nun Nicolef, während vor seinem Hause die irregeleitete Menge tobte, berichten, was im Bureau des Richters vorgefallen war, mußte das Vorurteil gegen ihn schildern, das der Major Verder gar nicht verheimlichte, und ebenso das würdige und zurückhaltende Auftreten des Richters Kerstorf. Das tat er nur mit kurzen Worten und in abgebrochenen Sätzen, wie ein Mann, den es anwidert, auf viele dieser Einzelheiten zurückzukommen.

Begreiflicherweise fühlte der Lehrer das Bedürfnis zu ruhen, allein zu sein, oder vielleicht in der Arbeit Vergessenheit für das, was ihm widerfahren war, zu suchen, und so verabschiedeten sich denn seine Freunde.

Jean zog sich mit seiner Schwester in deren Zimmer zurück, und Dimitri Nicolef bereitete sich vor, nach seiner Studierstube zu gehen.

Beim Verlassen des Hauses sagte Delaporte zu dem Arzt:

»Die Köpfe der Leute sind einmal erhitzt, lieber Freund, und obwohl Nicolef ohne Zweifel unschuldig ist, bleibt es doch dringend nötig, den wirklich schuldigen Täter zu entdecken, sonst wird der Hass seiner Feinde nicht aufhören, ihn zu verfolgen.«

»Das ist leider sehr zu befürchten«, antwortete der Arzt. »Habe ich jemals gewünscht, die Hand der Gerechtigkeit auf einen Verbrecher gelegt zu sehen, so wünsche ich es in diesem Falle. Die Gebrüder Johausen werden den Tod Pochs auszunutzen wissen, und ebenso Franks Sohn Karl, der nicht einmal die Beibringung eines Beweises für die Anschuldigung abgewartet hat, Jean als Sohn eines Mörders zu behandeln.«

»Ich befürchte übrigens«, bemerkte Delaporte, »daß diese Sache zwischen Karl und ihm noch nicht erledigt ist. Sie kennen ja Jean; er wird sich rächen wollen, um seinen Vater zu rächen.«

»O nein… nein«, entgegnete der Arzt, »er darf bei der jetzigen Sachlage keine Unklugheit begehen. Ach, diese unglückselige Reise! Warum hat Dimitri sie unternommen und was hat ihm überhaupt den Gedanken dazu eingegeben?«

Natürlich legten sich die Kinder und die Freunde Nicolefs solche Fragen vor, da sich dieser darüber so hartnäckig in Schweigen gehüllt hatte.

Hierzu kommt noch, daß er auch bei der Schilderung des Verhörs vor dem Untersuchungsrichter jede Anspielung auf seine Reise unterdrückte, auch nicht erwähnte, daß der Beamte gerade auf die Beweggründe, weshalb er Riga verlassen hätte, besonders Wert gelegt hatte, und ebenso verschwieg er seine Weigerung, auf diesbezügliche Fragen Antwort zu geben. Die Hartnäckigkeit, womit er hierüber schwieg, mußte mindestens auffällig erscheinen. Vielleicht fand sich dafür aber später eine Erklärung. Die Gründe, um deretwillen er drei Tage abwesend gewesen war, konnten nur ehrenhafter Art sein, ebenso wie die, um deretwillen er dabei beharrte, sich nicht darüber zu äußern. Und doch hätte er – da es unannehmbar erschien, daß ein Mann von seiner Bildung und seiner gesellschaftlichen Stellung ein solches Verbrechen begangen hätte – der Anklage ohne Zweifel durch ein einziges Wort allen Boden entziehen können, durch ein Wort, das auszusprechen er sich starrsinnig weigerte.

Jedenfalls hatte die Nichtverhaftung Dimitri Nicolefs nach dessen Verhör durch den Richter Kerstorf in der Stadt und vorzüglich unter den die Mehrheit bildenden Deutschen eine große Erregung hervorgebracht. Die Familie Johausen, ihr Umgangskreis, der Adel und die Bürgerschaft erhoben dagegen schwere Vorwürfe. Man beschuldigte den Gouverneur und den Oberst Raguenof, den Lehrer einfach wegen seiner Nationalität zu begünstigen. In gleicher Weise angeklagt, wäre jeder außer einem Slawen schon ins Gefängnis der Feste abgeführt worden.

Warum behandelte man ihn denn nicht wie einen gewöhnlichen Raubmörder? Verdiente er mehr Schonung als ein Karl Moor, ein Johann Sbozar oder ein Jaromir? Gegen ihn sprach ja nicht etwa ein unbegründeter Verdacht, sondern nahezu eine Gewißheit, und das Gericht ließ ihn dennoch frei, gewährte ihm die Möglichkeit zu entfliehen, und er würde also nicht vor das Schwurgericht kommen, das ihn unbedingt verurteilen mußte. Auch dessen Urteil würde freilich noch verhältnismäßig mild ausfallen, da in Rußland die Todesstrafe abgeschafft ist, solange es sich um Verletzungen des gemeinen Rechtes handelt. Höchstens konnte er nach den Bergwerken Sibiriens ausgewiesen werden... er, ein Mörder, der den Tod so reichlich verdient hätte!

Derartige Anschauungen und Urteile herrschten vorzüglich in den vornehmeren Stadtvierteln mit ihrer Überzahl an deutschen Bewohnern. In der Familie Johausen wütete und tobte man gegen Dimitri Nicolef, gegen den Mörder des unglücklichen Poch, im Grunde aber noch mehr gegen den bescheidenen Lehrer, den Gegner des mächtigen Bankiers.

»Keinesfalls«, erklärte Frank Johausen, »wußte Nicolef, als er sich zu seiner Reise entschloß, daß er mit Poch fahren würde und daß dieser eine größere Geldsumme bei sich führte. Er hat das aber gewiß bald erfahren, und schon als er nach dem Unfalle mit dem Postwagen vorschlug, die Nacht in der Schenke ›Zum umgebrochenen Kreuze‹ zuzubringen, wird er den Plan entworfen gehabt haben, unseren Boten zu bestehlen, wobei er dann auch zur Ausführung des Raubes vor einem Morde nicht zurückgeschreckt ist. Will er die Gründe nicht offenbaren, warum er Riga überhaupt verlassen hatte, so mag er doch wenigstens sagen, warum er noch vor Tagesanbruch und ohne den Postschaffner abzuwarten, aus dem Kabak geradezu entflohen ist. Mag er endlich erklären, wohin er sich gewendet und wo er die drei Tage seiner Abwesenheit zugebracht hat. Das wird er aber nicht tun! Er gestände ja damit sein Verbrechen ein, da er so übereilt davongegangen ist und sein Gesicht immer verhüllt gehalten hat, nur um das dem Opfer geraubte Geld desto leichter in Sicherheit bringen zu können.«

Was Dimitri Nicolefs offenbare Notlage betraf, die ihn zu dem Diebstahle verleitet haben werde, zögerte der Bankier auch mit einer Erklärung hierüber nicht.

»Vom pekuniären Gesichtspunkte aus betrachtet, war die Lage des Privatlehrers wohl eine ganz verzweifelte. Er hatte Verbindlichkeiten, denen er nicht nachkommen konnte. Binnen drei Wochen verfällt ein an uns zu zahlender Wechsel über achtzehntausend Rubel, und ich bin fest überzeugt, daß ihm die eigenen Mittel dazu fehlen und er diese auch nicht anderweitig austreiben könnte. Überdies wußte er, daß jedes Gesuch um Prolongation des Wechsels von mir abgelehnt werden würde, daß meine Nachsicht in dieser Beziehung zu Ende war.«

Das sah Frank Johausen als unerbittlichem, hasserfülltem und rachsüchtigem Manne ganz ähnlich. Was der Bankier ausgesprochen hatte, sickerte auch nach außen durch, und so erhielten Jean, Ilka und Nicolefs Freunde Kunde von dessen Verhältnis gegenüber dem politischen Feinde. Dimitri leugnete nicht, beruhten seine Verbindlichkeiten doch nur auf seinem ehrenwerten Eintreten für die hinterlassenen Schulden seines Vaters. Immerhin war das ein neuer Gegenstand tödlicher Beunruhigung, der zu so vielen anderen hinzutrat.

Bezüglich der Angelegenheit, in die auch die Politik hineinspielte, wollte der General Gorko jedenfalls mit vorsichtigster Klugheit vorgehen. Obwohl die öffentliche Meinung die Verhaftung des Lehrers forderte, glaubte er den Befehl hierzu noch nicht geben zu können, dagegen erhob er keinen Einspruch gegen eine Hausdurchsuchung bei dem Angeklagten.

Eine solche erfolgte am 18. April durch den Richter Kerstorf, den Major Verder und den Brigadier Eck.

Dimitri Nicolef ließ die drei Herren nach Belieben schalten; er widersetzte sich keiner ihrer Maßnahmen, beantwortete aber alle an ihn gerichteten Fragen mit verächtlicher Kälte. Man durchwühlte seinen Schreibtisch, seine Schränke, nahm Einsicht in seine Papiere, seinen Briefwechsel und seine persönliche Rechnungsführung. Diese zeigte übrigens, daß Frank Johausen nicht übertrieben hatte, wenn er sagte, daß der Lehrer so gut wie nichts besäße. Er lebte nur vom Ertrag seiner Unterrichtsstunden, doch auch dieser würde ihm ja als Folge der jetzigen Vorkommnisse wenigstens zum größten Teile verloren gehen.

Die Hausdurchsuchung verlief, was den zum Nachteil der Gebrüder Johausen begangenen Diebstahl betraf, ganz ohne Ergebnis. Wie hätte das auch anders sein können, da Nicolef – nach der Meinung des Bankiers – Zeit genug gehabt hatte, das Geld beiseite, d. h. nach der Stelle zu schaffen, wohin er sich am frühen Morgen nach dem Verbrechen begab und die anzugeben er sich wohl hüten würde.

Was die Kassenscheine betraf, deren Nummern der Bankier besaß, so würden diese – das war auch die Ansicht Kerstorfs – nicht eher in Verkehr gebracht werden, als bis der Dieb, wer das auch sein mochte, sagte der Richter, das ohne Gefahr wagen könnte. Höchst wahrscheinlich verging also ein gewisser Zeitraum, bis einer davon irgendwo auftauchte.

Dimitri Nicolefs Freunde lernten bald die Anschauungen der Menge nicht nur in Riga, sondern auch in den Provinzen kennen, wo man sich für die Sache außerordentlich interessierte. Sie wußten, daß die öffentliche Meinung sich im allgemeinen gegen den Lehrer kundgab und daß die deutsche Partei sich bemühte, auf die Behörden einen Druck auszuüben, um dessen Verhaftung und Verurteilung herbeizuführen. Die kleinen Leute, die Handwerker, die Krämer und die eigentlichen Eingebornen, waren weit mehr geneigt für Nicolef einzutreten und ihn, wäre es auch nur infolge Rasseninstinktes, gegen seine Feinde zu verteidigen, wenn sie von seiner Unschuld vielleicht auch nicht völlig überzeugt waren. Was vermochten aber diese armen Leute auszurichten? Bei den Mitteln, worüber die Gebrüder Johausen und ihre Anhänger verfügten, war es ja leicht, auf jene einzuwirken, sie zu Ausschreitungen aufzustacheln und damit auf den Gouverneur einen Zwang auszuüben, daß er sich einer Bewegung fügte, der zu widerstehen hätte gefährlich werden können.

Inmitten der tief erregten Stadt, deren Vorstadt ununterbrochen Gruppen von Bürgern und auch von den niederen Volksklassen durchstreiften, von denen die zweiten für jedermann, der sie bezahlte, zu haben waren, und trotzdem daß es vor seinem Hause zu wiederholten bedrohlichen Ansammlungen kam, bewahrte Dimitri Nicolef doch eine erstaunliche, überlegene Ruhe. Auf die Bitten seiner Kinder hatte der Doktor Hamine ihn wenigstens zu bestimmen gewußt, daß er vorderhand nicht ausginge; er wäre auch jedenfalls gefährdet gewesen, in den Straßen beschimpft, vielleicht gar mißhandelt zu werden. Wohl fügte er sich dem Zureden seines Freundes, wurde aber verschlossener als je und verbrachte die meiste Zeit in seiner Studierstube. Schweigsam, abweisend, wenn jemand auf ihn sprach, und ohne nur mit einer Silbe auf die gegen ihn erhobenen Beschuldigungen hinzudeuten, ging in seinem Innern offenbar eine Veränderung vor sich, die seine Kinder und seine Freunde nicht grundlos beunruhigte. Der Doktor Hamine, der seiner Freundschaft für ihn bis zur Aufopferung Ausdruck gab, widmete ihm jede Stunde, die seine sonstigen Berufspflichten ihm frei ließen. Delaporte und noch einige Bekannte trafen jeden Abend in seinem Hause zusammen, worin oft feindselige Ausrufe von der Straße hörbar wurden, obgleich die Polizei diese auf Befehl des Obersten Raguenof streng überwachte. Traurige Abende waren es, an denen Dimitri Nicolef so gut wie gar nicht teilnahm. Mindestens waren der Bruder und die Schwester nicht allein in den Stunden, die die Dunkelheit noch unheimlicher machte und die dann so langsam verstreichen. Gingen die Freunde dann fort, so umarmten sich Ilka und Jean noch einmal mit angsterfülltem Herzen, schlichen nach ihren Zimmern und lauschten dem Lärme von der Straße, während sie ihren Vater auf- und abgehen hörten, als könne er keine Ruhe finden.

Selbstverständlich dachte Jean gar nicht daran, nach Dorpat zurückzukehren. In welch peinlicher Lage hätte er sich dort auf der Universität befunden. Wie hätten ihn wohl die Studenten und darunter auch die empfangen, die mit ihm früher in inniger Freundschaft verbunden waren? Vielleicht hätte er in dem wackern Gospodin den einzigen Verteidiger gefunden, wenn die anderen von der öffentlichen Meinung sozusagen angesteckt worden waren. Wie hätte er sich auch Karl Johausen gegenüber beherrschen können?

»O... dieser Karl!«, klagte er gegen den Doktor Hamine wiederholt. »Mein Vater ist unschuldig! Die Entdeckung des wirklichen Schuldigen wird und muß das beweisen. Ob es dazu jetzt aber kommt oder nicht, ich werde Karl Johausen zwingen, mir für seine schimpfliche Beleidigung Genugtuung zu gewähren. Warum sollte ich damit vielleicht lange warten?«

Dem Arzte gelang es nur mit Mühe den jungen Mann einigermaßen zu beruhigen.

»Werde nicht ungeduldig, Jean«, ermahnte er ihn, »und begehe keine Unbesonnenheit!... Wenn die rechte Stunde gekommen ist, werde ich der erste sein, der dir sagt: Geh' und tue – deine Pflicht!«

Jean fügte sich dem Rate nicht sofort, und ohne die flehentlichen Bitten seiner Schwester hätte er sich doch vielleicht zu einem Schritte hinreißen lassen, der die Sachlage jedenfalls verschlimmern mußte.

Am Abend nach seiner Rückkehr von Riga und als er nach dem peinlichen Verhör nach Hause gekommen war, hatte Dimitri Nicolef gefragt, ob kein Brief für ihn eingetroffen wäre.

Nein… der Briefträger hatte nur, wie jeden Abend, die Zeitung abgeliefert, die die Interessen der slawischen Partei vertrat.

Am nächsten Morgen trat der Lehrer zur Zeit der ersten Austragung aus seinem Zimmer und wartete auf den Briefträger gleich an der Haustür. Zu dieser Zeit war die Vorstadt noch menschenleer und nur einige Polizisten gingen vor dem Hause hin und her.

Ilka, die ihren Vater gehen gehört hatte, gesellte sich auf der Schwelle zu ihm.

»Du wartest auf den Briefträger?«, fragte sie.

»Ja«, antwortete Nicolef. »Er scheint mir heute morgen recht lange auszubleiben.«

»Nein, lieber Vater, ich versichere dir, daß es noch nicht zu spät ist. Hier ist es aber etwas kalt; solltest du nicht lieber wieder hineingehen?… Du erwartest wohl einen Brief?«

»Ja, mein Kind; es ist aber nutzlos, daß du auch hier bleibst. Geh' nach deinem Zimmer.«

Seiner etwas verlegenen Haltung nach zu urteilen, hätte man sagen mögen, daß ihm die Anwesenheit Ilkas störend war.

In diesem Augenblick erschien der Briefträger. Er hatte kein Schreiben für den Lehrer, und dieser konnte eine schmerzliche Enttäuschung nicht verbergen.

Am Abend und am nächsten Morgen zeigte sich Nicolef ebenso ungeduldig, als der Mann, ohne ihm etwas abzuliefern, an seinem Hause vorbeiging. Niemand hatte eine Ahnung, von wem Dimitri Nicolef einen Brief erwartete und welche Bedeutung dieser haben könne, ebensowenig, ob er überhaupt mit der so folgenschweren Reise in Verbindung stände. Nicolef selbst aber ließ darüber nichts verlauten.

An diesem Morgen kamen der Doktor Hamine und der Konsul Delaporte schon um acht Uhr früh eiligst nach dem Hause des Lehrers und verlangten Jean und Ilka zu sprechen. Sie benachrichtigten diese, daß die Beerdigung Pochs am nämlichen Tage stattfinden werde. Das konnte Anlaß zu einer feindseligen Kundgebung gegen Nicolef geben, und deshalb empfahl es sich vielleicht, einige Vorsichtsmaßregeln zu treffen. Tatsächlich war ja von der gereizten Stimmung der Gebrüder Johausen alles zu befürchten, dafür sprach auch schon der Umstand, daß das Begräbnis des Ermordeten mit aller Feierlichkeit erfolgen sollte.

Zugegeben, daß sie damit ihre Teilnahme an dem Schicksal eines treuen Dieners ausdrücken wollten, der dreißig Jahre lang in ihrem Hause tätig gewesen war; es lag aber zu sehr auf der Hand, daß sie diese Gelegenheit dazu benutzten, die öffentliche Meinung nur noch weiter zu erhitzen.

Ohne Zweifel hätte der Gouverneur besser getan, den von den slawenfeindlichen Tagesblättern angekündigten prunkhaften Aufzug zu untersagen. Freilich lag es bei der jetzigen Stimmung der Menge auch nahe, daß ein Eingreifen der Behörden erst recht zum Widerstande gereizt hätte. So erschien es also noch als der beste Ausweg, die nötigen Maßregeln zu treffen, damit die Wohnung des Lehrers nicht zum Schauplatze persönlicher Tätlichkeiten würde.

Solche waren aber desto mehr zu befürchten, weil sich der Leichenzug, um nach dem Friedhofe von Riga zu gelangen, durch die Vorstadt und unmittelbar an Nicolefs Wohnung vorüber bewegen mußte... ein bedauerliches Zusammentreffen von Umständen, das die Volksmenge gar so leicht zu Ausschreitungen verführen konnte.

Unter diesen Verhältnissen riet der Doktor Hamine, Dimitri Nicolef von dem Begräbnisse überhaupt nichts zu sagen. Da er jetzt gewöhnlich in seiner Studierstube blieb und diese nur zur Stunde der Mahlzeiten verließ, konnte ihm damit manche Unruhe, auch manche Gefahr erspart bleiben.

Das Frühstück, an dem Ilka den Doktor Hamine und Herrn Delaporte teilzunehmen veranlaßt hatte, verlief unter bedrückender Stille. Niemand erwähnte die Beerdigung, die für den Nachmittag angesetzt war. Wiederholt aber schreckten die Tischgenossen vor wütenden Ausrufen von draußen zusammen, mit Ausnahme des Lehrers selbst, der das Geschrei gar nicht zu hören schien. Nach dem Frühstück drückte er seinen Freunden die Hand und zog sich wieder in sein Arbeitszimmer zurück.

Jean und Ilka, sowie der Arzt und der Konsul blieben im Wohnzimmer zurück. Eine peinliche Stunde des Wartens und auch ein peinliches Schweigen, das nur zuweilen von dem Lärm der Zusammenrottung und dem Geschrei der Menge unterbrochen wurde. Der Tumult nahm immer mehr zu, je mehr Leute aller Klassen der Vorstadt zuströmten und die Volksmenge vor dem Hause des Lehrers vergrößerten. Offenbar war die Mehrzahl davon feindlich gegen den gestimmt, den die öffentliche Meinung als den Mörder des Bankbeamten bezeichnete. Vielleicht wäre es wirklich besser gewesen, diesen der Gefahr, der erhitzten Menge in die Hände zu fallen, durch seine Verhaftung zu entziehen. War er unschuldig, so trat seine Unschuld nur um so glänzender zutage, weil er dann unrechtmäßigerweise in die Feste gebracht worden wäre. In diesen bangen Stunden mochten der Gouverneur und der Oberst wohl auch den Gedanken gehabt haben, eine solche Maßregel im Interesse Dimitri Nicolefs zu ergreifen.

Gegen halb zwei Uhr verdoppelte sich das Geschrei auf der Straße, als an deren Eingang der Leichenzug auftauchte.

Das Haus erbebte fast von den sinnlosen Verwünschungen der Volksmenge. Da verließ der Lehrer, zum Entsetzen seines Sohnes, seiner Tochter und seiner Feunde, plötzlich seine Studierstube und kam nach dem Wohnzimmer herunter.

In diesem Augenblicke hatte der Trauerzug sein Haus erreicht. Gleich einer tieftrauernden Witwe folgte Zenaïde Parenzof dem mit Blumen und Kränzen überreich geschmückten Sarge. Hinter ihr kamen die Herren Johausen und alle Angestellten der Firma, die den Freunden des Verblichenen vorausgingen, und Parteigänger, denen es mehr darauf ankam, die Feierlichkeit zu einer Manifestation zu benutzen.

»Was ist denn jetzt da draußen los?«, fragte er.

»Zurück, zurück, Dimitri!«, antwortete der Arzt drängend. »Eben wird der unglückliche Poch zu Grabe geleitet.«

»Der, den ich ermordet habe!«, sagte Nicolef mit eisiger Ruhe.

»Ich bitte dich, ziehe dich zurück …«

»Vater, bester Vater!«, schlossen Jean und Ilka sich der Bitte an.

Dimitri Nicolef, der sich jetzt in einer unbeschreiblichen Gemütsverfassung befand, wollte auf niemand hören; er trat vielmehr an das Fenster des Zimmers heran und suchte es zu öffnen.

»Das wirst du nicht tun!«, rief der Arzt. »Das wäre die schlimmste Unklugheit!«

»Und ich tue es dennoch!«

Bevor ihn jemand hätte daran hindern können, zeigte er sich an dem geöffneten Fenster.

Sofort dröhnten tausend Verwünschungen gegen ihn heraus.

Vor dem Hause des Lehrers machte das Gefolge Halt, inmitten des Tobens, der von allen Seiten kommenden Ausrufe und der Todesandrohungen, die diese begleiteten.

Der Oberst Raguenos und der Major Verder waren zwar mit einem ansehnlichen Polizeiaufgebot zur Stelle, es blieb aber dennoch zu befürchten, daß Eck und seine Mannschaft außer stande sein könnten, die Leidenschaften der Volksmenge gebührend im Zaume zu halten.

Gleich als sich Dimitri Nicolef am Fenster gezeigt hatte, scholl es zu diesem »Tod dem Mörder!… Tod dem Mörder!« aus hunderten von Kehlen hinaus.

Die Arme gekreuzt, den Kopf stolz erhoben, eine unbewegliche Statue, die Statue der erhabenen Verachtung, kam kein Wort über seine Lippen. Seine beiden Kinder, der Arzt und Herr Delaporte, die seinen gewagten Schritt nicht hatten verhindern können, hielten sich an seiner Seite.

Inzwischen setzte sich der durch das Gedränge aufgehaltene Zug wieder in Bewegung. Das Schreien und Toben wurde aber nur noch ärger. Die Wütendsten stürzten auf die Haustür zu und versuchten sie zu sprengen.

Dem Obersten, dem Major und den Polizisten gelang es zum Glück, die Unholde zurückzutreiben. Sie sahen aber ein, daß es zur Rettung des Lebens Nicolefs unumgänglich sein werde, ihn in Haft zu nehmen, und auch da fürchteten sie noch, daß er beim Betreten der Straße umgebracht werden könnte.

Trotz des Widerstandes der Polizei war es zuletzt doch nahe daran, daß das Haus gestürmt wurde, doch da brach sich ein Mann durch die Menge Bahn bis zum Hause, sprang die Stufen vor der Tür hinan und stellte sich schützend vor diese hin.

»Zurück, ihr Unglückseligen!«, rief er mit Donnerstimme, die den Lärm bertönte.

Vor seiner befehlenden Haltung wichen die Stürmenden lauschend zurück.

Da trat Frank Johausen unvermutet auf den Fremden zu.

»Wer seid Ihr?«, fragte er.

»Ja… wer seid Ihr?«, wiederholte der Major Verder.

»Ich… ich bin ein Verbannter, den Dimitri Nicolef um den Preis seiner Ehre zu retten versucht hat, und der jetzt kommt, ihn dafür um den Preis seines Lebens zu retten.«

»Euer Name?«, fragte der Oberst herantretend.

»Wladimir Yanof.«

»Zurück, ihr Unglückseligen!«

Zwölftes Kapitel

Wladimir Yanof

Der Leser möge sich jetzt gefälligst um vierzehn Tage, bis zum Anfang dieser Geschichte, zurückversetzen.

Da erscheint ein Mann am östlichen Ufer des Peipussees. In der Nacht wagt er sich über die Eisschollen, die, wirr durch- und übereinander geschoben, die Fläche des Sees bedecken. Eine Patrouille von Zollwächtern, die auf der Spur eines Paschers zu sein glaubt, folgt ihm nach und gibt auf ihn Feuer in dem Augenblicke, wo er für sie hinter Eisblöcken verschwindet. Der Mann bleibt unversehrt und es gelingt ihm, in eine Fischerhütte zu flüchten, worin er sich den Tag über verborgen hält.

Am Abend macht er sich von neuem auf den Weg, muß vor einer Herde Wölfen flüchten und findet Unterschlupf in einer Windmühle, aus der der wackere Müller ihm ein Entweichen ermöglicht. Sehr bald von einer Patrouille des Brigadiers Eck verfolgt, rettet er sich wie durch ein Wunder noch einmal, indem er es wagt, auf hinabtreibende Eisschollen der Pernowa zu springen. Ein Wunder war es gewiß, daß er in dem Schollentreiben des Flusses nicht umgekommen ist, und daß er sich einige Zeit hatte in Pernau aufhalten können, ohne entdeckt zu werden.

Wladimir Yanof ist der Sohn Johann Yanofs, eines alten Freundes Dimitri Nicolefs, der diesem kurz vor seinem Tod sein ganzes Vermögen zur Aufbewahrung anvertraut hatte. Dieses Depot von zwanzigtausend Rubeln sollte Wladimir

Yanof zurückgegeben werden, wenn der Verbannte in seine Heimat zurückkehrte – vorausgesetzt, daß das jemals der Fall war.

Wir wissen ja, infolge welcher politischen Ereignisse er tief nach dem östlichen Sibirien und nach den Salzbergwerken von Munisinsk verschickt worden war. Das Gericht hatte ihn zu lebenslänglicher Deportation verurteilt. Konnte da seine Verlobte, Ilka Nicolef, noch die Hoffnung hegen, daß er ihr je zurückgegeben werde, daß er eines Tages in seiner Adoptivfamilie, der einzigen, die ihm auf Erden verblieben war, Glück und Ruhe finden werde? ...

Nein, wohl kaum; jedenfalls würden sich die beiden niemals wiedersehen, wenn Ilka nicht die Erlaubnis bekam, ihm in die Verbannung zu folgen oder ... wenn es ihm nicht gelang, zu entfliehen.

Nach vier qualvollen Jahren ist er aber entflohen und hat die sibirischen und die europäischen Steppen des russischen Reiches unter tausend Schwierigkeiten durchmessen.

So ist er bis Pernau gekommen, wo er hoffte, sich nach Frankreich oder England einschiffen zu können. Dort hat er sich versteckt und die Polizei irre zu führen verstanden, während er nach einem Schiffe spähte, das ihn aufnehmen würde, sobald die Ostsee genügend eisfrei geworden wäre.

In Pernau angelangt, sah sich Wladimir Yanof aber am Ende seiner Mittel. Er schrieb deshalb an Dimitri Nicolef, und dieser Brief war es gewesen, der den Lehrer zu seiner Reise veranlaßte, um dem Sohne die ihm von dessen Vater anvertrauten Gelder auszuhändigen.

Hatte Nicolef vor seiner Reise weder gegen seine Tochter, noch gegen seine Freunde etwas erwähnt, so geschah das, weil er sich erst von der Anwesenheit Wladimirs in Pernau überzeugen wollte, und heimgekehrt, schwieg er ebenso, weil der Verbannte ihn hatte schwören lassen, Ilka von seinem Verstecktsein in Pernau nichts zu sagen, jedenfalls nicht eher, als bis ein zweiter Brief ihm meldete, daß der Flüchtling im Auslande und in Sicherheit sei.

Dimitri Nicolef hatte Riga also heimlich verlassen. Seinen Platz in der Post bezahlte er bis nach Reval, um niemand vermuten zu lassen, wohin er sich begäbe, er hatte sich aber von Anfang an vorgenommen, die Post in Pernau zu verlassen, wo er im Abenddunkel einzutreffen hoffen durfte, und ohne den Wagenunfall zwanzig Werst vor seinem Ziele wäre die Fahrt ja auch in erwünschtester Weise verlaufen.

Wir wissen schon, welch beklagenswerte Verkettung von Umständen den Plan Dimitri Nicolefs vereiteln sollte. In Gesellschaft mit dem Bankbeamten hatte er eine Nacht im Kabak »Zum umgebrochenen Kreuze« zubringen müssen. Von hier war er um vier Uhr morgens aufgebrochen, um nach Pernau zu wandern, da ihm das ratsamer erschien, als die Rückkehr des Postschaffners abzuwarten und jetzt… jetzt beschuldigte man ihn, seinen Reisegenossen ermordet zu haben!

Als Dimitri Nicolef die Schenke an der Landstraße verließ, war es noch völlig finster, und in der Hoffnung, ungesehen zu bleiben, eilte er auf dem noch ganz verlassenen Wege nach Pernau. Nach zweistündiger schneller Wanderung traf er mit Sonnenaufgang in Pernau ein und begab sich sofort nach dem Gasthause, wo Wladimir unter falschem Namen wohnte.

Welche Freude für die beiden Männer, einander nach so langer Trennung, nach so schweren Prüfungen und so vielen Gefahren wiederzusehen!

Fand hier nicht ein Vater gleichsam seinen Sohn wieder? Nicolef übergab Wladimir ein wohlverschlossenes Paket, das Johann Yanofs gesamtes Vermögen enthielt, und da ihm danach verlangte, der Einschiffung des Entwichenen beizuwohnen, blieb er zwei Tage bei diesem. Die Abfahrt des Schiffes, auf dem Wladimir Yanof Passage genommen hatte, verzögerte sich aber unerwarteterweise, und da Dimitri Nicolef kaum

Er hat die Steppen des russischen Reiches durchmessen.

länger fern zu bleiben wagen durfte, mußte er nach Riga zurückkehren. Der junge Mann trug ihm die zärtlichsten Grüße an Ilka auf, ließ ihn dabei aber hoch und teuer versprechen, seiner Verlobten von seiner Flucht nicht eher Mitteilung zu machen, als bis er vor der schrecklichen moskowitischen Polizei sicher in Schutz wäre. Er würde ihm schreiben, sobald er das melden könnte, und vielleicht konnte der Lehrer dann mit Ilka zu ihm kommen.

Nicolef umarmte Wladimir, verließ Pernau und traf in der Nacht vom 16. zum 17. wieder in Riga ein, natürlich ohne eine Ahnung von der furchtbaren Anklage, die man gegen ihn erhoben hatte.

Dem Leser ist bekannt, mit welch stolzem Selbstbewußtsein der Lehrer diese Beschuldigung zurückwies oder sie vielmehr verachtete, welche Haltung er vor dem Untersuchungsrichter bewahrte; ebenso wie der Beamte dringend darauf bestand, daß Nicolef sich über den Zweck seiner Reise äußern und angeben sollte, wohin er sich von der Schenke »Zum umgebrochenen Kreuze« begeben habe. Dimitri Nicolef verweigerte darüber aber jede Auskunft. Er wollte davon nicht eher sprechen, als bis er aus einem Briefe Wladimirs erfahren hätte, daß sich der Verbannte in Sicherheit befände. Ein solcher Brief kam leider nicht an, und wir wissen ja, mit welcher Ungeduld ihn Nicolef die beiden letzten Tage erwartete. Jetzt aber, wo er, verdächtigt durch sein hartnäckiges Schweigen, das er nicht brechen wollte, von seinen politischen Gegnern mit unerbittlichem Hasse verfolgt und von der wütenden Volksmenge mit dem Tode bedroht, in Haft genommen werden sollte, jetzt erschien Wladimir Yanof selbst auf der Bildfläche.

Und jetzt wußten alle, wer er war, dieser Verbannte, der nach Riga hergeeilt war. Als die Haustür sich öffnete, fiel Wladimir Yanof dem Dimitri Nicolef in die Arme, er drückte die Verlobte stürmisch an sein Herz, umarmte Jean, drückte die Hände, die sich ihm entgegenstreckten und erklärte angesichts des Obersten und des Majors Verder, die ihm auf dem Fuße gefolgt waren:

»Ja… in Pernau war ich… doch als ich dort hörte, welchen Verbrechens Nicolef geziehen worden sei, als ich vernahm, man beschuldige ihn, der Urheber des Verbrechens im ›Umgebrochenen Kreuze‹ zu sein, als die Tagesblätter verkündigten, daß er sich weigerte, die Veranlassung zu seiner Reise anzugeben, obwohl er nur ein Wort zu sagen, nur einen Namen, den meinigen, zu nennen brauchte, sich zu rechtfertigen, und daß er das dennoch nicht tat, um mich nicht zu gefährden, da habe ich nicht länger zögern können, habe ich eingesehen, was meine Pflicht war, und habe Pernau verlassen, und da bin ich nun hier!… Was du für mich hast tun wollen, Dimitri Nicolef, du, der bewährte Freund Johann Yanofs und mein zweiter Vater, das beschloß ich, für dich zu tun.«

»Und daran hast du unrecht getan, Wladimir… schwer unrecht, Wladimir!… Ich bin ja unschuldig, hatte nichts zu fürchten und befürchtete auch nichts; meine Schuldlosigkeit mußte doch bald an den Tag kommen.«

»Ich… ich hätte nicht recht gehandelt, Ilka?«, wendete sich Wladimir an Ilka.

»Antworte darauf nicht, mein Kind«, sagte Nicolef, »du bist nicht berufen, zwischen deinem Vater und deinem Verlobten eine Entscheidung zu fällen. Ich achte dich hoch, Wladimir, wegen dessen, was du tun zu müssen glaubtest, doch ich tadle dich, weil du es getan hast. Bei besserer Überlegung würdest du begriffen haben, daß es wichtiger gewesen wäre, erst dich in Sicherheit zu bringen. Von da aus hättest du geschrieben, und nach Empfang deines Briefes würde ich gesprochen, würde ich die Gründe zu meiner Reise dargelegt haben. Konnte ich denn nicht mehr die wenigen Tage schwerer Prüfung auf mich nehmen, damit du erst Schutz vor weiterer Gefahr fändest?«

»Liebster Vater«, fiel da Ilka mit fester Stimme ein, »du wirst eine Antwort von mir doch anhören müssen. Was auch kommen möge: Wladimir hat ehrenhaft und recht gehandelt, und mein ganzes Leben wird nicht ausreichen, ihm den Dank dafür abzutragen.«

»O, Dank... tausend Dank, Ilka!«, rief Wladimir. »Ich bin schon dadurch belohnt genug, daß ich es deinem Vater ersparen konnte, seine Ehre auch nur einen Tag länger angezweifelt zu sehen!«

Nach dem mannhaften Auftreten Wladimir Yanofs mußte die Schuldlosigkeit Dimitri Nicolefs ja ohne weiters anerkannt werden. Die Nachricht davon war sofort nach außen gedrungen. Daß die Herren Johausen ihr mit gehässiger Starrsinnigkeit keinen Glauben beimessen wollten, daß der Major Verder einen Slawen nur mit Bedauern von der gegen ihn erhobenen Anklage befreit sah, daß die Freunde des Bankiers dem unerwarteten Zwischenfall gegenüber noch allerlei Bedenken trugen, ist ja kaum zu verwundern, und es wird sich bald zeigen, ob sie schon die Waffen vor dem gestreckt hatten, was eigentlich so gut wie ein Beweis war.

Es ist ja aber bekannt, mit welcher, oft unlogischen und auch oft nicht dauernden Schnelligkeit sich ein Umschwung der öffentlichen Meinung vollzieht, und das kam auch im vorliegenden Falle zum Vorschein. Jetzt war schon nicht mehr davon die Rede, Dimitri Nicolefs Haus zu stürmen... alle Köpfe hatten sich beruhigt, und die Polizei hatte nicht mehr nötig, über die Sicherheit des Lehrers zu wachen.

Zunächst galt es nur noch zu entscheiden, was mit Wladimir Yanof geschehen sollte. Hatte ihn auch nur sein Ehrgefühl, sein geschärftes Pflichtbewußtsein nach Riga geführt, so blieb er dennoch ein politisch verurteilter Flüchtling aus den Bergwerken Sibiriens.

Dem gab auch der Oberst Raguenof mit einer Stimme Ausdruck, worin sich offenbares Wohlwollen mit einer gewissen Zurückhaltung des moskowitischen Beamten und Chefs der Polizei mischte.

»Wladimir Yanof!«, sagte er, »Sie haben die Acht gebrochen und das muß ich dem Gouverneur dienstlich melden. Ich werde jetzt also den General Gorko aufsuchen, sehe aber kein Hindernis, Sie bis zu meiner Rückkehr in diesem Hause zu lassen, wenn Sie Ihr Wort verpfänden, inzwischen keinen Fluchtversuch zu unternehmen.«

»Mein Wort darauf, Herr Oberst«, antwortete Wladimir.

Der Oberst Raguenof ließ Eck mit dessen Mannschaft auf der Straße und machte sich sofort auf den Weg.

Wir dürfen es wohl unterlassen, die rührende Szene zu schildern, die sich jetzt zwischen Jean, Ilka und Wladimir abspielte. Der Doktor Hamine und der Konsul Delaporte hatten die Überglücklichen allein gelassen. Das war eine kurze Zeit des Glücks, wie es die Familie des Lehrers seit langer Zeit nicht mehr kannte. Die Drei sahen einander ja endlich wieder, sprachen miteinander und schmiedeten fast schon Zukunftspläne. Niemand dachte augenblicklich an die Lage Wladimir Yanofs, an seine frühere Verurteilung und ebensowenig an die Folgen seiner Flucht, die ja recht schlimme sein konnten.

Nach einer Stunde kam der Oberst Raguenof zurück.

»Auf Befehl des Generals Gorko«, begann er, an Wladimir gewendet, »werden Sie sich nach der Feste von Riga begeben und dort die weiteren Maßnahmen abwarten, deren Anordnung man von Petersburg erbitten wird.«

»Ich bin bereit zu gehorchen, Herr Oberst«, erklärte Wladimir Yanof ruhig.

»Gott befohlen, lieber Vater«, sagte er zu Nicolef, »lebe wohl, mein Bruder«, zu Jean, und die Hand Ilkas ergreifend: »Gott behüte dich, herzliebe Schwester...«

»Nein... dein Weib!«, antwortete das junge Mädchen.

Dann kam die Trennung... wer hätte wissen können, für wie lange?

Von diesem Tage an wendete sich das außerordentliche Interesse an dieser noch lange nicht abgeschlossenen Angelegenheit fast ausschließlich dem Verbannten zu, der nicht gezögert hatte, zur Entlastung des Angeschuldigten seine Freiheit, ja – er galt ja als politischer Verbrecher – sein Leben aufs Spiel zu setzen. Es wäre wahrlich schwer gewesen, seine Handlungsweise nicht zu bewundern, wie man daneben auch über Dimitri Nicolef denken mochte. Selbst im Lager der Gegner priesen vorzüglich die Frauen um die Wette den hohen Edelmut, der Wladimir Yanof bei seinem Tun geleitet hatte. Ein wenig erweckte deren Teilnahme für ihn wohl auch seine Liebe zu Ilka, und das grausame Schicksal, gerade da voneinander gerissen zu werden, wo beide für immer verbunden werden sollten. Jetzt fragte man sich nun besorgt, was der Kaiser in diesem Falle beschließen und ob man den Flüchtling nach Sibirien zurückschicken werde, das dieser unter so vielen Mühseligkeiten und Gefahren – freilich als Bannbrüchiger – verlassen hatte. Würde seine Verlobte nach dem Glücke des so kurzen Wiedersehens verurteilt sein, ihn für immer zu betrauern?... Wenn er die Feste von Riga wieder verließ, würde ihm da seine hochsinnige Tat eine Begnadigung erwirkt haben oder sollte er dann nochmals den Dornenweg in die Verbannung zurücklegen?

Immerhin wäre es ein Irrtum, zu glauben, daß das unerwartete Auftreten Wladimir Yanofs alle von der Unschuld Dimitri Nicolefs überzeugt hätte.

Hier in Riga mit seiner vorwiegend germanischen Bevölkerung konnte das ja kaum anders sein. Vorzüglich die oberen Gesellschaftsklassen gestanden noch keineswegs zu, daß dieser Lehrer, der Vertreter der slawischen Interessen, schon von dem auf ihm lastenden Makel gereinigt sei. Die Tageszeitungen dieser Partei wußten mit erkennbar böswilliger Absicht noch immer das und jenes dagegen einzuwenden. Zunächst war der Mörder Pochs ja noch unentdeckt... man hatte nur ein Opfer, das nach Vergeltung schrie, vor allem durch den Mund der hasserfüllten und unbeugsamen Gegner des moskowitischen Einflusses.

Das Haus der Gebrüder Johausen bildete den Herd, wo dieser Hass am hellsten aufloderte, und hier war man übereingekommen, ihn nicht verlöschen zu lassen.

In diesen Kreisen hatte man gleichsam als Tagesbefehl die Forderung aufgestellt, vorstellig zu werden gegen die Beamten, die in dieser Angelegenheit nicht mit der nötigen Schärfe aufträten. Man scheute sich selbst nicht, daneben durchblicken zu lassen, daß sie unter einem gewissen Druck von oben ständen. War denn Dimitri Nicolef wirklich schon gänzlich außer Verfolgung gesetzt?... Wagte man zu behaupten, daß seine Schuldlosigkeit von niemand mehr angezweifelt würde? Zerstörte das Erscheinen Wladimir Yanofs wohl tatsächlich alle Handhaben, die durch die bisherige Untersuchung des Falles gewonnen worden waren?

Auch Frank Johausen teilte die Ansicht der meisten, vorzüglich der Leute die sich ihre Beute auf keinen Fall entgehen lassen wollten.

»Jetzt weiß man ja, warum Nicolef jene Reise unternommen hatte; er wollte mit Wladimir Yanof in Pernau zusammentreffen... nun ja, das mag auch zugegeben werden. Daß er die Schenke schon früh um vier Uhr verließ, geschah, um Pernau zu Fuß noch zeitig am Morgen zu erreichen... auch das mag richtig sein. Doch hat er die Nacht vom dreizehnten zum vierzehnten im Kabak ›Zum umgebrochenen Kreuze‹ zugebracht?... Ja oder nein?... Ist Poch in derselben Nacht in dem genannten Kabak ermordet und dann beraubt worden?... Ja oder nein?... Kann der Mörder ein anderer sein als der Reisende, der das Zimmer inne hatte, wo das Werkzeug gefunden wurde, mit dem er sich in das Zimmer des Unglücklichen gewaltsam Zugang verschafft hat?... War dieser Reisende Dimitri Nicolef?... Ja oder nein?«

In dieser Weise gestellte Fragen mußten ja wohl oder übel eine bejahende Antwort finden. Doch wenn man nun anders fragte, z.B.: Hätte das Verbrechen nicht auch von einem von außen eingedrungenen Übeltäter begangen werden können?... Ja oder nein?... Könnte das nicht ebensogut der Herbergswirt Kroff gewesen sein?... Ja oder nein?... Würde es diesem – vor oder nach dem Weggange des Lehrers – nicht weit leichter als Nicolef gewesen sein, Poch, als dieser schlief, meuchlings zu überfallen?... Ja oder nein?... Wußte dieser Kroff nicht, daß die Mappe des Bankbeamten eine beträchtliche Summe enthielt?... Wie da?...

Die Untersuchung erteilte hierauf zwar die Antwort, daß sich beim Verhör keinerlei Verdachtsgründe gegen den Schenkwirt ergeben hätten, doch diese Antwort brauchte noch nicht unfehlbar richtig zu sein. Anderseits verschloß sich die Behörde ja auch nicht der Annahme, daß der Urheber des Verbrechens einer jener Landstreicher gewesen sein könnte, deren Auftreten gerade aus dem oberen Livland mehrfach gemeldet worden war.

Daran dachte auch der Oberst Raguenof, als er sich am nächsten Tag über die Angelegenheit mit dem Major Verder besprach, freilich ohne daß beide, wie man sich leicht denken kann, darüber zu einer Verständigung kamen.

»Sehen Sie, Major«, sagte Raguenos, »daß Nicolef in der Nacht durch das Fenster seiner Stube gestiegen wäre, um in die Pochs einzudringen, das erscheint mir doch als eine recht unbegründete Annahme...«

»Aber die Spuren... die Schmarren der Fensterbank...«, unterbrach ihn der Major.

»Diese Spuren?... O, da müßte man doch zunächst wissen, ob es ganz frische waren, und das ist ja in keiner Weise nachgewiesen. Der Kabak ›Zum umgebrochenen Kreuze‹ liegt völlig vereinsamt an der Landstraße. Ist da die Möglichkeit ausgeschlossen, daß so ein Strauchdieb in jener oder in einer anderen Nacht versucht hätte, da mit Gewalt einzudringen?«

»Dazu erlaube ich mir zu bemerken, Herr Oberst, daß der Mörder dann hätte wissen müssen, daß hier ein reicher Fang zu machen wäre. Davon war aber Nicolef hinreichend unterrichtet…«

»Und andere nicht minder«, fiel der Oberst Raguenos eifrigst ein, »denn Poch war so unüberlegt gewesen, davon zu sprechen und seine Mappe jedermann sehen zu lassen. Wußte das Kroff also etwa nicht, oder Broks, der Postschaffner und ebenso dessen Jemschiks, die den Wagen von einem Pferdewechsel zum anderen führten, ganz zu schweigen von den Bauern und Holzfällern, die in der Gaststube der einsamen Schenke saßen, als Nicolef und der Bankbeamte durch deren Tür eintraten?«

Diesen Einwänden ließ sich ein gewisser Wert nicht wohl absprechen. Der Verdacht konnte nicht einzig und allein auf Dimitri Nicolef fallen. Mindestens hätte noch nachgewiesen werden müssen, daß der Privatlehrer sich in so bedrückender Geldverlegenheit befunden habe, daß er, um dieser abzuhelfen, nicht einmal vor einem Raube und gleichzeitig einem Morde zurückgeschreckt wäre.

Trotz alledem wollte der Major sich nicht fügen, sondern beharrte bei seiner Überzeugung von der Schuld Nicolefs.

»Und ich«, antwortete ihm darauf der Oberst, »ich bleibe dabei, daß die Deutschen immer Deutsche sind.«

»Wie die Slawen immer und allezeit Slawen«, erwiderte der Major.

»Nun, lassen wir den Richter Kerstorf seine Untersuchung fortsetzen«, sagte schließlich der Oberst Raguenof. »Wenn die Sache vollständig aufgeklärt ist, wird es noch Zeit sein, das Für und das Wider abzuwägen.«

Der Kriminalbeamte, der sich durch die von politischer Leidenschaft bestimmte öffentliche Meinung nicht im geringsten beeinflussen ließ, betrieb inzwischen die Untersuchung der Angelegenheit mit größter Sorgfalt. Er kannte jetzt – worüber der Lehrer vorher jede Auskunft verweigert hatte – die Gründe für dessen Reise, und das bestärkte ihn in seinem Widerstreben, den Ehrenmann für schuldig zu halten. Wer hatte dann aber das Verbrechen begangen? Wie viele Zeugen hatte er schon aufgerufen: die Postillone, die den Wagen von Riga bis Pernau begleitet hatten, die Bauern und Waldarbeiter, die, als Poch eintraf, in der Schenke beim Abendtrunk saßen, überhaupt alle, die davon wußten oder wissen konnten, was der Bankbeamte in Reval vorhatte, d. h. daß er dort für Rechnung der Gebrüder Johausen einen größeren Geldbetrag abliefern wollte ... und doch hatte sich nichts ergeben, was den einen oder den andern belastet hätte.

Der Schaffner Broks wurde wiederholt einem Verhör unterzogen. Besser als jeder andere kannte er alle Verhältnisse Pochs und wußte, daß dieser eine große Summe baren Geldes bei sich hatte. Gegen den wackeren Mann konnte aber auch nicht der leiseste Verdacht aufkommen. Nach dem Unfalle mit dem Postwagen hatte er sich mit den Spannpferden und dem Postillon sofort nach Pernau begeben und dort in der Pferdewechselstelle geschlafen ... das stand außer allem Zweifel. Das Alibi war nachgewiesen, und er konnte in der dunkeln Angelegenheit nicht weiter in Betracht kommen.

Das Eingreifen eines Übeltäters, der von draußen gekommen wäre, erschien also so gut wie ausgeschlossen. Wie hätte auch ein Landstreicher, ein Mensch ohne jede Beziehung zu dem Bankbeamten, auf den Gedanken kommen sollen einen Diebstahl zu begehen, wenn er nicht etwa auf irgend eine Weise in Riga erfahren hatte, mit welcher Art Besorgung Poch beauftragt wäre. Dann müßte er diesem aber auch noch mit der Schnellpost nachgeeilt sein, um eine günstige Gelegenheit abzupassen, und müßte sich den Unfall zunutze gemacht haben, der Poch nötigte, im Kabak »Zum umgebrochenen

Kreuze« Unterkunft zu suchen. War eine solche Annahme immerhin denkbar, so lag die Wahrscheinlichkeit doch weit näher, daß das Verbrechen von dem einen oder anderen derer begangen worden wäre, die jene Nacht in der Schenke zugebracht hatten. Dabei kamen aber nur der Schenkwirt selbst und Dimitri Nicolef in Frage.

Seit dem traurigen Vorfalle war Kroff, wie der Leser weiß, unter Überwachung zweier Polizisten im Kabak geblieben. Wiederholt dem Untersuchungsrichter vorgeführt, hatte er mehrere lange und eingehende Verhöre bestanden, doch hatte weder sein Vorleben noch das, was er auf Kerstorfs Fragen antwortete, den leisesten Verdacht gegen ihn aufkommen lassen. Im übrigen vertrat er ebenfalls die Ansicht, daß Dimitri Nicolef der Mörder sein müsse, da es diesem am leichtesten gewesen wäre, das Verbrechen zu begehen.

»Und Sie haben in der Nacht keinerlei Geräusch gehört?«, fragte ihn der Beamte.

»Nicht das geringste, Herr Richter.«

»Es hat aber doch das erste Fenster geöffnet und das zweite sogar aufgesprengt werden müssen...«

»Gewiß, doch meine Stube liegt nach dem Hofe hinaus, antwortete Kroff, und die Fenster der zwei anderen Stuben befinden sich an der Straßenseite des Hauses. Außerdem schlief ich jedenfalls fest und dazu tobte jene Nacht ein schrecklicher Sturm, bei dem kaum etwas anderes hörbar gewesen wäre.«

Während Kroff diese Aussagen machte, behielt der Richter ihn scharf im Auge; doch obgleich er gegen den Schenkwirt im Grunde etwas eingenommen war, fiel ihm gar nichts auf, was die Wahrheitsliebe des Mannes hätte anzweifeln lassen.

Nach dem Verhöre begab sich Kroff unbehelligt wieder auf den Weg nach dem »Umgebrochenen Kreuze«. Selbst wenn er schuldig war, erschien es ja besser, ihn bei fortdauernder Beobachtung in Freiheit zu lassen. Vielleicht verriet er sich da selbst auf die eine oder andere Weise. Vier Tage waren verflossen, seit man Wladimir Yanof in der Feste von Riga zur Hast gebracht hatte.

Auf besonderen Befehl des Gouverneurs war ihm hier ein Zimmer eingeräumt worden, überhaupt begegnete man ihm mit der Rücksicht, die seine Lage und seine Handlungsweise verdienten. Der General Gorko bezweifelte nicht, daß diese Vergünstigungen selbst höheren Ortes gutgeheißen würden, welchen Ausgang die Sache für Wladimir Yanof auch nehmen möchte.

Dimitri Nicolef, dessen Gesundheit von den schweren Kränkungen der letzten Tage so weit gelitten hatte, daß er sich aufs Zimmer beschränkt sah, hatte ihn nicht, wie es sein Wunsch war, sehen können. Der Familie Nicolef und den näheren Freunden Wladimir Yanofs war nämlich der Zutritt zu dem Gefängnisse gestattet worden. Jeden Tag begaben sich Jean und Ilka nach der Feste, wo man sie ohne weiteres bei dem Gefangenen einließ. Hier wurden lange und vertrauliche Gespräche geführt, in denen auch wieder eine frohere Hoffnung zum Durchbruch kam. Ja, der Bruder und die Schwester glaubten an die Hochherzigkeit des Kaisers... sie wollten nun einmal daran glauben!... Seine Majestät konnte nicht unempfänglich sein für die Bitten der unglücklichen Familie, die seit einiger Zeit unter so schweren Schicksalsschlägen seufzte. Nein, Wladimir und Ilka würden nicht nochmals durch tausende von Meilen, und vor allem nicht durch jene Verurteilung auf Lebenszeit voneinander getrennt sein, die ja noch schrecklicher war, als die weite Entfernung zwischen den Liebenden. Endlich würde, wenn Wladimir vom Kaiser begnadigt würde, die Vermählung der beiden erfolgen können. Es verlautete überdies, daß der Gouverneur sich für die Niederschlagung des früheren Urteils verwendete. Die eigentümliche Stellung Dimitri Nicolefs in Riga, gerade jetzt am Vorabend der städtischen Wahlen und in einer Zeit, wo die Regierung bestrebt

Jeden Tag begaben sich Jean und Ilka nach der Feste.

war, die Munizipalverwaltung in den baltischen Provinzen zu russifizieren... alles traf zusammen, für den Flüchtling einen vollständigen Straferlaß erwarten zu können.

Am 24. April verließ Jean, nach herzlicher Verabschiedung von Yanof, von seinem Vater und seiner Schwester, Riga wieder, um sich nach Dorpat zu begeben. Hier gedachte er, den man als den Sohn eines Mörders behandelt hatte, die Universität mit hochgehaltener Stirn zu betreten. Es ist wohl kaum nötig, den Empfang zu schildern, den er bei seinen Kameraden überhaupt, besonders warm aber bei Gospodin und der Korporation fand, der er angehörte. Ebensowenig aber braucht hervorgehoben zu werden, daß die übrigen Studenten, die Gefolgschaft Karl Johausens, noch keineswegs die Waffen gestreckt hatten. Alles deutete also darauf hin, daß es hier –wie man sagt –noch zu einem Krach kommen werde.

Das traf denn auch schon am Tage nach der Rückkehr Jean Nicolefs ein. Jean hatte von Karl für dessen Beleidigungen Satisfaktion verlangt, und dieser erschwerte sie noch durch die Weigerung, sich mit ihm zu schlagen.

Da versetzte Jean ihm einen Schlag ins Gesicht. Der Zweikampf war nun unvermeidlich geworden, und Karl Johausen wurde dabei ziemlich schwer verwundet.

Welche Wirkung das Duell hatte, als die Nachricht davon nach Riga gedrungen war, kann man sich wohl leicht ausmalen. Herr und Frau Johausen reisten sofort ab, ihren vielleicht gar tödlich getroffenen Sohn zu pflegen. Als sie wieder heimkehrten, entbrannte der Streit mit den Erzfeinden natürlich mit um so größerer Wut.

Fünf Tage später traf übrigens die Wladimir Yanof betreffende Antwort von Petersburg ein.

Man hatte alle Ursache, auf den Edelmut des Kaisers zu zählen. In der Tat wurde der Verbannte, der aus den Bergwerken Sibiriens entflohen war, rückhaltlos begnadigt, und Wladimir Yanof infolgedessen sofort in Freiheit gesetzt.

Dreizehntes Kapitel

Zweite Hausdurchsuchung

Die Begnadigung Wladimir Yanofs machte nicht nur in Riga, sondern auch in allen baltischen Provinzen ein ungeheures Aufsehen. Man erkannte darin den Beweis, daß die Regierung ihr Einverständnis mit den antigermanischen Bestrebungen kundgeben wolle. Die arbeitende Bevölkerung gab ihrer Freude darüber unverhohlen Ausdruck. Der Adel und die höhere Bürgerschaft bemängelten die unangebrachte Milde des Kaisers, die, nachdem sie Wladimir Yanofzuteil geworden war, sich jedenfalls auch zugunsten Dimitri Nicolefs geltend machen werde. Gewiß hatte das edelmütige Verhalten des Flüchtlings, der sich seinen Häschern selbst überlieferte, diese Begnadigung und damit seine völlige Rehabilitation, die Wiedereinsetzung in alle bürgerlichen Ehrenrechte verdient, die dieser durch seine politische Verurteilung verloren hatte. Erschien sie aber nicht wie ein wohlberechneter Einspruch gegen die auf dem Lehrer lastende Anklage, gegen die Beschuldigung eines bis dahin ehrenwerten und allgemein verehrten Bürgers, der von der slawischen Partei für die bevorstehenden Wahlen als deren Vertreter ins Auge gefaßt war?

In dieser Weise wurde die kaiserliche Entscheidung wenigstens beurteilt, und der General Gorko machte auch kein Hehl aus seiner damit übereinstimmenden Anschauung.

Wladimir Yanof verließ die Rigaische Feste in Begleitung des Obersten Raguenof, der selbst herbeigeeilt war, ihm den Ukas des Zaren mitzuteilen. Er begab sich sofort zu Dimitri

Nicolef, und Ilka und ihr Vater erfuhren, da die Neuigkeit bis dahin geheim gehalten worden war, die frohe Botschaft aus seinem eigenen Munde.

Welche Freude, welch innige Dankbarkeit erfüllte da das bescheidene Haus, in das das Glück endlich wieder Einzug zu halten schien! Fast gleichzeitig mit dem Begnadigten trafen auch der Doktor Hamine, Herr Delaporte und einige Freunde der Familie ein. Wladimir wurde beglückwünscht und von allen herzlich umarmt. Wer dachte in diesem Augenblick an die Beschuldigungen, die noch auf dem Herrn des Hauses ruhten?

»Und wenn Sie auch verurteilt worden wären«, sagte Delaporte zu dem Lehrer, »von uns würde keiner an Ihrer Unschuld gezweifelt haben!«

»Verurteilt!«, rief der Doktor. »Hätte er überhaupt jemals verurteilt werden können?«

»Doch wenn ihm das ungerechterweise widerfahren wäre«, erklärte Ilka, »so würden Wladimir, Jean und ich unser ganzes Leben darangesetzt haben, deine Rehabilitation, liebster Vater, herbeizuführen.«

Dimitri Nicolef, dessen Gesicht durch die Vorgänge der letzten Tage ganz erbleicht war, konnte augenblicklich keine Worte finden. Er fragte sich vielleicht, was man von der unsicherern menschlichen Gerechtigkeit nicht alles erwarten könne. Es gibt ja leider so viele Beispiele ungerechter und oft nicht wieder gut zu machender Urteilssprüche.

Der Abend vereinte die nächsten Freunde Wladimirs und Nicolefs am Teetische. Wie schlugen da die Herzen höher, wie laut erschallten da die Ausbrüche teilnehmender Freude, als Ilka einfach sagte:

»Ich will dein Weib sein, Wladimir, sobald du es wünschest!«

Die Hochzeit wurde auf sechs Wochen vom heutigen Tage an festgesetzt, und inzwischen räumte man Wladimir

ein Zimmer im Erdgeschoß des Hauses ein. Die Vermögensverhältnisse der beiden Verlobten waren bekannt. Ilka
besaß so gut wie nichts und bisher hatte Nicolef auch über
seine Lage, über die Verpflichtung gegen die Firma Johausen wegen der Schulden seines Vaters geschwiegen. Strenge
Sparsamkeit hatte es ihm ermöglicht, ein gutes Teil davon
abzutragen, und er hoffte noch immer, auch den Rest bezahlen zu können. Deshalb hatte er seinen Kindern nichts
davon gesagt, und deshalb wußten diese also nicht, daß der
letzte Betrag von achtzehntausend Rubeln nach vierzehn
Tagen fällig sein würde. Jetzt mußte er sich wohl zu einer
Eröffnung der Sachlage entschließen. Wladimir konnte über
eine, die Familie so arg bedrohende Gefahr nicht in Unwis-
senheit gelassen werden. Diese Mitteilung war jedenfalls
nicht dazu angetan, seine Gefühle für das junge Mädchen
zu ändern. Mit der für ihn hinterlegten und ihm von Dimitri
Nicolef ausgehändigten Summe würde er ja alles abzuwarten und durch Fleiß und Intelligenz auch für die Zukunft zu
sorgen wissen.

War die Familie Nicolef jetzt glücklich, ja glücklicher, als
sie es je wieder zu werden gehofft hatte, so war in der Familie Johausen ganz das Gegenteil der Fall. Wohl konnte man
dort erwarten, daß der schwer verletzte Karl durch gute
Pflege mit der Zeit wieder genesen würde, und es war jetzt
auch schon möglich gewesen, ihn nach Riga überzuführen.
In dem Kampfe aber, den Frank Johausen gegen den Lehrer
führte, den er bereits vernichtet zu haben glaubte, fühlte der
reiche Mann den Sieg ihm entschwinden. Es gewann mehr
und mehr den Anschein, als ob die schrecklichen Waffen,
deren sich zu bedienen sein Hass nicht gezögert hatte, ihm
unter den Händen zerbrächen. Die Geldverlegenheit seines
Rivalen, dessen Schuld am Verfallstage voraussichtlich nicht
beglichen wurde … das war noch das einzige, was ihm übrig
blieb, seinen politischen Gegner zu vernichten.

Die öffentliche Meinung – vor allem die Anschauung der Leute, die an der Sache nicht beteiligt waren und ohne Voreingenommenheit urteilten – neigte sich jetzt mehr und mehr dahin, an die Unschuld Dimitri Nicolefs zu glauben.

Dagegen häufte sich der Verdacht eher auf den Inhaber des Kabaks »Zum umgebrochenen Kreuze«.

Schloß man einmal das Eingreifen eines Übeltäters von außen her aus, so blieb der Verdacht tatsächlich zunächst an Kroff haften. Ob sein Vorleben für oder gegen den Mann sprach? … Eigentlich war weder das eine noch das andere der Fall. Kroff stand in dem Rufe eines ungebildeten und gewinnsüchtigen Mannes. Wenig gesprächig, stets verschlossen, lebte er allein, ohne Familie in der vereinsamt liegenden, gewöhnlich nur von Bauern und Waldarbeitern besuchten Schenke. Sein Vater und seine Mutter, die von deutscher Herkunft waren, jedoch – was in den baltischen Provinzen nicht so selten ist – der orthodoxen Kirche angehörten, hatten von dem Ertrage dieser Schenke nur recht ärmlich leben können. Das Haus und das eingezäunte Gärtchen … das war alles, was er von ihnen geerbt hatte und was auf keinen Fall den Wert von tausend Rubeln überstieg. Kroff hauste hier als Hagestolz, ohne Knecht oder Magd, verrichtete alle vorkommenden Arbeiten persönlich und verließ seine Schenke nur, wenn er sich in Pernau mit neuen Vorräten versorgen wollte.

Der Richter Kerstorf hatte einen gewissen Verdacht gegen den Schenkwirt noch niemals aufgegeben. Niemand wußte freilich, ob dieser begründet war und ob Kroff ihn nicht hatte dadurch von sich ablenken wollen, daß er den mit dem Bankbeamten eingetroffenen Reisenden beschuldigte. Er konnte es ja auch selbst gewesen sein, der die Schrammen am Zimmerfenster eingeritzt und das Schüreisen nach dem Aufbrechen des Ladens wieder in den Kamin gestellt hatte, er konnte der Urheber des Verbrechens sein, ob dieses nun vor oder nach dem Weggange Dimitri Nicolefs verübt worden war, auf den sich, dank den listigen Maßregeln des Schenkwirtes, dann die Aufmerksamkeit der Behörden in erster Linie hinlenken mußte. Immerhin zeigte sich eine neue, der Verfolgung werte Fährte, die vielleicht zum Ziele führte, wenn man vorsichtig vorging.

Nachdem Dimitri Nicolef seit dem Auftauchen Wladimir Yanofs bezüglich des noch unaufgeklärten Falles kaum noch in Frage kam, mußte Kroff ja fürchten, daß seine eigene Lage nicht mehr so ganz klar und sicher war. Auf jeden Fall mußte der Urheber des Verbrechens ermittelt werden, und da konnte er jedenfalls noch einmal in Untersuchung gezogen werden.

Nach der Mordtat hatte der Schenkwirt bekanntlich sein Haus nur verlassen, als er sich nach dem Amtszimmer des Untersuchungsrichters begab. Obwohl er eigentlich frei war, fühlte er sich doch argwöhnisch überwacht von den Polizisten, die Tag und Nacht nicht aus dem Kabak wichen. In die verschlossenen Zimmer des Reisenden und Pochs, zu denen sich die Schlüssel in der Verwahrung der Kriminalpolizei befanden, hatte bisher niemand eintreten können. Darin stand und lag also alles noch ebenso, wie bei der ersten Aufnahme des Tatbestandes.

Wenn Kroff jedem, der es hören wollte, erklärte, die Untersuchung sei auf einen Abweg geraten, als sie die gegen Nicolef erhobene Anschuldigung fallen ließ, wenn er versicherte, der Reisende sei der wirkliche Schuldige, wenn er nicht aufhörte, diesen gegenüber dem Richter Kerstorf zu belasten, und er darin von den Feinden des Lehrers noch bestärkt wurde… wenn dessen Freunde anderseits das Verbrechen dem Schenkwirt zuschoben, so zeugt das alles dafür, daß die Lage bezüglich des einen wie des andern noch nicht geklärt war und beide sich der schwersten Beschuldigungen zu versehen hatten, so lange der gesuchte Verbrecher der Gerechtigkeit noch nicht in die Hände fiel.

Wladimir Yanof und der Doktor Hamine sprachen oft über diese Lage der Dinge. Sie erkannten die einzige Möglichkeit, den Johausens und ihren Parteigängern den Mund zu schließen, darin, daß der Urheber des Verbrechens nicht nur verhaftet, sondern auch endgültig verurteilt würde. Und während Dimitri Nicolef sich von der ganzen Angelegenheit sozusagen loszulösen, sich gar nicht mehr darum bekümmern zu wollen schien und sie überhaupt nicht mehr erwähnte, bemühten sich seine Freunde unausgesetzt, deren Klärung zu beschleunigen und das mit allen Nachrichten zu unterstützen, die ihnen von irgendwelcher Seite zugingen. Dabei beharrten sie so hartnäckig darauf, den Schenkwirt zu beschuldigen, daß der Richter Kerstorf und der Oberst Raguenof sich wohl oder übel entschließen mußten, im Kabak »Zum umgebrochenen Kreuze« noch eine zweite Hausdurchsuchung vorzunehmen.

Diese erfolgte am 5. Mai.

Der Richter Kerstorf, der Major Verder und der Brigadier Eck trafen am Morgen dieses Tages im Kabak ein. Die Polizisten, die das Haus noch immer bewachten, hatten nichts Neues zu melden. Kroff, der ein wiederholtes Erscheinen der Beamten schon erwartet hatte, beeilte sich, sich den Herren zur Verfügung zu stellen.

»Herr Richter«, sagte er, »es ist mir nicht unbekannt geblieben, daß man auch mich bezüglich dieser Angelegenheit verdächtigt hat. Ich hoffe aber, daß Sie diesmal mit der Überzeugung von meiner Unschuld heimkehren werden.«

»Das wird sich ja zeigen«, antwortete Kerstorf. »Lassen Sie uns beginnen … «

»Mit dem Zimmer des Reisenden, zu dem Sie den Schlüssel in Verwahrung haben?«, fiel der Schenkwirt ein.

»Nein«, erwiderte der Beamte.

»Ist es Ihre Absicht, das ganze Haus zu durchsuchen?«, fragte der Major Verder.

»Allerdings, Herr Major.«

»Ich meine freilich, Herr Kerstorf, wenn sich hier überhaupt noch neue Beweisstücke finden sollten, müßten wir danach in dem Zimmer suchen, das damals Dimitri Nicolef bewohnt hat.«

Diese Bemerkung verriet, daß der Major ebenso fest an die Schuld des Lehrers wie an die Unschuld des Schenkwirtes glaubte. Nichts hatte hierin seine Anschauung ändern können, die auf der Überzeugung beruhte, daß der Mörder der Reisende und daß dieser Reisende Dimitri Nicolef gewesen sei. Davon war er nicht abzubringen.

»Führen Sie uns«, befahl der Richter dem Schenkwirte.

Kroff gehorchte mit einer Bereitwilligkeit, die nicht wenig zu seinen Gunsten sprach. Der nach dem Garten zu gelegene Anbau nebst den Schupfen wurden im Beisein des Richters und des Majors ein zweites Mal durchsucht. Dann besichtigte man mit größter Sorgfalt den Garten selbst, die Umgebung jedes Baumes, die Erde längs der lebenden Hecke und die Beete, worauf einzelne Gemüse standen. Vielleicht hatte Kroff irgendwo seine Beute – wenn er den Raub begangen hatte – vergraben, und es war doch wichtig, darüber ins Reine zu kommen. Die Nachsuchungen blieben fruchtlos. Ebenso enthielt ein Schrank des Schenkwirts nur etwa hundert Scheine zu fünfundzwanzig, zehn, fünf, drei und zu einem Rubel, jedenfalls weit weniger, als was der Bankbeamte in seiner Mappe bei sich gehabt hatte.

Jetzt nahm der Major Verder den Richter bei Seite.

»Vergessen Sie nicht, Herr Kerstorf«, sagte er, »daß Kroff seit der Verübung des Verbrechens den Kabak nie ohne Begleitung verlassen hat, denn die Polizisten sind schon seit demselben Morgen hier.«

»Das weiß ich«, antwortete Kerstorf, »doch vor deren Eintreffen und nach dem Weggange Nicolefs ist der Mann immerhin einige Stunden allein gewesen.«

»Sie sehen aber doch, Herr Kerstorf, daß wir bisher nichts verdachterweckendes gefunden haben.«

»Ganz recht: bisher noch nichts. Die Hausdurchsuchung ist aber noch nicht zu Ende. Sie haben die Schlüssel zu den beiden Zimmern, Herr Major?«

»Hier sind sie, Herr Kerstorf.«

Der Major brachte dabei die Schlüssel, die im Polizeibureau aufbewahrt worden waren, aus der Tasche.

Die Tür des Zimmers, worin der Bankbeamte den Tod gefunden hatte, wurde geöffnet.

Hier befand sich alles noch in demselben Zustande, wie man es nach der ersten Besichtigung verlassen hatte. Davon konnte man sich leicht überzeugen, sobald die Fensterläden aufgeschlagen waren. Das Bett lag noch in Unordnung da, das Kopfkissen mit seinen Blutflecken ebenso, und auf dem Fußboden zog sich ein jetzt braunroter Streifen bis zur Tür hin. Eine Spur von sich hatte der Mörder, wer das auch sein mochte, nicht zurückgelassen.

So wurden die Läden also wieder geschlossen, und Kerstorf, der Major, der Brigadier und Kroff gingen zunächst nach der Gaststube zurück.

»Nun wollen wir das andere Zimmer besichtigen«, sagte der Richter.

Zuerst wurde dessen Tür in Augenschein genommen. An der Außenseite zeigte sich nichts auffälliges. Die in den Kabak verlegten Polizisten konnten auch erklären, daß niemand versucht hätte, sie zu öffnen. Keiner der beiden Leute hatte seit vierzehn Tagen das Haus auch nur auf einen Augenblick verlassen.

Das Zimmer lag in tiefer Finsternis.

Der Brigadier Eck ging nach dem Fenster, öffnete dieses, schob den Riegel der Ladenflügel zurück und schlug diese nach der Mauer zu auf, so daß nun ein heller Lichtstrom hereinflutete.

Man besichtigte den Garten mit größter Sorgfalt.

Auch hier war seit der vorigen Besichtigung keine Veränderung zu bemerken. Im Hintergrunde stand das Bett, worin Dimitri Nicolef geschlafen hatte, und neben dessen Kopfende ein grober Tisch mit einem eisernen Leuchter und einer halb niedergebrannten Unschlittkerze. Ein Stuhl mit Strohgeflecht stand in der einen, ein Schemel in der anderen Ecke, zur Rechten ein Schrank mit geschlossener Tür. An der letzten Wand war der Kamin angebracht, eigentlich nur eine Art Herd aus zwei größeren, flachen Steinen.

Darüber der am unteren Teile erweiterte Rauchfang, der sich verengernd als Schornstein bis über das Dach hinaus fortsetzte.

Das Bett wurde genau besichtigt, zeigte aber, wie das vorige Mal, nichts, was einen Verdacht hätte erwecken können. In dem Schranke und dessen Schubkästen fand sich weder ein Kleidungsstück noch ein Papier vor: er war vollständig leer.

Der an der Ecke der Feuerstätte lehnende Schürhaken wurde sorgfältig betrachtet. Ohne Zweifel konnte er, da sein Ende etwas verbogen war, zum Aufbrechen des Ladens am anderen Fenster gedient haben. Freilich hätte auch, bei dem schlechten Zustande des Ladens, jedes andere Werkzeug, ja schon einfach ein Stock genügt, diesen aufzusprengen. Die Schrammen auf der Fensterbank wurden ebenso wie früher wiedergefunden, doch bewiesen sie denn, daß eine Person hier eingedrungen wäre?... Bestimmt behaupten ließ sich das wenigstens nicht.

Der Richter trat noch einmal an den Herd heran.

»Hat jener Reisende hier Feuer gehabt?«, fragte er.

»Nein, gewiß nicht«, versicherte Kroff.

»Und sind die Aschenreste hier das vorige Mal untersucht worden?«

»Ich glaube nicht«, antwortete der Major Verder.

»So mag es jetzt geschehen.«

Der Brigadier beugte sich über die Herdfläche und bemerkte dabei links hinten darauf ein halbverbranntes Stück Papier, ursprünglich von viereckiger Form, von dem jetzt freilich nur noch ein Eckstück übrig, das sonst aber zu Zunder verwandelt war.

Wie erstaunten aber alle, als man in diesem Papierstückchen den Rest eines Schatzbankscheines erkannte! Kein Zweifel, es handelte sich hier um ein Staatsbankpapier zu hundert Rubeln, dessen Nummer leider vom Feuer zerstört war, doch von welchem anderen als der Flamme der auf dem Tische stehenden Kerze, da im Kamin kein Feuer angezündet worden war?

Das Papierstück war überdies mit Blut besudelt.

Ohne Zweifel rührten die Flecke von den Händen des Mörders her, von dem, der den Schein wegen der Blutspuren darauf verbrannt hatte. Woher konnte das Bankbillett aber stammen, wenn nicht aus der Mappe des unglücklichen Poch? Der Umstand, daß es nicht gänzlich verbrannt war, machte es zu einem recht schwerwiegenden Beweisstücke.

Erschien jetzt noch ein Zweifel erlaubt? ... Wie hätte man noch annehmen können, daß der Mord von einem der von außen eingedrungenen Verbrecher verübt worden sei? Lag es nicht vielmehr klar auf der Hand, den Mörder in dem Reisenden zu sehen, der das Nebenzimmer bewohnt hatte, der dann in dieses zurückgekehrt und endlich am Morgen um vier Uhr weggegangen war?

Der Major und der Brigadier sahen einander an wie Leute, deren Überzeugung schon seit längerer Zeit feststeht. Da Kerstorf aber noch schwieg, gaben sie dieser durch kein Wort Ausdruck.

Nur Kroff konnte sich jetzt nicht mehr bemeistern.

»Da... was hatte ich Ihnen gesagt. Herr Richter?«, rief er. »Können Sie jetzt noch an meiner Schuldlosigkeit zweifeln?«

Kerstorf steckte den Rest des Kassenscheines als ein Beweisstück in sein Notizbuch.

»Die Untersuchung, meine Herren«, begnügte er sich zu antworten, »ist hiermit beendet. Wir wollen also ohne Säumen aufbrechen.«

Eine Viertelstunde später rollte der Wagen schon auf der Landstraße nach Riga dahin; nur die beiden Polizisten waren zur ferneren Überwachung des Kabaks »Zum umgebrochenen Kreuze« zurückgeblieben.

Am nächsten Tage wurde Frank Johausen schon zu früher Stunde von dem Ergebnis der Hausdurchsuchung benachrichtigt. Da die Nummer des verbrannten Schatzscheines zerstört war, ließ es sich nicht nachweisen, ob dieser zu denen gehört hatte, deren Nummern im Bankhause aufgeschrieben worden waren. Da er aber zweifellos der Serie angehört hatte, von der Poch damals eine größere Anzahl mit sich führte, mußte man fast unbedingt annehmen, daß er aus dessen Dokumentenmappe gestohlen war.

Die neue Entdeckung verbreitete sich blitzschnell. Vor allen andern waren die Freunde Dimitri Nicolefs darüber fast versteinert. Die ganze Angelegenheit bekam jetzt ein anderes Gesicht oder nahm vielmehr ihr erstes wieder an. Welch schwere Prüfungen standen nun der Familie noch bevor, die schon von solchen verschont zu bleiben geglaubt hatte!

Die Parteigänger Johausens triumphierten in lärmendster Weise. Ihrer Ansicht nach mußte die Verhaftung Dimitri Nicolefs jetzt unverzüglich angeordnet werden, und dieser würde, vor Gericht gestellt, der schweren Strafe nicht entgehen können, die das ruchlose Verbrechen verdiente.

Wladimir Yanof wurde durch den Doktor Hamine von dem neuen Zwischenfall in Kenntnis gesetzt; beide beschlossen aber, gegen Nicolef darüber zu schweigen. Dieser würde ja so wie so zeitig genug erfahren, welchen neuen Beschuldigungen er wieder ausgesetzt wäre. Wladimir hätte gern verhin-

Das Papierstück war überdies mit Blut besudelt.

dert, daß diese Gerüchte seiner Verlobten zu Ohren kämen. Das erwies sich aber als unmöglich, und noch an demselben Tag traf er sie fast aufgelöst in bitterstem Schmerze.

»Mein Vater ist unschuldig!… Mein Vater ist unschuldig!«, rief sie wiederholt, war aber nicht imstande, ein anderes Wort hervorzubringen.

»Ja… gewiß, liebste Ilka, das ist er, und wir werden den Schuldigen schon entdecken und alle, die ihn anklagen, besiegen. Wahrlich, ich frage mich, ob alles das nicht nur ein gemeiner, hinterlistiger Anschlag ist, den besten und ehrbarsten der Menschen zu vernichten.«

Auf derartige Gedanken konnte ein Mann mit so edlem Charakter recht wohl kommen. Er wußte ja, wie weit politischer Hass sich verirren kann. Und doch, was wies darauf hin, daß ein solch heimtückischer Anschlag hier vorläge, und war denn zu befürchten, daß dessen Zweck je erreicht werden könnte?

Was geschehen sollte, geschah.

Am Nachmittage wurde Dimitri Nicolef nach dem Bureau des Untersuchungsrichters bestellt. Er begab sich sofort nach dem Wohnzimmer hinunter, wo Wladimir und Ilka ihn von dem Vorgefallenen unterrichteten.

»Noch einmal diese Geschichte!«, rief er, die Achseln zuckend. »Nimmt sie denn kein Ende?«

»Man wird von dir eine neue Zeugenaussage erwarten, lieber Vater«, sagte das junge Mädchen.

»Wünschen Sie, daß ich Sie begleite?«, fragte Wladimir.

»Nein, ich danke dir, Wladimir.«

Der Privatlehrer verließ das Haus schnellen Schrittes und betrat schon nach einer Viertelstunde das Bureau des Richters. Dieser befand sich jetzt hier mit einem Aktuar allein. Infolge einer Verhandlung mit dem Gouverneur und dem Obersten Raguenof sollte der Lehrer zunächst nur einem zweiten Verhöre unterworfen werden, während seine etwaige Verhaftung der Entschließung des Richters anheimgegeben wurde. Kerstorf nötigte Nicolef, Platz zu nehmen.

»Herr Nicolef«, begann er dann mit einer Stimme, »die eine gewisse Erregung erkennen ließ, gestern hat in meinem Beisein in der Schenke ›Zum umgebrochenen Kreuze‹ eine zweite Hausdurchsuchung stattgefunden. Die Polizisten haben das ganze Anwesen gründlichst durchsucht, ohne daß sich dabei etwas Verdächtiges gefunden hätte. Nur in dem Zimmer, das Sie in der Nacht vom dreizehnten zum vierzehnten April eingenommen haben, hat man das hier entdeckt.«

Er wies dem Lehrer dabei das Eckstück des Reichskassenscheines vor.

»Nun, was hat es mit diesem Stückchen Papier auf sich?«, fragte Dimitri Nicolef.

»Das ist der Überrest eines Reichskassenscheines, der verbrannt und auf die Asche im Kamin geworfen worden ist.«

»Eines der Bankbilletts, die aus Pochs Mappe gestohlen worden waren?«

»Das ist mindestens sehr wahrscheinlich«, antwortete der Beamte, »und Sie, Herr Nicolef, werden sich kaum darüber wundern, daß dieser Fund Sie zu belasten scheint.«

»Mich belasten?«, erwiderte der Lehrer, der wieder den früheren etwas höhnischen und verächtlichen Ton anschlug. »Ich frage Sie, Herr Richter, ist denn noch immer nicht jeder Verdacht gegen meine Person entkräftet, haben auch die Erklärungen Wladimir Yanofs mich noch nicht vollständig davon befreit?«

Kerstorf gab hierauf keine Antwort. Er faßte nur Nicolef scharf ins Auge, den unglücklichen Mann, dessen kränkliches Aussehen bezeugte, daß er sich von der Gemütserschütterung der letzten Wochen noch nicht wieder erholt hatte. Seine Prüfungszeit schien auch noch nicht zu Ende zu sein, da ja immer neue Anschuldigungen gegen ihn auftauchten. Dimitri Nicolef hatte sich mit der Hand über die Stirn gestrichen.

»Dieses Überbleibsel eines Kassenscheines«, sagte er, »ist also auf der Feuerstatt des Zimmers gefunden worden, worin ich jene Nacht zugebracht habe?«

»Jawohl, Herr Nicolef.«

»Und das Zimmer ist seit der ersten amtlichen Besichtigung immer verschlossen gewesen?«

»Mit dem betreffenden Schlüssel; es ist auch gewiß, daß dessen Tür seither nicht wieder geöffnet worden ist.«

»Es hat also niemand dahinein gelangen können?...«

»Niemand.«

Dem Richter schien es zu passen, daß jetzt er sich durch einen Rollenaustausch ausfragen ließ.

»Der Bankschein hatte Blutflecke bekommen«, fuhr Nicolef nach Besichtigung des Papierstückes fort, »dann ist er nicht völlig verbrannt worden und man hat ihn unter der Asche aufgefunden?«

»Wie Sie sagen.«

»Wie konnte er dann aber bei der ersten Hausdurchsuchung dem Auge der Anwesenden entgehen?«

»Das vermag ich nicht zu erklären und es wundert mich selbst nicht wenig, denn offenbar hat er schon damals an derselben Stelle gelegen, da ihn seitdem niemand hat dahin bringen können.«

»Ich bin darüber nicht weniger verwundert als Sie«, antwortete Dimitri Nicolef etwas ironischen Tones. »Ich müßte statt verwundert eigentlich beunruhigt sagen, denn ohne Zweifel bin ich es, den man beschuldigt, den Schein in den Kamin geworfen zu haben.«

»Allerdings sind Sie das«, erklärte Kerstorf.

»Und da dieser Schein«, fuhr der Lehrer noch mehr ironisch fort, »zu dem Teile des Bündels gehörte, das der Bankbeamte in seiner Mappe bei sich hatte, da er nach der Ermordung Pochs aus dieser Mappe entwendet worden ist, so unterliegt es natürlich keinem Zweifel, daß als der Dieb der Reisende anzusprechen ist, der jenes Zimmer bewohnt hatte, und da ich das war, so bin ich selbstverständlich der Mörder.«

»Ja, wer könnte daran zweifeln?«, fragte Kerstorf, ohne Nicolef aus den Augen zu verlieren.

»Freilich... niemand, Herr Richter. Alles stimmt ja so vortrefflich überein... der Beweis ist in schlagender Weise erbracht. Doch wollen Sie mir freundlichst erlauben, Ihrem Gedankengang den meinigen gegenüberzustellen?«

»Ich bitte darum, Herr Nicolef.«

»Das Gasthaus >Zum umgebrochenen Kreuze< habe ich früh um vier Uhr verlassen. War das Verbrechen zu dieser Stunde schon begangen?... Ja, wenn ich dessen Urheber gewesen bin, nein, wenn ich dieser nicht war. Vielleicht kommt auf den Zeitpunkt nicht so viel an. Können Sie, Herr Richter, aber mit Bestimmtheit behaupten, daß der Mörder nach meinem Weggange nicht alle Maßregeln getroffen, alle Vorsicht gebraucht hätte, den Verdacht auf den Reisenden, das heißt auf mich zu lenken, daß er nicht hätte das vorher von mir benutzte Zimmer betreten und das Schüreisen darin hinstellen können; ebenso, daß er nicht Zeit gehabt hätte, den blutbefleckten, halb verbrannten Bankschein auf den Herd zu legen, und die Schrammen auf der Fensterbank einzuritzen, um den Anschein zu erwecken, daß ich... ich durch dieses hinausgestiegen wäre, um den Bankbeamten in seinem Bette zu töten?«

»Was Sie da sagen, Herr Nicolef, läuft unmittelbar auf eine Beschuldigung des Schenkwirts Kroff hinaus.«

»Kroffs oder jedes beliebigen andern. Meine Sache ist es übrigens nicht, den Schuldigen zu ermitteln: ich habe mich nur zu verteidigen, und das tue ich!«

Auf Kerstorf machte das Verhalten und Auftreten Dimitri Nicolefs offenbar tiefen Eindruck. Was dieser eben sagte, hatte er sich ja schon vielmals selbst gesagt. Nein... er weigerte

sich, einen Mann von so ehrenhaftem Vorleben schuldig zu
finden. Und dennoch hatten, wenn er Kroff als Täter annahm,
die Hausdurchsuchungen, die sonstigen Ermittelungen und
die Zeugenaussagen nichts ergeben, was den Schenkwirt belastet hätte. Darauf wies der Richter auch Nicolef im Laufe
des Verhörs hin, das sich noch über eine Stunde ausdehnte.

»Herr Richter«, sagte endlich der Lehrer, »an Ihnen ist's,
zu entscheiden, auf wen von uns – ob auf Kroff oder mich –
der größte Verdacht fällt. Jeder, der gerecht urteilt und die
Sachlage unbefangen betrachtet, muß zugeben, daß ich das
nicht bin. Aus Gründen, die Ihnen heute bekannt sind, habe
ich früher über den Zweck meiner Reise schweigen müssen.
Sie kennen diese Gründe, seit Wladimir Yanof sich eingefunden und sie Ihnen mitgeteilt hat. Das war in der Sache,
soweit sie mich berührt, der dunkle Punkt, der inzwischen
aufgehellt worden ist. Ob nun der Schenkwirt oder ein von
außen eingedrungener Unhold der Urheber des Verbrechens
ist, das hat das Gericht zu entscheiden. Ich selbst setze in die
Schuld Kroffs allerdings keinen Zweifel. Der Mann wußte,
daß Poch sich zur Begleichung einer Zahlung für Rechnung
der Gebrüder Johausen nach Reval begeben wollte, er wußte, daß dieser der Überbringer einer beträchtlichen Summe war, ihm war bekannt, daß ich früh um vier Uhr schon
wieder aufbrechen wollte, kurz, er wußte alles, was er dazu
brauchte, den Mord auszuführen und die Verantwortlichkeit
dafür dem mit dem Bankbeamten eingetroffenen Reisenden
zuzuwälzen. Er kann den Unglücklichen schon vor oder nach
meinem Weggange ermordet haben. Dann mag er in mein
Zimmer gegangen sein, den Rest des Kassenscheins auf den
Kaminherd geworfen und überhaupt alles darauf eingerichtet haben, daß der Schein der Schuld auf mich fallen mußte.
Glauben Sie nun immer noch, daß ich Pochs Mörder bin, so
nehmen Sie mich in Hast und stellen mich vor die Geschwor-
nen. Ich werde da Kroff beschuldigen. Es kann sich nur um

einen Kampf zwischen uns beiden handeln, und ich wüßte nicht, was ich von dem Gerechtigkeitssinne der Menschheit denker sollte, wenn ich es wäre, den man verurteilte!«

Dimitri Nicolef hatte seine Anschauungen, die ihn – seiner Ansicht nach – doch rechtfertigen sollten, gar nicht besonders lebhaft zum Ausdruck gebracht. Kerstorf hatte ihn auch nicht unterbrochen, und als der Lehrer zum Schluß die Frage hinwarf: »Werden Sie meinen Verhaftsbefehl unterzeichnen?«, antwortete er ruhig:

»Nein, Herr Nicolef!«

Vierzehntes Kapitel

Schlag auf Schlag

Es lag jetzt klar auf der Hand, daß bei der ganzen Angelegenheit nur noch der Schenkwirt Kroff und der Privatlehrer Dimitri Nicolef in Frage kamen. Das Restchen des in einer Ecke der Feuerstatt gefundenen Papiers schloß jeden Gedanken daran aus, daß das Verbrechen von einem jener Landstreicher begangen sein könnte, die nach den polizeilichen Meldungen diesen Teil der Provinz Livland unsicher machten. Wie wäre es nach der Mordtat einem jener umherlungernden Gesellen möglich gewesen, unbemerkt in das Zimmer des Reisenden einzubrechen und das Schüreisen darin niederzulegen, da man doch annehmen mußte, daß dieses zum Aufsprengen des Ladens gedient hatte, wie hätte ein solcher auf den Herd das Blatt Papier werfen können, das bis auf den in der Asche gefundenen Rest verbrannt war? Und wenn Dimitri Nicolef und Kroff noch so fest geschlafen hätten, wie wäre es denkbar, daß sie von all dem Vorgegangenen gar nichts gehört hätten? Und wie sollte endlich ein unbekannter Verbrecher auf den Gedanken gekommen sein, die Verantwortung für seine Schandtat auf den (zweiten) Reisenden zu wälzen?... Nach dem Morde und dem Gelingen des Raubes wäre ein solcher doch sicherlich schnellstens entflohen und hätte sich bei Tagesanbruch schon weit vom Kabak »Zum umgebrochenen Kreuze« befunden.

Das lehrte ja der gesunde Menschenverstand. Die Untersuchung mußte sich also auf die beiden, in ihrer gesellschaftlichen Stellung so verschiedenen Männer beschränken und zwischen ihnen die Entscheidung treffen.

Auch die ruhigsten Gemüter versetzte es jedoch in eine gewisse Aufregung, daß nach der zweiten Hausdurchsuchung in der Schenke gegen keinen von beiden ein Verhaftsbefehl ergangen war.

Natürlich fand nach den neuerlichen Ergebnissen der Durchsuchung des Kabaks die verschiedene Stimmung der Parteien desto leidenschaftlicheren Ausdruck. Die ganze Sache spitzte sich bei der in zwei Lager gespaltenen Allgemeinheit jetzt nur noch mehr zu, und zwar nicht allein in der Stadt Riga, sondern auch in allen drei Gouvernements der baltischen Provinzen.

Dimitri Nicolef war Slawe, und die Slawen traten ebenso im Interesse ihrer Partei, wie auch deshalb für ihn ein, weil sie ihn des Verbrechens wirklich nicht für fähig halten konnten.

Kroff war germanischer Abstammung und die Deutschgesinnten traten als seine Verteidiger auf… mehr um Dimitri Nicolef zu bekämpfen, als daß sie Interesse für den Inhaber einer ärmlichen Landstraßeschenke gehabt hätten.

Je nach der Anschauung, die sie verteidigten, brachten die Tagesblätter unausgesetzt aufregende Artikel. Man ereiferte sich über die Angelegenheit in den vornehmen Häusern der oberen Gesellschaftsklasse, in den bescheidenen Wohnungen der niederen Bürgerschaft, in den Schreibstuben der Kaufleute und in den Hütten der Arbeiter und Tagelöhner.

Die Lage des Generalgouverneurs wurde unter diesen Umständen immer mißlicher. Die städtischen Wahlen standen nahe bevor. Lärmend und mit zunehmender Begeisterung entschieden sich die Slawen für Dimitri Nicolef als ihren Kandidaten, den sie Frank Johausen jetzt nur um so entschiedener gegenüber stellten. Die Familie des reichen Bankiers, seine Freunde und seine Kunden waren weit davon entfernt, den Kampf aufzugeben, sie führten ihn vielmehr mit allen ihnen zu Gebote stehenden Mitteln weiter. Ihnen stand – das darf nicht verschwiegen werden – die Macht des Geldes zur Seite und sie machten davon bezüglich der Blätter ihrer Partei den ausgedehntesten Gebrauch. Staats- und Stadtbehörden wurden da unverzeihlicher Schwäche, sogar der Parteilichkeit geziehen. Man forderte die Verhaftung Dimitri Nicolefs, und die, die eine ganz gemäßigte Sprache führten, verlangten wenigstens, daß der Schenkwirt und auch der Lehrer hinter Schloß und Riegel gesetzt würden. So war es von größter Wichtigkeit, daß die Angelegenheit in dem einen oder anderen Sinne Erledigung fände, ehe die Parteien auf dem Kampfplatze der Wahlen aneinanderstießen, und die Abstimmung, die zum ersten Male unter so gespannten Verhältnissen erfolgen sollte, stand jetzt schon vor der Tür.

Wie stand es nun inmitten dieses Konfliktes, von dem er kaum eine Ahnung hatte, mit dem Schenkwirte Kroff?

Den Kabak, wo die Polizisten noch immer streng Wache hielten, konnte er nicht verlassen, so betrieb er seine Wirtschaft unverändert weiter, und jeden Abend kamen seine Kunden, Bauern und Holzfäller, wie vorher in der großen Gaststube zusammen. Immerhin schien es, als ob die Lage der Dinge ihn ein wenig beunruhigte. Ließ man den Lehrer unbehelligt umhergehen, so fürchtete er dafür, in Haft genommen zu werden. Noch unzugänglicher als gewöhnlich, schlug er vor jedem fest auf ihn gerichteten Blick die Augen nieder und beschuldigte Nicolef mit einem Eifer, einer Hartnäckigkeit und mit einer Wut, die ihm das Blut nach dem Kopfe stürmen ließen, so daß man fürchten konnte, er werde vom Schlage getroffen werden.

Gewöhnlich herrscht helle Freude in einem Hause, wo man sich zur Feier einer Hochzeit rüstet, und eine festliche Stimmung beherrscht darin die gesamte Familie. Durch weit geöffnete Fenster läßt man Luft und Heiterkeit hereinströmen. Überall leuchtet und glänzt es von Glück.

In der Wohnung Dimitri Nicolefs war das freilich nicht der Fall. Vielleicht dachte er zwar kaum noch an die Angelegenheit, die sein ruhiges Leben so grausam erschüttert hatte, doch hatte er nicht das Schlimmste von seinen unerbittlichen Gläubigern, von seinen Todfeinden zu befürchten?

Seit dem letzten Verhör im Amtszimmer des Richters Kerstorf waren nun sieben Tage verflossen. Man schrieb den 13. Mai. Am nächsten Tage war der von Nicolef unterschriebene Schuldschein in fällig. Erschien er am folgenden Morgen nicht mit achtzehntausend Rubeln in der Hand an der Kasse der Gebrüder Johausen, so stand ihm ein gerichtlicher Zahlungsbefehl in Aussicht. Diese Summe besaß er aber nicht, und seine Kinder wußten nichts von der Verbindlichkeit, die auf ihm lastete. Nachdem er mit schwerer Arbeit und strenger Sparsamkeit schon einen Teil der väterlichen Schuld – volle siebentausend Rubel – abgetragen hatte, hatte er gehofft, auch noch den Rest allmählich tilgen zu können, und jetzt sah er sich am Verfalltage von allen Mitteln entblößt, wenn nicht etwa… Die Herren Johausen sahen der Lösung des Knotens mit sehr verschiedenen Erwartungen entgegen.

Ging die Angelegenheit betreffend das »Umgebrochene Kreuz« zu seinen Gunsten aus, ergab Kerstorfs weitere Untersuchung des Falles noch neue Verdachtsgründe gegen den Schenkwirt, so daß dessen Schuld kaum noch zu bezweifeln war und er in Haft genommen und verurteilt würde, während die Unschuld des Lehrers durch die Verurteilung des wirklichen Schuldigen desto glänzender zutage trat, so hatten die Herren Johausen doch immer noch den Schuldschein in der Hand, den jener nicht einlösen konnte. Dann veranlaßten sie ohne Erbarmen die Exekution gegen ihn, ließen ihn das Blut Karl Johausens und alles das bezahlen, was sie durch ihn, auch an ihrer Eigenliebe, gelitten hatten, ihn, den Rivalen, der gegen den deutschen Teil der Bevölkerung die Fahne des Panslawismus entfaltete.

Zeigte es sich andernfalls, daß Dimitri Nicolef die Mittel zur Tilgung seiner Schuld besaß, so konnte er diese, ihrer Meinung nach, nur durch den Diebstahl im Kabak erlangt haben. Die Herren Johausen wußten recht gut, daß der Lehrer die siebentausend Rubel von der fünfundzwanzigtausend Rubel betragenden Gesamtschuld nur mit dem Aufgebot seiner letzten Hilfsmittel hatte abtragen können. Woher sollte er denn die rückständigen achtzehntausend Rubel nehmen, wenn er sie sich nicht auf verbrecherische Weise verschafft hatte? Übrigens würde sich Nicolef, wenn er diese Summe am Verfallstag brachte, durch die Reichskassenscheine selbst verraten, da er ja nicht wissen konnte, daß deren Nummern im Bankhause bekannt waren, und dann konnte ihm weder die Gunst der Behörden, noch das Eintreten seiner Freunde für ihn mehr etwas nützen, dann war er verloren, rettungslos verloren. Der Vormittag des nächsten Tages verging, ohne daß Dimitri Nicolef an der Kasse der Gebrüder Johausen erschien.

Am Nachmittage gegen vier Uhr traf ein Billett der Gebrüder Johausen bei ihm ein mit der Erinnerung, die an diesem Tage fälligen achtzehntausend Rubel ohne Verzug einzuzahlen. Da wollte es das Unglück, daß es Wladimir Yanof war, der den Mahnzettel von dem Boten in Empfang nahm… ja, das Unglück, wie es sich sogleich zeigen wird.

Wladimir nahm von dem Zettel Einsicht. Daraus ersah er, daß Nicolef, der für die Schulden seines Vaters Bürgschaft übernommen hatte, noch mit einer beträchtlichen, an die Gebrüder Johausen zu zahlenden Summe im Rückstande war.

Wladimir begriff alles, da er wußte, daß der Lehrer beim Ableben seines Vaters in großer Geldverlegenheit gewesen war, und doch die Regelung der Nachlaßangelegenheiten auf sich genommen hatte. Er wähnte er im Laufe der Jahre seiner Familie gegenüber kein Wort davon, so geschah das nur, um diese vor weiterer Sorge zu behüten, und weil er immer hoffte, durch Sparsamkeit und redliche Arbeit diese Ehrenschuld abtragen zu können.

Doch Wladimir begriff nicht nur das, sondern sofort auch, was zu tun hier seine Pflicht wäre.

Ihm kam es zu, Dimitri Nicolef, da er es konnte, zu retten. Er besaß ja jetzt eine mehr als hinreichende Summe, die zwanzigtausend Rubel, die Johann Yanof dem Lehrer zur Aufbewahrung übergeben und die ihm dieser vor kurzer Zeit in Pernau unberührt ausgeliefert hatte.

Nun gut, davon wollte er die nötigen achtzehntausend Rubel zur Ausgleichung der Schuld bei den Gebrüdern Johausen nehmen und damit Dimitri Nicolef vor dem ihm drohenden Unheil retten.

Es war jetzt die fünfte Nachmittagsstunde, und das Bankhaus schloß um sechs Uhr.

Wladimir Yanof hatte keine Minute zu verlieren. Entschlossen, von seinem Vorhaben nichts zu sagen, begab er sich nach seinem Zimmer hinauf, entnahm hier dem Schreibtische eine zur Bezahlung der Schuld hinreichende Anzahl Reichskassenscheine, ging, ohne von jemand gesehen worden zu sein, wieder hinunter und schritt auf die Haustür zu. In diesem Augenblicke wurde die Tür geöffnet. Jean und Ilka traten zusammen ein.

»Du willst ausgehen, Wladimir?«, fragte das junge Mädchen, ihm die Hand bietend.

»Ja, liebe Ilka«, antwortete Wladimir, »ein Weg, der mich nicht lange aufhalten wird. Zum Abendessen bin ich bestimmt wieder hier.«

Wenn ihm jetzt auch einen Augenblick der Gedanke kam, den Geschwistern mitzuteilen, was er eben tun wollte, so sah er doch davon ab. Zwang ihn nicht ein Zufall, zu sprechen, so wollte er nicht, daß die Sache noch vor seiner Verheiratung bekannt würde. Erst wenn das junge Mädchen seine Gattin wäre, sollte sie alles erfahren, und er war überzeugt von ihrer

Zustimmung dazu, daß er, selbst auf die Gefahr einer Schädigung der eigenen Zukunft, ihren Vater aus seiner Bedrängnis gerettet hätte.

»So geh' denn, Wladimir«, sagte sie, »und komme rechtzeitig zurück. Ich fühle mich weit ruhiger, wenn du da bist, denn ich fürchte immer, daß mein Vater...«

»Ja, der ist trauriger und niedergeschlagener als je«, erklärte Jean, dessen Augen in gerechtem Zorn aufblitzten. »Diese Elenden werden ihn noch töten!... Er ist krank... kränker vielleicht, als wir annehmen.«

»Du übertreibst, Jean«, erwiderte Wladimir. »Dein Vater hat einen sittlichen Halt, über den seine Feinde nicht triumphieren werden.«

»Gott gebe, daß du recht hast, Wladimir!«, sagte das junge Mädchen seufzend.

Wladimir drückte ihr warm die Hand.

»Habt nur Vertrauen«, fügte er noch hinzu, »in wenigen Tagen wird ja alles überstanden sein!«

Damit ging er auf die Straße hinaus und traf zwanzig Minuten später am Bankhause der Gebrüder Johausen ein.

Die Kasse war noch geöffnet und Wladimir trat an den betreffenden Schalter. Der Kassierer, an den er sich wendete, erklärte ihm, seine Angelegenheit gehe die Inhaber der Firma persönlich an, da sie diese für sich mit Dimitri Nicolef abgeschlossen hätten, und er forderte ihn auf, die Herren in ihrem Privatkontor aufzusuchen.

Die beiden Brüder waren hier anwesend.

»Wladimir Yanof!«, rief der eine, als ihm dessen Karte übergeben worden war. »Der kommt wegen Nicolef!... Er wird uns um Aufschub oder um Prolongation des Wechsels bitten wollen.«

»Nein... keinen Tag, keine Stunde!«, erklärte Frank Johausen in einem Tone, der die Unerbittlichkeit des Mannes verriet. »Morgen beantragen wir die Pfändung.«

Von einem der Bureaubeamten unterrichtet, daß die Herren Johausen bereit seien, ihn zu empfangen, trat jetzt Wladimir Yanof in das Kontor ein.

Hier entspann sich sofort folgendes Gespräch: »Meine Herren«, begann Wladimir, »ich komme hierher wegen einer Verbindlichkeit, die Dimitri Nicolef Ihnen gegenüber zu erfüllen hat, wegen einer Schuld, die heute fällig ist und wegen der Sie ihm schon haben eine Mahnung zugehen lassen…«

»Wie Sie sagen«, antwortete Frank Johausen.

»Die Schuldsumme«, fuhr Wladimir fort, »beträgt einschließlich der aufgelaufenen Zinsen achtzehntausend Rubel.«

»Ganz recht, achtzehntausend.«

»Und sie rührt von der Bürgschaft her, die Dimitri Nicolef beim Tode seines Vaters für die Befriedigung der Gläubiger des Verstorbenen übernommen hatte.«

»Ja, so ist es«, bestätigte Frank Johausen, »wir können aber unmöglich einen weiteren Aufschub bewilligen.«

»Wer verlangt denn von Ihnen einen solchen, meine Herren?«, versetzte Wladimir in etwas hochmütigem Tone.

»O«, warf der ältere der beiden Brüder ein, »da wir schon am Vormittage hätten Zahlung erhalten sollen…«

»Die wird Ihnen noch heute vor sechs Uhr zugehen«, unterbrach ihn Yanof, »das ist wohl zeitig genug, denn ich glaube doch nicht, daß Ihre Firma wegen dieser Verzögerung um wenige Stunden schon nahe daran gewesen wäre, Konkurs anzumelden.«

»Mein Herr«, rief Frank Johausen, »ergrimmt über diese kalten und verletzend ironischen Worte, bringen Sie etwa die Summe von achtzehntausend Rubeln?«

»Hier ist sie«, antwortete Wladimir, indem er ein Bündel Hunderttrubelscheine hinhielt. »Wo ist nun der Schuldschein?«

Ebenso erstaunt wie gereizt, gaben die beiden Johausen zunächst keine Antwort. Der eine ging nur nach dem in einer Ecke des Zimmers stehenden Panzerschranke, entnahm ihm eine verschließbare Dokumentenmappe und zog aus einem ihrer Fächer den Schuldschein hervor, den er gelassen auf den Tisch legte.

Wladimir ergriff das Papier, prüfte es sorgfältig und überzeugte sich, daß es das von Dimitri Nicolef unterzeichnete Schuldbekenntnis zugunsten der Herren Johausen war. Darauf überreichte er das Päckchen Rubelscheine.

»Bitte, zählen Sie«, sagte er ruhig.

Frank Johausen war sichtbar erbleicht, während Wladimir ihn mit etwas geringschätzigem Blicke ansah. Die Hand des Bankiers war unsicher, so daß er die Scheine fast zerknitterte.

Plötzlich leuchteten seine Augen auf. Eine wilde Freude erglänzte in seinen Zügen, und mit hasserfüllter Stimme rief er:

»Das, Herr Yanof, sind Reichskassenscheine, die gestohlen waren.«

»Gestohlen?…«

»Ja ja, gestohlen aus der Mappe unseres unglücklichen Poch!«

»O nein! Das sind dieselben Scheine, die mir Dimitri Nicolef in Pernau übergeben hat, als er mir das ihm von meinem Vater anvertraute Depot auslieferte.«

»Da erklärt sich ja alles!«, rief Frank Johausen triumphierend. »Er war außer stande, Ihnen dieses Depot zurückzuliefern, und da hat er eine Gelegenheit benützt…«

Wladimir prallte einen Schritt zurück.

»Bei unserer Firma waren die Nummern der Kassenscheine aufgezeichnet worden. Hier, sehen Sie selbst die Liste ein«, fuhr Frank Johausen fort, während er aus einem Kasten des Tisches ein mit Ziffern bedecktes Blatt hervorholte.

»Das sind Reichskassenscheine, die gestohlen waren.«

»Herr… Herr…«, stammelte Wladimir wie vom Donner gerührt, da er keine zusammenhängenden Worte finden konnte.

»Ja«, sprach Frank Johausen weiter, »und da Sie diese Kassenscheine von Herrn Nicolef erhalten haben, liegt es auf der Hand, daß er sie von unserem Bankboten gestohlen hat, nachdem er diesen im Kabak ›Zum umgebrochenen Kreuze‹ ermordet hatte.«

Wladimir Yanof war nicht imstande zu antworten. Er fühlte, wie ihm der Kopf wirbelte, wie ihm die Sinne schwanden, dennoch begriff er bei dieser Unruhe seiner Gedanken, daß Dimitri Nicolef endgültig verloren sei. Die Welt würde sagen, daß er die ihm anvertraute Summe unterschlagen und Riga nur auf den Brief Wladimir Yanofs hin in der Absicht verlassen habe, diesen um Verzeihung anzuflehen, nicht aber, ihm das Geld zurückzuerstatten, das er ja nicht mehr besaß. Da – so würde man weiter schließen – führte ihn der Zufall mit Poch im Postwagen zusammen, der eine wohlgefüllte Geldmappe des Bankhauses bei sich trug. Den Armen hätte er dann getötet und beraubt, und es wären die Kassenscheine der Gebrüder Johausen gewesen, die er dem Sohne seines Freundes Yanof, dessen Vertrauen er so mißbraucht, zuletzt ausgeliefert hätte.

»Dimitri…«, preßte Wladimir endlich hervor, »Dimitri… er sollte…«

»Wenn Sie es nicht selbst getan haben«, antwortete Frank Johausen.

»Elender!«

Wladimir Yanof hatte jedoch anderes zu tun, als diese persönliche Beleidigung zu rächen. Daß bei jemand der Gedanke auftauchen könnte, er sei der Urheber des Verbrechens, das machte auf ihn keinen Eindruck. Nur Nicolef war es, um den er sich sorgte.

»Endlich«, sagte Frank Johausen, nachdem er das durchgezählte Päckchen Kassenscheine weggelegt hatte, »endlich haben wir also den Mordgesellen! Jetzt handelt sichs nicht mehr um einen Verdacht, jetzt liegt die Gewißheit, liegen greifbare Beweise vor! Der Herr Kerstorf hat mir einen verständigen Rat gegeben, als er davon abmahnte, die Nummern der gestohlenen Scheine bekannt zu machen. Früher oder später mußte sich der Mörder selbst fangen, und das ist jetzt geschehen. Ich eile zum Richter Kerstorf, und vor Ablauf einer Stunde wird der Befehl zur Verhaftung Nicolefs ergangen sein!«

Inzwischen war Wladimir Yanof nach der Straße hinausgestürmt. Eiligen Schrittes und fast geistesabwesend wandte er sich dem Hause des Lehrers zu. Mit aller Macht bemühte er sich, die quälerischen Gedanken, die ihn erfüllten, von sich abzuschütteln. Er wollte und konnte nicht eher etwas glauben, als bis sich Nicolef über die Sache erklärt hätte, und diese Erklärung wollte er sofort herbeiführen. Die Kassenscheine waren ja nun einmal dieselben, die Dimitri Nicolef ihm nach Pernau gebracht und von denen er noch keinen einzigen angerührt hatte.

Am Hause angelangt, stieß Wladimir dessen Tür auf.

Im Erdgeschoß weder Jean noch Ilka, überhaupt zum Glücke niemand. Der erste Blick auf Yanof hätte jeden gelehrt, daß über die Familie ein neues, und jetzt ein unabwendbares Unglück hereingebrochen sei.

Wladimir sprang die Treppe hinauf, die zu dem Zimmer des Lehrers führte.

Hier saß Dimitri Nicolef, den Kopf in den Händen, an seinem Arbeitstische. Er erhob sich beim Eintreten Wladimirs, der auf der Schwelle stehen blieb.

»Was wünschest du?«, fragte Nicolef, der den andern mit einem müden Blicke ansah.

»Dimitri«, rief Wladimir, »um des Himmelswillen, sprecht, sagt mir alles! Ich verstehe nichts. Rechtfertigt euch... Doch nein, das ist wohl unmöglich!... Gebt mir wenigstens eine Erklärung... mir schwindet der Verstand...«

»Was gibt es denn?«, antwortete Nicolef. »Noch ein neues Unglück, das zu so vielen andern hinzukommt?«

Er sprach diese verzweiflungsvollen Worte wie einer, der auf alles gefaßt ist und den kein Schicksalsschlag mehr überraschen kann.

»Wladimir«, fuhr er fort, »jetzt verlange ich von dir, daß du redest. Mich rechtfertigen?... Wegen was denn?... Du bist also gekommen, zu glauben, ich wäre...«

Wladimir ließ ihn den Satz nicht vollenden.

»Dimitri«, sagte er, sich mit übermenschlicher Kraft beherrschend, »vor einer Stunde ist eine mahnende Erinnerung hierher gekommen...«

»Natürlich von den Gebrüdern Johausen«, fiel ihm Nicolef ins Wort. »Du weißt also nun, in welcher Lage ich mich dem Bankhause gegenüber befinde. Ich kann die Herren nicht bezahlen... es ist eine Schuld, für die auch die Meinigen zu leiden haben werden. Du siehst also, Wladimir, daß du mein Sohn nicht werden kannst.«

Von tiefer Bitterkeit erfüllt, gab Wladimir hierauf keine Antwort.

»Dimitri«, sagte er dann, »ich habe mich verpflichtet gefühlt, dieser traurigen Lage ein Ende zu machen.«

»Du?«

»Ich besaß ja noch die Summe, die Ihr mir in Pernau ausgeliefert hattet.«

»Dieses Geld ist aber dein Eigentum, Wladimir. Es rührt von deinem Vater her. Ich habe dir nur eine von mir bisher aufbewahrte Summe übergeben.«

»Ja ja, das weiß ich... das weiß ich; und da das Geld mir gehörte, hatte ich auch das Recht, darüber zu verfügen. Ich nahm also die Kassenscheine, dieselben, die Ihr mir gebracht hattet, und bin damit nach dem Bankhause gegangen...«

»Das... das hast du getan!«, rief Nicolef, indem er die Arme ausbreitete. »Warum hast du das getan?... Es war dein

Dimitri Nicolef, den Kopf in den Händen, saß an
seinem Arbeitstische.

einziges Vermögen. Dein Vater hat es dir nicht hinterlassen, um damit die Schulden des meinigen zu tilgen.«

»Dimitri«, antwortete Wladimir, die Stimme dämpfend, »die Kassenscheine, die ich den Herren Johausen übergeben habe... diese Scheine sind dieselben, die in der Schenke ›Zum umgebrochenen Kreuze‹ aus der Mappe Pochs gestohlen worden waren und deren Nummern die Bank sich angemerkt hatte.«

»Die Kassenscheine... diese Kassenscheine?...«

Als er die Worte wiederholte, stieß Nicolef, der sich dabei erhoben hatte, einen entsetzlichen Schrei aus, der im ganzen Hause widerhallte.

Fast gleichzeitig wurde die Tür des Zimmers aufgerissen.

Ilka und Jean stürzten herein.

Als sie sahen, in welchem Zustande sich der Unglückliche befand, eilten beide auf ihn zu, während Wladimir, bei Seite stehend, das Gesicht in den Händen barg.

Weder der Bruder noch die Schwester dachten zunächst daran, eine Erklärung zu verlangen. Vor allem galt es ihnen, ihrem Vater beizustehen, der zu ersticken drohte. Sie zwangen ihn, sich wieder zu setzen, und übrigens konnte er sich auch gar nicht mehr aufrecht halten. Seinen Lippen entwanden sich nur noch die Worte:

»Gestohlen... die Kassenscheine gestohlen?«

»Mein Vater«, rief das junge Mädchen, »was ist dir geschehen?«

»Wladimir«, fragte Jean, »was ist vorgefallen?... Ist er von Sinnen?«

Da erhob sich Nicolef wieder und trat auf Wladimir zu. Er ergriff dessen Hände und löste sie von seinem Gesichte. Dann begann er, nachdem er den jungen Mann gezwungen hatte, ihn gerade anzublicken, mit halb erstickter Stimme: »Jene Scheine, die du von mir erhalten hattest, die du nach dem Bankhause der Gebrüder Johausen gebracht hast... diese Scheine sind die selben, die aus der Mappe Pochs, des ermordeten Poch, geraubt worden waren?«

»Ja«, sagte Wladimir.

»Ich bin verloren… verloren!«, stieß Nicolef hervor.

Ohne daß sie es hätten verhindern können, drängte er seine Kinder beiseite, flüchtete aus dem Arbeitszimmer und begab sich nach seiner Wohnstube hinaus. Er schloß sich hier aber nicht ein, wie er es sonst zu tun pflegte. Eine Viertelstunde später eilte er die Treppe hinunter, öffnete die Haustür und lief, wie von Furien gepeitscht, in der Dunkelheit durch die Vorstadt hin.

Jean und Ilka hatten von dem schrecklichen Auftritte nicht das mindeste verstanden. Die Worte: die Scheine gestohlen!… Die Kassenscheine gestohlen! konnten sie noch nicht darüber belehren, daß ihr Vater jetzt der Wucht eines greifbaren Beweises erliegen sollte.

Sie wandten sich also wieder an Wladimir, und dieser berichtete, mit niedergeschlagenen Augen und stammelnden Tones, was er getan hätte, wie er, wo er Nicolef habe retten, aus den Händen der Herren Johausen habe befreien wollen, diesen doch nur ins Verderben gestürzt hätte. Wer hätte ihn jetzt noch für unschuldig halten können, wo die aus der Mappe Pochs gestohlenen Kassenscheine, wenn auch nicht in seinem Besitz, doch in den Händen Wladimir Yanofs gefunden worden waren? Dieser hatte bei den Bankiers ja angegeben, daß er die Scheine mit der von Nicolef aufbewahrten Summe von diesem erhalten habe.

Erschüttert von dieser Mitteilung, weinten Jean und Ilka heiße Tränen.

In diesem Augenblicke meldete das Dienstmädchen, daß einige Polizisten nach Herrn Dimitri Nicolef zu fragen da seien. Vom Untersuchungsrichter auf die Denunziation Frank Johausens hin abgesendet, waren sie gekommen, den Mörder aus dem »Umgebrochenen Kreuze« zu verhaften.

Die Nachricht von der bevorstehenden Verhaftung hatte sich in der Stadt noch nicht verbreitet. Niemand wußte, daß die vielbesprochene Angelegenheit eine neue Wendung… voraussichtlich die letzte, genommen habe, mit der diese bald eine endgültige Erledigung finden müßte.

Während die Polizisten das ganze Haus absuchten und sich dabei überzeugten, daß Nicolef jetzt nicht darin war, eilten Jean und Ilka, ohne vorherige Verabredung, sondern nur von dem gleichen Gefühle getrieben, auf die Straße. Sie wollten den Unglücklichen aufsuchen, ihn auf keinen Fall verlassen, und trotz der erdrückendsten Beweise, die sich mehr und mehr angesammelt hatten, weigerte sich eine Stimme ihres Innern, ihn für schuldig zu halten. Ihre zu Freud und Leid verbundenen Herzen empörten sich bei dem Gedanken an seine Schuld, obgleich die letzten Worte Nicolefs: »Ich bin verloren!… Bin verloren!« wie ein Geständnis klangen, das ihm wider Willen entschlüpft wäre.

Jetzt war es schon Nacht geworden. Mehrere Leute hatten Nicolef durch die Vorstadt hineilen sehen. Wladimir, Ilka und Jean liefen schnell in derselben Richtung hin und erreichten die alte Umwallung der Stadt. Vor ihnen lag nun das offene Land in tiefer Finsternis. Sie schlugen die Straße nach Pernau ein, indem sie einem gewissen Instinkte folgten, der sie nach dieser Seite hintrieb.

Zweihundert Schritte weiterhin blieben alle drei vor einem auf dem Fußwege der Straße liegenden Körper stehen.

Das war Dimitri Nicolef. Neben ihm lag ein blutiges Messer. Ilka und Jean warfen sich über die Leiche ihres Vaters, während Wladimir nach dem nächsten Hause eilte, um Hilfe herbeizuholen.

Einige Bauern kamen bald mit einer Tragbahre, und Nicolef wurde in sein Haus geschafft, wo der schleunigst herbeigerufene Doktor Hamine nur noch die Ursache des plötzlichen Todes feststellen konnte.

Dimitri Nicolef war ganz ebenso verletzt, wie damals Poch, durch einen Stich ins Herz, und das Messer hatte im Umkreis der Todeswunde einen ganz ähnlichen Eindruck hinterlassen, wie der, der an der Leiche des Bankbeamten gefunden worden war.

Der Unselige hatte sich verloren gefühlt und durch Selbstmord geendet, um der Strafe für sein Verbrechen zu entgehen.

Fünfzehntes Kapitel

Auf einem Grabe

Es war also abgeschlossen, dieses traurige Kriminaldrama, das die Bevölkerung der baltischen Provinzen so tief erregt und sie am Vorabend, wo sich die Parteien auf dem Wahlkampfplatze messen sollten, nur noch weiter erhitzt hatte. Noch einmal sollte die deutsche Partei, nach dem gewaltsamen Tode des Schildhalters der Slawen, den Sieg davontragen. Der Streit zwischen beiden Lagern loderte aber sicherlich früher oder später von neuem auf, und endete voraussichtlich erst nach der völligen Russifizierung des Landes unter dem Drucke der Regierungsgewalt.

Und Dimitri Nicolef hatte sich nicht allein entleibt, nein, der unter so schrecklichen Verhältnissen verübte Selbstmord erlaubte auch nicht mehr, an seiner Schuld zu zweifeln, seitdem die gestohlenen Kassenbilletts so unerwartet zum Vorschein gekommen waren. Er besaß also, als er Riga auf das Schreiben Wladimir Yanofs hin verlassen hatte, das ihm anvertraute Depot überhaupt nicht mehr. Ob er aber den Sohn seines Freundes aufgesucht habe, um ihm die ganze Wahrheit einzugestehen, oder ob er wegen Mißbrauchs des ihm geschenkten Vertrauens habe flüchten wollen... das war jedenfalls schwierig zu entscheiden. Dagegen konnte man wohl annehmen, daß Nicolef durch das unerwartete Auftauchen des aus den sibirischen Bergwerken entflohenen Verbannten überrascht worden sei und erkannt habe, daß er jetzt in eine Lage gekommen sei, in der seine Ehre für

immer auf dem Spiele stand, da er einerseits Wladimir Yanof die ihm von seinem Vater zugefallene Erbschaft ebensowenig ausantworten, wie die bei den Herren Johausen nach
wenigen Wochen fällige Schuld bezahlen konnte... hier war
ihm jeder Weg zur Rettung verschlossen. Da wäre er denn
auf der Reise mit dem Bankbeamten Poch zusammengetrof-
fen, und der Ertrag des Diebstahls hätte es ihm ermöglicht,
die früher veruntreute Summe nach Pernau zu bringen. Die
eine Schuld wäre ja damit getilgt gewesen, doch um welchen
Preis?...

Um den eines zweifachen Verbrechens: eines Mordes und
eines Diebstahls!

Als sich dann alles aufgeklärt hatte, als es Licht geworden
war in der bisher so dunkeln Angelegenheit, als die von Wladimir Yanof vorgelegten Kassenscheine an ihren Nummern
als dieselben erkannt worden waren, die sich in der Mappe
Pochs befunden hatten, da hatte sich Dimitri Nicolef, der
wahre Schuldige, der Raubmörder, mit demselben Messer,
womit er sein Opfer getötet hatte, durch einen einzigen Stich
ins Herz umgebracht.

Die Aufklärung dieser Angelegenheit gab selbst verständlich dem Schenkwirt Kroff alle Sicherheit wieder. Es war dazu
auch die höchste Zeit gewesen: am nächsten Tage schon hätte
Kerstorf den Befehl zu seiner Verhaftung ausfertigen wollen.
Von der Stunde an, wo sich die Unstatthaftigkeit eines Ein-
schreitens gegen Dimitri Nicolef zu ergeben schien, konnte
ein solches nur gegen Kroff in Frage kommen.

Nicolef oder Kroff, das Gericht konnte nach keinem
andern Schuldigen forschen. Bekanntlich war gegen den
Schenkwirt auch schon einiger Verdacht aufgestiegen, als
der Kriminalbeamte erfuhr, was im Kontor der Gebrüder Johausen vorgefallen war, und er war nicht einer derer, die am
wenigsten darüber erstaunten, daß die Schuldlosigkeit Kroffs
und die Schuld Nicolefs anzuerkennen wäre.

Kroff nahm also seine gewohnte Lebensweise im Kabak »Zum umgebrochenen Kreuze« wieder auf, er wußte aus den jetzigen Umständen noch ansehnlichen Nutzen zu ziehen. Erschien er nicht wie ein später freigesprochener Verurteilter, nachdem man die Ungerechtigkeit seiner Verurteilung erkannt hatte?

Kurz, man sprach von der Sache wohl noch einige Tage, doch dann war sie abgetan. Entging jetzt den Bankiers auch die Schuldsumme, die sie von Dimitri Nicolef zu fordern hatten, so waren sie doch wenigstens im Besitz der achtzehntausend Rubel, die ihnen Wladimir Yanof überbracht hatte.

Nach der Beerdigung des Lehrers zogen sich Ilka und Jean, von dessen Rückkehr nach der Universität in Dorpat jetzt keine Rede mehr war, in ihr Haus zurück, dessen Schwelle gar viele der alten Freunde Nicolefs nicht mehr zu betreten wagten. Nur drei verließen sie in ihrem Jammer nicht: Wladimir Yanof, den hier zu erwähnen kaum nötig ist, Herr Delaporte und der Doktor Hamine.

Die Geschwister sahen ihre weitere Lebensbahn nicht mehr klar vor sich. Alles erschien dunkel, selbst was Dimitri Nicolef anging, den schuldig zu glauben, gegen die Natur zu streiten schien. Sie gingen so weit, zu glauben, daß sein Verstand unter den wiederholten schweren Schicksalsschlägen gelitten haben werde, daß er sich nur in einem Anfalle von geistiger Umnachtung getötet habe und daß dieser Selbstmord keineswegs beweise, daß er der Urheber des Verbrechens im »Umgebrochenen Kreuze« gewesen sei.

Es erscheint wohl kaum nötig auszusprechen, daß Wladimir Yanof dasselbe annahm, daß er sich sträubte, auch die erdrückendsten Beweise anzuerkennen. Wie wäre es aber möglich gewesen, daß jene numerierten Kassenscheine in den Besitz Dimitri Nicolefs gekommen wären, wenn dieser sie nicht von dem toten Poch gestohlen hatte?

Wladimir sprach darüber auch mit dem Doktor Hamine, dem ältesten Freunde der Familie.

»Ich will zugeben«, sagte dieser mit unwiderlegbarer Logik, »lieber Wladimir, daß es Nicolef nicht gewesen ist, der Poch beraubt hatte, obgleich die Diebesbeute sich in seinem Besitz befunden hat. ebenso, daß sein Selbstmord kein untrüglicher Beweis für seine Schuld ist, da er wohl in einem Anfall von Geistesstörung, einer Folge der schrecklichen, ihn überwältigenden Prüfungen, Hand an sich gelegt haben könnte… eine Tatsache überwiegt aber doch das alles: Dimitri hat sich mit derselben Waffe umgebracht, mit der Poch getötet worden war, und vor dieser Tatsache muß man sich wohl beugen, so unglaublich, so entsetzlich das Ganze auch erscheint.«

»Wenn es an dem ist«, antwortete Wladimir als eine letzte Einwendung, »so mußte Dimitri Nicolef ein Dolchmesser dieser Art besessen haben, das sein Sohn und seine Tochter bei ihm niemals gesehen hatten… nein, Herr Doktor, weder Sie noch sonst jemand. Hier zeigt sich noch ein unaufgeklärter Punkt…«

»Darauf kann ich nur eine Antwort geben, Wladimir: Nicolef muß dieses Messer besessen haben; wie könnte man daran zweifeln, da er sich dessen zweimal, gegen Poch und gegen sich selbst, bedient hat?«

Wladimir ließ den Kopf sinken; er fand hierauf keine Antwort. Da nahm der Doktor Hamine wieder das Wort:

»Was soll nun aus den unglücklichen Kindern, aus Jean und Ilka werden?«

»Nun, wird denn Jean nicht mein Bruder sein, wenn Ilka meine Frau ist?«

Der Arzt ergriff die Hand Wladimirs und drückte sie mit Wärme.

»Haben Sie denn glauben können, Herr Doktor, daß ich davon absehen würde, Ilka zu heiraten, sie, die ich so liebe und die mich liebt, ob ihr Vater nun schuldig sei oder nicht?«

Wenn er immer noch bei seinem Zweifel verharrte, war es doch, nach allem, was der Doktor Hamine gesagt hatte, nur seine Liebe, die ihm die Kraft dazu eingab.

»Nein, Wladimir«, antwortete der Arzt, »ich habe nie geglaubt, daß Sie sich weigern würden, Ilka zu heiraten. Trifft denn die Unglückliche eine Verantwortlichkeit?«

»Nicht die geringste!«, rief Wladimir eifrig. »In meinen Augen ist sie das beste, das edelste Wesen… ist sie der Liebe eines ehrenhaften Mannes würdig. Unsere Verehelichung wird sich freilich verschieben, doch sie wird erfolgen. Sollten wir diese Stadt verlassen müssen, so wird es geschehen.«

»Wladimir, ich erkenne Ihr gutes, edles Herz. Sie wollen Ilka heiraten, doch wird Ilka das jetzt auch wollen?«

»Wenn sie sich weigerte, wär es ja ein Zeichen, daß sie mich nicht liebte.«

»O, Wladimir, könnte es nicht auch ein Zeichen für ihre Liebe sein, einer Liebe, um deretwillen Ilka nicht wünscht, Sie erröten zu sehen?«

Dieses Zwiegespräch veränderte in keiner Weise die Gefühle Wladimir Yanofs; im Gegenteil blieb dieser entschlossen, seine Vermählung mit Ilka eher zu beschleunigen, sie wenigstens stattfinden zu lassen, sobald es die Umstände gestatteten. Darum, was man in der Stadt sagen, was man von ihm denken würde, selbst um den etwaigen Tadel seiner Freunde, kümmerte er sich ja nicht. Nur eines lag ihm schwer am Herzen: seine augenblickliche Lage.

Von dem Depot, das ihm Dimitri Nicolef ausgehändigt hatte, war ihm nach der Zahlung an die Gebrüder Johausen nur sehr wenig, nur ein Rest von zweitausend Rubeln übrig geblieben. Sein Vermögen hatte er ja hingeopfert, als er nach dem Bankhause ging, den Schuldschein Dimitri Nicolefs einzulösen. Nun, wenn ihn damals die Zukunft nicht erschreckte, warum sollte sie ihn dann heute mehr erschrecken? Er würde arbeiten ... für sich und seine Gattin. Mit Ilkas Liebe erschien ihm nichts unmöglich.

So vergingen vierzehn Tage; Jean, Ilka, Wladimir und der Doktor Hamine hatten einander sozusagen niemals verlassen. Der Arzt und zuweilen Herr Delaporte waren die einzigen, die ins Haus des Lehrers gekommen waren.

Wladimir hatte bisher noch kein Wort bezüglich der Heirat fallen lassen, sein Dableiben sprach ja genug für ihn. Auch Jean und Ilka hatten noch keines eine Andeutung davon geäußert. Meist verhielten sich der Bruder und die Schwester schweigend und blieben stundenlang allein in demselben Zimmer.

Da entschloß sich Wladimir endlich, der Zurückhaltung, die das junge Mädchen beobachtete, ein Ende zu machen.

»Ilka«, begann er eines Tages mit tieferregter Stimme, als er mit ihr allein im Zimmer war, »als ich Riga – es ist nun vier Jahre her – verließ, als ich von dir getrennt und nach Sibirien verwiesen wurde, da versprach ich dir, dich niemals zu vergessen. Sprich: habe ich mein Wort gehalten?«

»Ganz gewiß, Wladimir.«

»Ich habe dir beteuert, dich immer zu lieben. Haben sich meine Gefühle für dich verändert?«

»Ebensowenig wie die meinigen für dich, Wladimir, und wenn ich die Erlaubnis dazu hätte erwirken können, wäre ich schon draußen zu dir gekommen und wäre dein Weib geworden ... «

»Die Gattin eines Verurteilten, Ilka!«

»Nein, nur die eines Verbannten, Wladimir«, antwortete das junge Mädchen.

Wladimir empfand zwar die Unterscheidung, die sie in die Worte legte, er vermied es aber, näher darauf einzugehen.

»Jetzt, liebe Ilka«, fuhr er fort, »bist du aber nicht mehr genötigt, da hinaus zu kommen, um mein Weib zu werden. Die Verhältnisse haben sich geändert: jetzt bin ich gekommen, dein Gatte zu werden!«

»Du hast recht, zu sagen, daß die Verhältnisse sich geändert haben, Wladimir… ach ja… doch in schrecklicher Weise.«
Sie sprach die letzten Worte mit einem so schmerzlichen Nachdruck, daß ihr ganzer Körper dabei erzitterte.

»Meine liebste Ilka«, sagte Wladimir darauf, »welch grausame Erinnerung es auch in dir wachrufen konnte, ich mußte mich gegen dich einmal aussprechen. Ich will dich nicht länger quälen. Ich kam nur, dich um Einlösung deiner Versprechungen zu bitten.«

»Meiner Versprechungen, Wladimir«, antwortete Ilka, die die Seufzer, welche ihre Brust erfüllten, nicht mehr zurückhalten konnte »… meiner Versprechungen?… Ach, als ich dir diese gab, war ich dazu noch würdig, doch heute…«

»Heute, Ilka, bist du würdig, sie zu halten.«

»Nein, Wladimir, wir müssen die Pläne vergessen, die wir einst entworfen haben…«

»Du weißt doch zu gut, daß ich sie nie vergessen werde. Wären sie nicht schon seit einigen Wochen verwirklicht worden, gehörten wir heute einander nicht unauflösbar an, ohne das Unglück, das sich am Vorabend unserer Verbindung ereignete?«

»Ja freilich«, antwortete Ilka resigniert, »doch Gott sei gelobt, daß es noch nicht dazu gekommen war. Jetzt brauchst du es nicht zu bereuen, brauchst nicht zu erröten, in eine Familie eingetreten zu sein, über die so unsägliche Schmach und Schande gekommen ist!«

»Ilka«, erwiderte Wladimir ernst, »ich würde es nimmer bereut haben, das schwör' ich dir, würde nie darüber errötet sein, als der Gatte Ilka Nicolefs dazustehen, an der ja kein Makel haftet.«

»Ja, Wladimir… ich glaube deinen Worten«, rief das junge Mädchen, der das Herz zu zerspringen drohte. »Ich kenne den Edelmut deines Charakters. Du würdest es nicht bereut haben, würdest nicht um meinetwillen errötet sein. Du liebst mich von ganzem Herzen, doch nicht mehr als ich dich!«

»Ilka, meine angebetete Ilka!«, rief Wladimir, der ihre Hand erfassen wollte.

Ilka zog sie sanft zurück.

»Ja, wir lieben einander«, antwortete sie. »Unsere Liebe ist für uns das Glück, doch eine Verbindung zwischen uns ist jetzt unmöglich geworden.

»Unmöglich?«, wiederholte Wladimir. »Darüber bin ich doch, muß ich doch der einzige Richter sein. Ich bin kein Kind mehr, Ilka! Mein Leben ist bis jetzt kein so leichtes, kein so glückliches gewesen, daß ich mich nicht daran gewöhnt hätte, reiflich zu überlegen, was ich tun will. Da ich dich liebe und da du mich wieder liebst, schien mir endlich das Glück zu winken. Ich hegte die Hoffnung, du werdest so viel Vertrauen zu mir haben, das für recht zu halten, was ich für recht ansähe, und nicht über eine Sachlage urteilen, die du unmöglich richtig beurteilen kannst.«

»Die ich beurteile, wie die Welt sie beurteilen wird, Wladimir!«

»Was geht mich die Anschauung der Menschen an, die du die Welt nennst, liebe Ilka? Für mich bist du die Welt, nur du allein, so wie ich es doch auch für dich sein sollte. Wir verlassen diese Stadt, wenn du es wünschest. Jean begleitet uns, und wohin wir auch gehen, werden wir glücklich sein, das schwöre ich dir!… Ilka, meine geliebte Ilka, sage, daß du mein Weib werden willst!«

Wladimir sank vor ihr auf die Knie, er bat, er flehte sie an. Es schien aber, als ob Ilka noch mehr vor sich selbst schauderte, als sie ihn in dieser Lage sah.

»Steh' auf, stehe auf!«, bat sie ihn. »Man kniet nicht vor der Tochter eines…«

Wladimir ließ sie nicht ausreden.

»Ilka, Ilka«, rief er immer wieder, halb von Sinnen und die Augen voller Tränen.

»Ilka, werde mein Weib!«

»Niemals«, entgegnete sie traurig, »niemals wird die Tochter eines Mörders die Gattin Wladimir Yanofs werden.«

Diese Szene hatte beide gebrochen. Ilka zog sich auf ihr Zimmer zurück Wladimir, der sich in seiner Verzweiflung nicht zu fassen vermochte, verließ das Haus, irrte ziellos durch die Straßen und auf dem Lande umher und flüchtete endlich zu dem Doktor Hamine.

Der Arzt erkannte sofort, daß es zwischen den beiden Verlobten zu einer Erklärung gekommen war, zwischen zwei Liebenden, die ein unüberbrückbarer, von den starren gesellschaftlichen Rücksichten gegrabener Abgrund trennte. Wladimir schilderte ihm das Vorgefallene und wiederholte, wie er Ilka gebeten, angefleht habe, ihren Entschluß zu ändern.

»Ach, mein armer Wladimir«, antwortete der Doktor Hamine, »ich hatte es Ihnen ja gesagt… ich kenne doch Ilka schon lange, sie wird bei ihrem Entschlusse beharren.«

»O, lieber Herr Doktor, rauben Sie mir nicht das letzte Restchen von Hoffnung, das ich mir bewahrt habe!… Sie wird sich meinen Bitten fügen!«

»Niemals, Wladimir, bei ihrem so unbeugsamen Charakter. Sie fühlt sich entehrt, und wird nie Ihre Gattin werden, da sie die Tochter eines Mörders ist.«

»Wenn sie das aber am Ende doch nicht wäre«, rief Wladimir. »Wenn ihr Vater jenes Verbrechen doch nicht begangen hätte?«

Der Doktor Hamine wendete den Kopf ab, da er auf diese jetzt ja gelöste Frage nicht antworten konnte.

»Niemals,« entgegnete sie traurig.

Wladimir raffte sich zusammen, so daß er alle Selbstbeherrschung wiedergewann, und erklärte fast feierlichen Tones, aus dem ein unverrückbar feststehender Entschluß herausklang: »Ich habe Ihnen, lieber Doktor, hierüber nur noch eines zu erklären: ich betrachte Ilka als mein Weib vor den Augen Gottes, und ich werde warten...«

»Warten? Worauf, Wladimir?«

»Daß Gottes Hand noch eingreifen werde.«

Mehrere Monate vergingen ohne jede Veränderung der Sachlage. In den verschiedenen Bevölkerungsklassen der Stadt hatte man sich über den Vorfall allmählich beruhigt. Niemand sprach mehr davon. Die deutsche Partei hatte bei den städtischen Wahlen den Sieg davongetragen. Frank Johausen, der wieder gewählt worden war, gab sich den Anschein, als ob ihn die Familie Nicolef überhaupt nichts anginge.

Jean und Ilka erinnerten sich freilich der Schuldverschreibung, die ihr Vater dem Bankier ausgestellt hatte, und stimmten völlig darin überein, daß es ihre Pflicht sei, sein Andenken wenigstens von diesem Makel zu reinigen.

Das erforderte natürlich einige Zeit. Sie mußten das Wenige, was sie besaßen, zu Gelde machen, das väterliche Haus und die Büchersammlung des Lehrers und überhaupt alles verkaufen, was sich nur veräußern ließ. Wenn sie auch das Letzte opferten, was sie besaßen, reichte es vielleicht hin, die Ehrenschuld zu tilgen.

Was nachher geschehen sollte, würden sie ja sehen. Ilka konnte vielleicht Unterricht erteilen, wenn jemand ihr, wäre es auch in einer anderen Stadt, Vertrauen schenkte, und Jean könnte den Versuch machen, in einem Handelshause Stellung zu finden.

Zunächst galt es freilich, die nötigsten Lebensbedürfnisse zu decken. Ihre Hilfsquellen begannen zu versiegen. Die kleinen Ersparnisse, die Ilka von dem Verdienste ihres Vaters gemacht hatte, gingen von Tag zu Tag mehr zu Ende. Die Veräußerung all ihres Besitzes mußte also schnell erfolgen, und dann wollten Bruder und Schwester überlegen, ob sie in Riga blieben oder nicht.

Nach der bestimmten Absage des jungen Mädchens hatte Wladimir Yanof, schon aus Rücksichten des Anstandes, natürlich das Haus verlassen müssen. Er blieb aber in derselben Vorstadt und nur wenige Schritte davon entfernt wohnen und besuchte es ebenso fleißig, als wenn er noch selbst zu dem Hause des unglücklichen Lehrers gehört hätte. Hier ging er mit seinem Rate zur Hand, das kleine Besitztum vorteilhaft zu verkaufen, um die Gebrüder Johausen voll befriedigen zu können. Natürlich bot er dazu auch an, was ihm von dem väterlichen Erbteil übrig geblieben war. Ilka wollte aber nichts davon annehmen. In seiner Bewunderung dieser Seelengröße, dieses Adels des Charakters, die ihm das junge Mädchen noch begehrenswerter machten, bat er sie, ihrer Verehelichung zuzustimmen, nicht auf der Anschauung zu beharren, daß sie seiner unwürdig sei, und sich endlich dem Zureden der Freunde ihres Vaters zu fügen; doch nichts konnte er von ihr erreichen, nicht einmal eine Hoffnung auf die Zukunft… alles scheiterte an ihrem unveränderlichen Willen.

Der Doktor Hamine, der wiederholt Zeuge der Verzweiflung Wladimirs gewesen war, versuchte mehrmals, Ilka anderen Sinnes zu machen, es gelang ihm aber ebensowenig, wie den Bitten Wladimirs.

»Die Tochter eines Mörders«, antwortete sie, »kann nicht die Gattin eines ehrenwerten Mannes werden!«

In der Stadt waren diese Verhältnisse vielfach bekannt. Jeder bewunderte des Mädchens energische Natur, der von allen Seiten Anerkennung gezollt und tiefes Mitleid entgegengebracht wurde.

Nun verstrich längere Zeit, ohne daß die Lage der Dinge eine Veränderung erfuhr. Da traf am 17. September ein an Jean und Ilka Nicolef gerichteter Brief ein.

Das Schreiben rührte von dem Popen von Riga her, einem siebzigjährigen, von der gesamten orthodoxen Bevölkerung hochverehrten Greise, bei dem auch Ilka mehrmals den Seelentrost gesucht hatte, den allein die Religion zu bieten vermag. Der Pope forderte die Geschwister auf, sich an demselben Tage in der fünften Nachmittagsstunde auf dem Rigaer Friedhof einzufinden.

Der Doktor Hamine und Wladimir Yanof, die eine gleichlautende Zuschrift erhalten hatten, begaben sich schon zeitig am Vormittage nach dem Hause Dimitri Nicolefs.

Jean wies ihnen den von dem Popen Axief unterzeichneten Brief vor.

»Was mag diese Einladung zu bedeuten haben«, sagte er, »und warum sollen wir uns alle gerade auf dem Friedhofe einfinden?«

Der Friedhof war derselbe, wo die sterblichen Überreste Dimitri Nicolefs beigesetzt worden waren, ohne daß sich die Geistlichkeit an dem stillen Begräbnis des Selbstmörders beteiligt hatte.

»Was meinen Sie, Herr Doktor?«, fragte Wladimir.

»Ich denke, wir müssen dahin gehen, wohin der Pope uns gerufen hat. Er ist ja ein ehrwürdiger, weiser und kluger Diener des Herrn, und wenn er uns diese Einladung zugehen ließ, wird er schon seine ernsten Gründe dazu gehabt haben.«

»Gehst du auch mit, Ilka?«, fragte Wladimir, indem er sich an das bisher stillschweigende junge Mädchen wendete.

»Ich habe schon mehrmals auf dem Grabe meines armen Vaters gebetet«, antwortete Ilka. »Ich werde mitkommen, und Gott möge uns erhören, wenn der Pope Axief seine Gebete mit den unsrigen vereinigt.«

»Wir werden Punkt fünf Uhr auf dem Rigaer Friedhofe sein«, versprach der Doktor Hamine.

Darauf zog er sich mit Wladimir zurück.

Jean und Ilka trafen zur festgesetzten Stunde auf der Ruhestätte der Toten ein und fanden hier ihre Freunde, die sie schon an der Eingangspforte erwartet hatten. Alle begaben sie sich nun nach der Stelle, wo Dimitri Nicolef beerdigt war.

Auf dem Grabhügel kniend, betete der Pope für die Seele des Unglücklichen.

Bei dem Geräusche sich nahender Schritte hob er den schönen, silberweißen Kopf und richtete sich in voller Höhe auf. Seine Augen leuchteten in außergewöhnlichem Glanze, und er streckte die Hände aus als Zeichen, daß die Geschwister, der Doktor Hamine und Wladimir sich nähern möchten.

Als Wladimir und Ilka jedes an einer Seite des schmucklosen Hügels standen, begann der Pope:

»Ihre Hand, Wladimir Yanof.«

Darauf wandte er sich an das junge Mädchen:

»Und Ihre Hand, Ilka Nicolef.«

Die beiden Hände legte er über dem Grabe ineinander. Die ruhige Kraft seines Blickes, der Ausdruck der Güte in seinen Zügen genügte dazu, daß Ilka ihre Hand in der Wladimirs ruhen ließ.

Dann sprach der Pope mit ernster Stimme die einfachen Worte:

»Wladimir Yanof und Ilka Nicolef, Ihr seid vor Gott dem Herrn verbunden.«

Das junge Mädchen war kaum Herrin ihrer Erregung, die sie antrieb, ihre Hand zurückzuziehen.

»Lassen Sie die Hand nur da, wo sie ist, sagte der Pope sanft, sie gehört dem, der Sie liebt …

»Mich, rief Ilka stöhnend, mich, die Tochter eines Mörders?

»Nein, die eines Unschuldigen, den nicht einmal der Vorwurf des Selbstmordes trifft! antwortete der Pope, der beteuernd die Augen zum Himmel erhob.

»Und der Mörder?... fragte Jean.

»Ist der Inhaber des ›Umgebrochenen Kreuzes‹... der Schenkwirt Kroff!«

»Und der Mörder?... « fragte Jean.

Sechzehntes Kapitel

Die Beichte

Am Tage vorher war der Schenkwirt Kroff von einer Art Lungenschlag befallen worden und diesem nach wenigen Stunden erlegen.

Seit fünf Monaten von schweren Gewissensbissen gefoltert, hatte er vor seinem Ableben noch den Popen Axief rufen lassen, der auch herbeigeeilt war, seine Beichte zu hören.

Diese Beichte hatte der Pope niedergeschrieben und Kroff hatte sie mit seinem Namen unterzeichnet. Nach seinem Ableben sollte das Geständnis veröffentlicht werden.

Das entsprach einer Verurteilung Kroffs und einer Wiederherstellung der Ehre Dimitri Nicolefs.

Aus dem ausführlichen Geständnis des Verbrechers wird man sehen, durch welche Verkettung von Umständen es Kroff möglich geworden war, die Verantwortlichkeit für das Verbrechen von sich auf das Haupt Nicolefs abzuwälzen.

In der Nacht vom 13. zum 14. April waren Dimitri Nicolef und Poch nach dem Kabak »Zum umgebrochenen Kreuze« gekommen.

Als der Schenkwirt, dessen Geschäfte schon seit längerer Zeit recht schlecht gingen, die Geldmappe Pochs sah, stieg in ihm der Gedanke auf, den Bankbeamten zu bestehlen. Vorsichtshalber wollte er damit warten, bis der andere Reisende, der seinen Wiederausbruch für die vierte Morgenstunde angesagt hatte, die Schenke verlassen haben würde. Da er seine Ungeduld aber nicht bemeistern konnte, schlich er sich, in der Voraussetzung, unbemerkt zu bleiben, etwa zwei Stunden nach Mitternacht in das Zimmer Pochs ein.

Poch schlief aber nicht. Bei dem Lichtscheine aus Kroffs Laterne richtete er sich im Bette auf. Da sich Kroff, der ihn nur hatte bestehlen wollen, jetzt entdeckt sah, stürzte er sich auf den Unglücklichen und stieß ihm das Messer »ein schwedisches Dolchmesser (»Skideknif«) »mit furchtbarer Gewalt mitten ins Herz.

Dann durchwühlte er die Mappe Pochs. Sie enthielt die Summe von fünfzehntausend Rubeln in Hundertrubelscheinen der Staatskassenverwaltung.

Welcher Fluch entwand sich aber Kroffs Lippen, als er in einem andern Fache der Mappe ein Blatt mit folgendem Inhalt fand:

»Verzeichnis der Nummern der Kassenscheine, von dem sich ein gleichlautendes zweites in den Händen der Herren Gebrüder Johausen befindet.«

Das war eine Vorsichtsmaßregel, die Poch niemals außer Acht ließ, wenn er für Rechnung des Bankhauses eine Zahlung zu leisten hatte.

Die Kassenscheine, deren Nummern bekannt waren, konnte also niemand ausgeben, ohne sich der größten Gefahr auszusetzen… Der Mörder würde davon keinen Nutzen haben.

Jetzt erst kam ihm der Gedanke, die Verantwortung für das Verbrechen dem Reisenden, der im Nebenzimmer schlief, zuzuschieben. Er trat deshalb vor das Haus, ritzte die Striche in die Fensterbank und den Mauerputz darunter ein, sprengte dann den Laden des zweiten Fensters mit einem Feuerhaken auf, und schlüpfte wieder in die Schenke hinein.

Voller Wut bei dem Gedanken, daß die Kassenscheine seinen Händen nicht nur nutzlos, sondern sogar sehr gefährlich wären, verfiel er auf den abscheulichsten Weg zur Abhilfe.

Warum sollte er denn nicht in das Zimmer des andern Reisenden eindringen, um die Kassenscheine in dessen Tasche zu stecken, nachdem er sich andere, die dieser ohne Zweifel bei sich haben mußte, angeeignet hatte?

Der Leser weiß, daß Dimitri Nicolef zwanzigtausend Rubel bei sich führte, die er Wladimir Yanof aushändigen wollte. Während er im tiefsten Schlummer lag, fand Kroff in einer seiner Rocktaschen diese Summe in Kassenscheinen, von Scheinen, deren Nummern niemand kannte. Er nahm davon fünfzehn tausend Rubel weg und entkam auch unbemerkt aus dem Zimmer. Dieses Geld vergrub er am Fuße eines Baumes in dem Tannenwalde, gleichzeitig auch das Messer, womit er Poch getötet hatte, und das alles so gut, daß es jeder Nachsuchung der Polizei entgehen mußte.

Um vier Uhr früh verabschiedete sich dann Dimitri Nicolef von dem Schenkwirte und verließ das »Umgebrochene Kreuz«, um sich schnellstens nach Pernau zu begeben, wo Wladimir Yanof ihn erwartete. Damit erklärt sich nun, infolge welcher schlauen Anschläge der Verdacht auf ihn fallen und sich bald fast zu völliger Gewißheit verdichten mußte.

Kroff, der also nun im Besitze der Kassenscheine Dimitri Nicolefs war, während dieser von deren Vertauschung nichts wußte und nichts wissen konnte, war letzt in der Lage, sich des Geldes ohne weitere Gefahr zu bedienen. Er tat das aber nur mit der größten Vorsicht und ausschließlich zur Deckung der drängendsten Bedürfnisse.

Im Laufe der dem Richter Kerstorf anvertrauten Untersuchung der Angelegenheit wurde Nicolef von dem Brigadier Eck als der Reisende bezeichnet, auf den der Verdacht der Täterschaft fiel. Der Privatlehrer leugnete zwar, der Urheber des Verbrechens zu sein, er weigerte sich aber, die Veranlassung zu seiner auffälligen Reise anzugeben, und er wäre ohne Zweifel in Haft genommen worden, wenn im letzten Augenblicke nicht Wladimir Yanof erschienen wäre, der sich für seine Unschuld verbürgte.

*Dieses Geld vergrub er am Fuße eines Baumes
in dem Tannenwalde.*

Da Kroff den auf Nicolef lastenden Verdacht sich vermindern sah, packte ihn die Furcht, denn er sah ein, daß dieser Verdacht jetzt auf ihn fallen werde.

Obwohl er noch immer unter der Aufsicht der die Schenke bewachenden Polizisten stand, gelang ihm doch ein neuer hinterlistiger Streich, der den Verdacht auf den Reisenden zurücklenken und die Überzeugung festigen mußte, daß dieser der Urheber des Verbrechens wäre. Nachdem er einen der Kassenscheine mit Blut befleckt und so weit verbrannt hatte, daß nur ein Eckstück davon übrig blieb, konnte er einmal in der Nacht das Dach der Schenke ersteigen und den Rest des Billetts in den Schornstein des Kamins in dem von Nicolef eingenommenen Zimmer werfen, wo das Papierstückchen am nächsten Tage gefunden wurde.

Infolge dieser (zweiten) Hausdurchsuchung wurde Dimitri Nicolef bekanntlich von neuem verhört, doch konnte sich Kerstorf, der ihn im Grunde seiner Seele nicht für schuldig hielt, noch immer zu keinem Verhaftsbefehle entschließen.

Unruhiger als je vorher, hielt sich Kroff unausgesetzt von dem unterrichtet, was die Verteidiger Nicolefs aussagten, und er wußte auch, daß sie ihn (Kroff, beschuldigten, der Mörder des Bankbeamten zu sein, alles darauf eingerichtet zu haben, daß ein Unschuldiger in den schlimmsten Verdacht geriet, und vorzüglich auch erklärten, nur er werde das Schüreisen in das betreffende Zimmer gebracht und den Rest von dem Kassenscheine auf die Feuerstätte geworfen haben, wo dieses bei der ersten Hausdurchsuchung übersehen worden wäre. Hieraus folgt, daß sich die Aussichten für Kroff um ebensoviel trübten, wie die für Nicolef sich aufklärten. Er erwartete nur noch, daß die Vorlegung der gestohlenen Kassenscheine für Nicolef zu einem letzten Schlage werden sollte, von dem er sich nicht wieder erholen würde; Wladimir Yanof hatte bisher nur noch keine Gelegenheit gehabt, von dem Gelde Gebrauch zu machen.

Kroff sah ein, daß er schließlich verhaftet werden würde, und eine Verhaftung war für ihn das Verderben. Ja, hätte er gewußt, daß die gestohlenen Scheine am 14. Mai bei den Herren Johausen eingezahlt und dabei als dieselben erkannt würden, die sich in der Mappe Pochs befunden hatten, was ja die endgültige Verurteilung Dimitri Nicolefs zur Folge haben mußte, so würde er vielleicht nicht auf den teuflischen Gedanken verfallen sein, ein zweites Verbrechen zu begehen, um sich von dem ersten reinzuwaschen.

Das wußte er aber nicht oder erfuhr es vielmehr erst, als er das zweite Verbrechen schon ausgeführt hatte. Noch war er frei gewesen und hatte sich nach Riga begeben können, wohin er vom Untersuchungsrichter häufig gerufen worden war. Dort traf er bei sinkender Nacht ein und lungerte um das Haus Nicolefs mit dem Entschlusse umher, diesen umzubringen und damit den Glauben an einen Selbstmord des Lehrers zu erwecken.

Der Zufall kam ihm zu Hilfe. Er sah Nicolef sein Haus in größter Aufregung verlassen infolge des ihn fast erdrückenden Auftritts mit Wladimir, der sich in Gegenwart seiner beiden Kinder abgespielt hatte. Kroff schlich dem Lehrer aus der Stadt hinaus nach, und auf der menschenleeren Landstraße stieß er ihn mit demselben Messer ins Herz, mit dem er Poch gemordet hatte. Die Waffe aber ließ er bei dem Toten liegen.

Wer konnte jetzt noch zweifeln, daß sich Dimitri Nicolef in seinem Schreck über die Erkennung der gestohlenen Kassenscheine selbst den Tod gegeben habe und daß er wirklich der Mörder aus dem Kabak »Zum umgebrochenen Kreuze« sei?

Niemand... und dieses neue Verbrechen hatte für seinen Urheber vorläufig die erwarteten Folgen. Die Untersuchung mußte hiermit als abgeschlossen betrachtet werden, und befreit von jedem Verdachte, wenn auch nicht von Gewissensbissen, konnte Kroff in Ruhe die Früchte seiner doppelten Mordtat genießen.

Die in seinem Besitz befindlichen Kassenscheine, von denen niemand die Nummern kannte, waren die, für welche er die Hundertrubelnoten Pochs untergeschoben hatte, und es war ihm also leicht, sie ohne Gefahr allmählich auszugeben.

Kroff erfreute sich freilich nicht lange des Ertrags seiner Schandtaten. Von schwerer Lungenerkrankung überfallen und im Gefühl seines nahenden Todes, hatte er sein Geständnis dem Popen diktiert mit dem Verlangen, es später bekannt zu geben, und gleichzeitig lieferte er ihm, nur wenig geschmälert, den Betrag aus, der das rechtmäßige Eigentum Wladimir Yanofs war.

Die Rehabilitation Dimitri Nicolefs war jetzt vollständig. Doch welches Herzeleid für seinen Sohn und seine Tochter, wie für seine Freunde, daß der Ehrenmann schon längst in seinem schlichten Grabe ruhte! ...

So endete das Aufsehen erregende Drama, von dem in den juristischen Zeitschriften der baltischen Provinzen noch viel und lange die Rede gewesen ist.

Ende.